七つの魔剣が支配する
XIII
宇野朴
illustration ミユキル

「いい度胸だよ。
運よく生還した直後に
もう引き抜き工作なんてな」
ピート＝レストン
Pete=Reston

ガイ＝グリーンウッド
Gai=Greenwood
アニー＝マックリー
Annie=Mackley

「おや。何やら感じるところが？」
ナナオ＝ヒビヤ
Nanao=Hibiya

ユルシュル＝ヴァロワ
Yurushur=Valois
「……漠然とだけど〜、君の茶会の主旨《コンセプト》がね〜……」

「――辛気臭ぇな。
なんかあったって
全員の顔に書いてあんぞ」

オリバー＝ホーン
Oliver=Horn
ミシェーラ＝マクファーレン
Michela=McFarlane
カティ＝アールト
Katie=Aalto

目次

CONTENTS

Seven Swords Dominate

Presented by Bokuto Uno

Cover Design:Afterglow

七つの魔剣が支配する

XIII

Seven Swords Dominate

宇野朴人
Bokuto Uno

illustration
ミユキルリア

Character

登場人物

四年生

本編の主人公。器用貧乏な少年。
七人の教師に母を殺され、復讐を誓っている。

オリバー=ホーン

東方《エイジア》からやって来たサムライ少女。
オリバーを剣の道における宿命の相手と見定めた。

ナナオ=ヒビヤ

連盟の一国、湖水国《ファーンランド》出身の少女。
亜人種の人権問題に関心を寄せている。

カティ=アールト

魔法農家出身の少年。
率直で人懐っこい。
魔法植物の扱いが得意。呪者として目覚める。

ガイ=グリーンウッド

非魔法家庭出身の勤勉な少年。
性が反転する特異体質。

ピート=レストン

名家マクファーレンの長女。
文武に秀で、仲間への面倒見がいい。

ミシェーラ=マクファーレン

飄々とした少年。セオリーを無視した難剣の使い手。オリバーへのリベンジに燃えている。

トゥリオ=ロッシ

ミシェーラの異母妹。
勝ち気で意地っ張りで、シェラに張り合っている。

ステイシー=コーンウォリス

ステイシーの従者にして幼馴染。
人間と人狼の混血。

フェイ=ウィロック

武闘派の魔法使いを多数輩出する、武門オルブライトの嫡子。大柄な体躯からは自信と誇りがみなぎっている。

ジョセフ=オルブライト

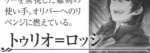

四年生

入学パレードでカティに呪文をかけた人物。人当たりに難があり、棘のある言動で何かと損をしがち。

アニー＝マックリー

純粋なクーツ流の使い手。
ナナオとの一戦を契機に、自分の在り方に思い悩んでいる。

ユルシュル＝ヴァロワ

名家出身の誇り高い少年。
オリバーとナナオの実力を認め、好敵手として強く意識している。

リチャード＝アンドリューズ

何かと派手な言動をする奇術師めいた少年。魔法と詐術を巧妙に組み合わせての幻惑を得意とする。

ロゼ＝ミストラル

三年生

オリバーの腹心。彼を慕い、隠密として生きる。

テレサ＝カルステ

レオンシオの妹。決闘リーグ以来、オリバーのファン。

フェリシア＝エチェバルリア

テレサの友人。入学以来、ガイに惹かれている。

リタ＝アップルトン

七年生

「毒殺魔」の異名で恐れられる学生統括。その日の気分で女装をする。

ティム＝リントン

カティの共同研究者。生徒会選挙に破れ、借金を背負う。

ヴェラ＝ミリガン

教師

キンバリー学校長。魔法界の頂点に君臨する孤高の魔女。

エスメラルダ

キンバリーの新任教師。ピート同じくリバーシの大魔法使い。

ロッド＝ファーカー

魔道工学の教師。死後もダミーゴーレムが授業を行っている。

エンリコ＝フォルギエーリ

シェラの父親。ナナオをキンバリーへと迎え入れた。

セオドール＝マクファーレン

天文学の教師。異端から世界を守ることにひときわ強い使命感を持つ。

デメトリオ＝アリステイディス

「剣聖」の二つ名で呼ばれる魔法剣の名手。ダリウスとは学生時代からの友人でライバル。

ルーサー＝ガーランド

フランシス＝ギルクリスト
バネッサ＝オールディス
バルディア＝ムウェジカミィリ
ダスティン＝ヘッジズ
ダリウス＝グレンヴィル 死亡
テッド＝ウィリアムズ

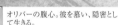

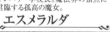

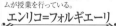

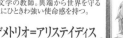

プロローグ

蘭国《ランシール》の一角に禁域がある。俗に雑草すら避けて生えると人は云《い》う。

事実として、その場所には魔法使いですら可能な限り近寄りたくはない。もし連れて来られたのならその時点で最悪の末路は半ば確定しており、まして自ら踏み込むとすれば底なしの愚か者か——あるいは致命的に外れてしまった者だけだろう。例えるならそれは、処刑場と憩いの我が家の区別すらも付かないほどに。

「——ハァ……ハァ……ハァ……」

せめて前者でありたいとゴッドフレイは思う。灰色の空を見上げ、荒い息を吐きながら。

異端狩り本部、同敷地《しきち》内の訓練場。この伏魔殿に転げ落ちた新人たちは、今まさに最初の洗礼を終えたところだった。

「——いいだろう。これで四次訓練まで全て終了。別命あるまで各自食って休んでおけ」

手短に告げた教官が去っていく。が——言われた側からすれば、食えも休めもない。

魔獣の屍《しかばね》とゴーレムの残骸が足の踏み場もないほど散らばり、あまつさえ地面には大小無数のクレーターが穿《うが》たれた惨憺《さんたん》たる広場の光景。その中に倒れ込んで息を荒げる新人たちは今、ほぼ全員が骨折以上の負傷を抱えて体力と魔力を使い切った極限状態だった。息が荒いうちはまだマシで、中にはもはや呼吸すら見て取れない者もいる。どう考えても食って休むではなく早急な救護を要請したい状況だが、そんな常識がこの場所で通じるはずもない。

「……生きているか、レセディ……」

「……どうにかな……お前の後ろのふたりは……？」

辛《かろ》うじて息の整ったゴッドフレイが隣に横たわる相棒へと呼びかけ、レセディが問い返す。それで彼はよろよろと立ち上がり、近くに倒れている新人仲間ふたりへと歩み寄った。訓練の開始当初にゴッドフレイたちへ軽く因縁をふっかけてきた相手だったが――今の有様《ありさま》は、控えめに言っても手足が半分がた吹っ飛んで原型を無くした半死体である。意識もとうになく、普通人ならとっくに絶命している重傷だが、それも異端狩りの基準で言えば「食って休めば治る」範疇《はんちゅう》ということらしい。身を屈《かが》めたゴッドフレイが両者の心拍を確認して胸を撫《な》で下《お》ろす。

「ちゃんと息はある。……すまん、治癒は苦手だ。医療棟まで我慢してくれ」

「……ひとり貸せ。担《かつ》ぐ程度の余力はある」

そう言いながらレセディが辛《かろ》うじて立ち上がり、魔力の尽きた体で負傷者の片割れを背負って歩き出す。相棒に続いたゴッドフレイの頭に「離断した手足の回収」という発想が一瞬よぎるが、この惨状の中で見つけ出す困難に加えて、そもそもそれらが原形を留《とど》めている保証もない。早々に見切って医療棟への歩みを進めた。

「準備運動でこの有様《ありさま》だ。現場はもはや想像も付かん。そこでもお前を貫くなら尚《なお》のこと」

「…………」

彼女の言葉にゴッドフレイが静かに頷《うなず》く。しばし横目でその顔を眺めた後、レセディは視線を静かに前へ戻し、

「地獄巡りだな、またしても。――とうに飽きるほど見てきたというのに」

重い事実を淡々と告げる。それを呼び水に、無数の記憶がゴッドフレイの脳裏を去来する。

――闇深きあの校舎。今は亡《な》き親友の優しい顔、今は亡《な》き後輩の寂しげな顔、ひとり残してきた後輩の元気な顔。彼らと共に数え切れず潜《くぐ》り抜《ぬ》けた、忘れ得ぬ戦いの日々。

「見て回るだけで済ませる気は毛頭ない。……来たからには、俺はそこをもっとましな場所にしたい。キンバリーでやったのと同じように」

「大きく出たな。それは世界をましにするのとほぼ同義だが？」

あえて意地悪くレセディが確認する。自分が何を言っているか本当に分かっているか、と。懐《なつ》かしいやり取りに苦笑し、やがてゴッドフレイがその笑みを不敵に変える。

「誰に訊《き》いても不可能と口を揃《そろ》える。つまり――何もかも、あの頃と一緒というわけだ」

胸の内に決意する。ここでもう一度それをやると。場所がキンバリーから世界に移っても、相手が魔に呑《の》まれた生徒から異端に変わっても、自分たちは何も変わらないのだと。

ここでもそうしよう。馬鹿と後ろ指を指されながら進み、血と泥に塗れて駆けずり回ろう。願わくば――前よりも少しだけ、馬鹿《それ》が上手に出来るように。

第一章

§

セパレーション
分離

二層巨大樹直下、溶岩樹形での戦いが終幕を迎えた翌日の朝早く。呪詛《じゅそ》を帯びて生還したガイと共に、剣花団の面々は呪術の代行教師ゼルマ＝ヴァールブルクの仮設工房を訪ねていた。

「……ふむ……」

立たせたガイの体に触れながらゼルマが唸《うな》る。息を呑《の》んでそれを見守っていたカティが待ちかねて声を上げる。

「ど――どうですか、ゼルマ先生」「何とか出来ますか。ガイの呪いは」

オリバーが重ねて確認する。その問いを受けて、診察を終えたゼルマが彼らに向き直る。

「結論から言えば、すぐには無理だ。呪詛《じゅそ》自体がすでに『器』を認めて定着してしまっている。こうなるともう伝染《うつ》りはしても離れはせん。私の立場からこれを引き剝がそうと言うのなら、最低でも数か月――下手をすれば年単位の時間をかけて取り組むことになるだろう」

「……っ……」

きっぱりと告げられた結論にガイの表情がこわばり、オリバーたちの顔が一気に青ざめる。が、ゼルマは苦笑を浮かべた。そこまで悲観する段階ではないと教えるように。

「無論、必要ならそれも辞さない。が――急いだところで意味も薄い。私がそれを終えるよりもバルディアが一時帰還するほうが早いからだ。バネッサ辺りと違ってあれは運用がデリケートでな。前線に出ずっぱりというわけにはいかん」

「……え？」「それは、つまり――」

「あいつなら呪詛《じゅそ》の引き取りは一瞬だ。君とは呪詛《じゅそ》面の親子関係である上、あれ以上の器はこの世のどこを探しても存在せんからな。……まぁ、長くても二か月程度の辛抱と言ったところ。そう分かれば少しは気楽だろう？　Mr《ミスター》．グリーンウッド」

言われたガイが盛大に安堵《あんど》の息を吐く。オリバーもそこに気持ちを重ねた。――バルディアの代行だけあって、ゼルマも少々人が悪い。最初にそれを言ってくれれば良いだろうに。安堵《あんど》でふらつきかけたカティの体をナナオが横から抱いて支える。意地悪と微笑《ほほえ》ましさが半々の面持ちでその様子を眺めた上で、ふいにゼルマが話の向きを変えた。

「付け加えると、その期間についてはもっと前向きな考え方も出来る。選択の猶予だ。君が今後どのような魔道を歩むのか――それを熟慮することに当てるべき時間とも言える」

「……選択、っすか」

「そうだ。自分でも分かってはいるのだろう？　その呪いは厄介だが、見方によってはこの上ない財産にも成り得ると。事実として君は魔に呑《の》まれたロンバルディの領域から生還してのけている。やむを得ず取った緊急手段だとしても、それはすでに君の力だ」

教師の口から断言され、思わずガイが自分の手を見下ろす。……確かに、この呪詛《じゅそ》を呑《の》んで最初に戦った時から「借り物」という気はしていない。そう見なすには余りにも馴染《なじ》み過ぎている。あるいはそれこそが「器」としての適性の証左でもあるのか。

「安易に手放すのは勿体《もったい》ない。バルディアの肩を持つわけではないが、呪者の先達としてそう言わせてもらおう。……まぁ、焦《あせ》らずゆっくり考えてみたらどうだ？　その状態で過ごせば呪者のメリットもデメリットも否応《いやおう》なく実感できる。決断はその後でも遅くなかろうし、制御については当面私が手厚く指導する。無論、これは君の才能を大いに買っているということでもあるぞ」

「で、でも！　ガイは呪者になんて――」

　感情的な反発がカティの口を突いて出かけた。が――後ろから腕を回したシェラが、忸怩《じくじ》たる想《おも》いを顔に浮かべて友人の口を押さえる。

「その口出しは禁忌《タブー》ですわ、カティ。……ガイがどのような魔道を進むか、あたくしたちがそれを決めることは出来ません。こればかりは誰もが自分で悩み抜いて選ぶのです」

「――ッ……」

　諭されたカティが言葉を失って俯《うつむ》く。どれほど親しい間柄であろうと無視できない、それは魔法使いのルールだ。何より全ては彼女自身に跳ね返る。周りの制止を振り切って自分の魔道を突き進む姿勢というなら、それはカティこそが誰より強く見せてきたものなのだから。

「もちろん良《い》い話ばかりではない。呪詛《じゅそ》を抱えて過ごす以上、生活の至るところでこれまでと違った気遣いが求められる。親しい相手ほど呪いは伝染りやすいものだからな。制御に長じればその不便も緩和するが――現実として、しばらくは周りと距離を置く必要があるだろう」

厳しい口調になってゼルマが補足する。その内容を受け止めつつ、ピートが確認する。

「……じゃあ。これまでみたいに、同じ工房で一緒に過ごしたりは……」

「難しいだろうな。自分も呪者でない限り、交流は校舎での会話に留《とど》めておくのが無難だ。当然だが、伝染ったらすぐにまた引き取ってもらえばいい――などと安易には考えるなよ。行き来させている時点でそれはもはや呪詛《じゅそ》の共有だ。長く続ければ個人から集団へと『器』が遷移していき、いずれ君たち全員が呪われる」

念押しの宣告を経て重い沈黙が降りる。呪いと共に生きるということを、呪者という在り方の重みを全員が否応《いやおう》なく実感して立ち尽くす。視界の中を急激に遠ざかっていくように感じる友人の背中。オリバーがそこへ向かって半ば無意識に手を伸ばしかけ、

「……ガイ――」

「やめとけ、オリバー」

きっぱりとした声がその動きを縫い留《と》める。びくりと震えるオリバーの前から距離を置くように呪術の教師へと踏み出し、ガイは再び口を開く。

「診察助かりました、ゼルマ先生。……忠告してもらった通り、当分は周りに気ぃ遣って過ごします。困った時は頼らせてもらっていいんすよね」

「もちろんだ。なんなら今夜からでも構わんぞ。来るならベッドを半分空けておいてやろう」

「その手の冗談はいいんで。もうマジ腹いっぱいなんで最近」

呆《あき》れ交じりに溜《た》め息《いき》をつき、そこで身をひるがえす。一様に深刻な面持ちで自分を見つめてくる仲間たちへ、ガイは後頭部を掻《か》きながら語りかける。

「あんま心配すんな……つっても無理な話か。まぁ、こうなっちゃ仕方ねぇ。ひとりでじっくり考えるわ。逆にいい機会だと思うことにするぜ。あんまりやってこなかったからよ、そういうの」

「や、やだ――」

カティが涙目で踏み出しかける。同時にその体を、ナナオとシェラが両脇から抱き止める。

「気持ちは痛いほど分かり申す。が――どうか落ち着かれよ、カティ」

「ええ。ここで縋《すが》り付《つ》いても、ガイをますます困らせるだけですわ」

ふたりに諭されたカティが動きを止めるも、そこから彼女は両目で必死にガイを見つめる。どこにも行かないでと――激しいその想《おも》いを瞳に込めて訴える。響かないわけがない。ほとんど反射的に動きかけた自分の体をガイが瀬戸際《せとぎわ》の自制で押し止め、引き千切るようにカティの視線を振り切って背を向ける。逃げたその先には、また別の友人たちが待ち構えていた。

「べつに今生の別れでも何でもない。単にちょっとの間だけ距離が離れるって話だろ。……ボクは動じてないぞ。呪詛《それ》どうにかして、早く戻ってこい」

「……はは。助かるぜ、ピート」

強気な言葉に心底から礼を言う。これ以上引き留められてしまえば、もはや決意が揺るがない自信がガイにはない。だから早く済ませることにした。カティの顔はもうとても見られず、彼女を抱き止めているナナオとシェラには手を振るだけで精いっぱい。その上で――最後の相手へと、ガイは真顔で向き直る。

「悪ぃなオリバー。……カティのこと、しばらく頼むわ」

「……あぁ。任せてくれ」

託されたオリバーが他にどうしようもなく頷《うなず》く。そんな彼へ一歩歩み寄り、肩に触れるぎりぎりまで顔を寄せて、ガイは強い口調で念を押す。

「ぜんぶ任せたぜ、本当に。……変な遠慮はすんな。絶対にだ」

「――――」

オリバーが凍り付いたように息を止め、ガイはその脇を抜けて足早に部屋を去る。最後の一言がどんな意図でもって放たれたのか――その答えだけは、オリバーは想像することも恐ろしかった。

ガイが欠けた面子《めんつ》でゼルマの工房を後にし、五人はそのまま言葉少なに廊下を歩く。カティの嗚咽《おえつ》が途切れ途切れに響き、ナナオがその体をぎゅっと抱き締め続けている。オリバーもそこへ静かに寄り添い、少し先を歩くピートとシェラがぽつぽつと言葉を交わす。

「……落ち着いてたな。アイツ」

「ええ。……呪詛《じゅそ》を呑《の》んだ時点で、こうなる覚悟はあったのでしょう」

ガイの様子から受けた印象をそう述べる。今思い出しても感服するほど、さっきの流れの中で彼が取り乱すことは一度もなかった。が——その上で悩んではいた、と彼らは感じる。きっと呪者としての素養を評価されたことだけが理由ではない。それのみならガイはきっと苦笑して首を横に振っただろう。葛藤の原因はそれ以前に彼の中にある。

「……っ……」

その端的な表れを。溶岩樹形の中で彼が口にした言葉を、オリバーは鮮やかに思い出す。

——嬉《うれ》しい、とガイは言った。やっと肩を並べて戦えると。いつ引き剝がせるとも知れない呪《じゅ》詛《そ》を身の内に宿した状態で、それでも彼は強くなった自分を喜んでいた。三年分の重みが籠もったその感情が、今のオリバーには途方もなく恐ろしい。

「伝染を避けるためという意味合いもありますが——それ以上に、今はガイ自身が考える時間を求めているように感じました。魔法使いとしての未来を分ける選択を前にしては当然ですわ。今あたくしたちに出来るのは、距離を置いて彼を見守ることだけです」

シェラが改めて自分たちの取るべきスタンスを口にする。返す言葉もなく頷《うなず》くカティ。今にも泣き出しそうなその横顔を見かねて、ナナオがさらに彼女を強く抱き締める。振り向いたピートも迷わずそこにハグを重ねた。

「元気を出されよ、カティ。拙者がずっと傍《そば》におり申す」

「いつまでもメソメソするな。授業に出てれば二か月なんてあっという間だ」

「……うん……ごめんね、みんな……」

慰めと励ましを受け止めながら、カティがどうにか平静を取り戻そうとする。が、それが簡単ではないことも他の全員が分かっていた。たとえ一時にせよ、彼女の心を支えていた最大の柱が欠けたのだ。まして、それが一時に留まらない可能性までちらつくとなれば。

せめて自分は冷静でなければならない。そう己に言い聞かせて深呼吸するオリバーの視界に、ふと廊下に佇《たたず》むひとりの魔女の姿が映った。片目を長い前髪で隠した七年生の女生徒。もはや剣花団の面々にとってお馴染《なじ》みとなった相手がそこに待っていた。

「浮かない顔だね君たち。その様子だと、ガイ君の呪詛《じゅそ》は引き剝がせなかったかい」

「……ミリガン先輩……」

友人たちの抱擁をそっと解き、滲《にじ》む涙を拭いながらカティがミリガンへ向き直る。シェラが悩ましげに腕を組んで問いに答える。

「……ええ。バルディア先生が戻ればすぐにも剝がせるようですが、それまでは難しいと。

……重ねて悩ましいことに、ゼルマ先生はガイの呪者としての素養を高く評価していらっしゃいます。呪詛《じゅそ》の種を彼に預けたバルディア先生も、おそらく同様に……」

「だろうね。ガイ君にとっては大いに悩みどころというわけだ。けど——まぁ、そう深刻にならなくてもいい。適性が複数ある生徒は誰しも通る道さ」

そう言いながら身を屈《かが》めてカティと視線の高さを合わせ、ミリガンは微笑《ほほえ》む。

「呪詛《じゅそ》の問題自体には解決の目途が立ってるんだろう？　だったら心配し過ぎず見守ってあげなさい。……ひとつ余計な口出しをすると。どんな道を選ぶとしても、彼が君たちから離れていくなんてことはないと思うよ。私にだってそれくらいは分かるんだ」

穏やかに言ってのけた蛇眼の魔女に、カティはもとよりオリバーまでもが驚かされた。今日までの付き合いで互いの気心が知れたとはいえ——出会って間もない頃のミリガンを思い出せば、それは彼女がもっとも「分からない」部類のものではなかったか。かつて彼女がカティの頭を開いて脳を見ようとしたのは、そうでもしなければマルコに心を開かせたものの正体が彼女には分からなかったからだ。オリバーたちから見れば自明のそれも、魔道の探求の中で逸脱してしまった感性からは余りにも不可解だった。

だが、今のミリガンは「分かる」と言う。ガイの心の機微を、彼が選び得ない行動を察し、あまつさえそれを根拠に後輩を励ましさえしている。変わった——オリバーは率直にそう認める。あるいはカティが変えたのかもしれない。かつてのカティはこの学校を自分色に染め返すと宣言した。その努力が三年越しの成果を現在にもたらしたのだとすれば。

「加えて、ガイ君の立場は君たちにとっても他人事《ひとごと》じゃない。四年生ともなれば誰しも自分の専攻分野を固めていく時期。カティ君とピート君に関してはすでに方向性が定まっているようだけど、他の三人はまだまだこれからだろう？　研究室の募集もじきに始まるんだ。あまりうかうかしてはいられないよ」

続く忠告を受けて、感慨に没頭していたオリバーがハッと我に返る。――確かに、どれほど気掛かりでもガイのことだけを考えていられる立場ではない。研究室の募集には期限も定員もある。動き出しが遅れればその分だけ希望のところには入り辛《づら》くなるのだから。

感謝と敬意を込めて五人がミリガンへ向き直り、その中から代表してシェラが告げる。

「仰《おっしゃ》る通りです。ご助言感謝しますわ、ミリガン先輩」

素直な後輩たちに魔女が微笑《ほほえ》む。と――そこで小さな気掛かりを思い出して、やや遠慮がちにオリバーが尋ねる。

「……ところで、借金のほうは……」

「会う度にそれを訊《き》くのはやめたまえッ。順調に返済してるから心配には及ばないよッ！」

唇を尖《とが》らせたミリガンが身をひるがえして大股に去っていく。その様子から本当に心配はなさそうでオリバーは苦笑した。もう今後、購買の前で物欲しげな目をしている彼女を見ることはなさそうだ――そう思ったところでシェラが振り向いた。

「……どうでしょう。ガイを見習って、今日は各々《おのおの》の進路について考えませんこと？　他の同

学年にも意見を訊《き》きながら……」

「ああ、いい考えだと思う。……カティもピートも、まだ研究室まで具体的に決めてはいないはずだな？」

提案に頷《うなず》きつつ確認を回す。カティが鼻を啜《すす》って頷《うなず》き、ピートが肩をすくめて答える。

「まぁ、いくつか候補を見繕ってる段階だな。オマエらにも近々相談しようと思ってたところだ」

「むむむ。拙者は何ひとつ考えてござらん」

ナナオが腕を組んで首をかしげる。そこでカティが自分の頬を強めに両手で張った。

「……うん、わたしもそうする。……しっかりしなきゃ。わたしのほうがこんなんじゃ、ガイに心配させちゃうもん……」

ぶつぶつと呟《つぶや》きながら先を歩き出すカティ。見るからに危なっかしい友人を他の四人も間を置かず追いかける。空元気にも至っていなかったが——だとしても、今は傍《そば》で見守る以外にどうしようもなかった。


同じ頃。仲間たちから一旦距離を取ったガイは、生まれて初めて体験するに等しいその立場に困惑していた。

「……静かだな、ひとりだと。……呪詛《じゅそ》どもは内側でやかましいけど……」

廊下を歩きながらそう呟《つぶや》く。呪詛《じゅそ》は本質的に「何かを呪う」ことを求めるので、基本は機嫌もその強弱でしかない。術者の器で持て余すほど害意が強まってくれば対応が必要になるが、今の時点ではその懸《け》念《ねん》は薄かった。鳴き声のうるさい動物たちを体内に飼っている程度の感覚で過ごすガイだが、それが出来ること自体が彼の非凡な才能である。

「……いけねぇな、どうにも。カティの面倒ばっかり見て過ごしてたツケかこりゃ？　自分のことになるとめっきり頭が回らねぇ。相談する相手も今は周りにいねぇってのに……」

だから、呪詛《じゅそ》とは別のところで頭を抱える。自他共に認める感覚派のガイは何をするにもまずは手を動かし、周りとコミュニケーションを取りながら進めることを好む。今の状況はまったく正反対だった。着手すべき具体的な目標は見当たらず、それを見定めるために言葉を交わす相手すらいない。となれば頭の中だけで考えるしかないが、それは彼がもっとも苦手とするところだ。

首を傾《かし》げながら歩いているうちに、ふと同じ廊下の正面から見覚えのある女生徒がやって来るのが目に入った。向こうも気付いて目が合うと同時に、深く考えず手を挙げて挨拶する。

「――ん。よう、マックリー。そっちはもう本調子かよ？」

「…………」

呼ばれたマックリーがそれを黙殺して脇を通り過ぎる。合わせてガイが振り向き、懲りずにその背中へ声を投げる。

「……おーい？　聞こえてますかー？　マックリーさーん」

　重ねての呼びかけにも無言を貫くマックリー。足を速めて通り過ぎようとするその背中に、顎に手を当てて少し考え、ガイは小声を放つ。

「………ヘイ、アニー？」

　両足が爆《は》ぜるように床を蹴った。迫ると同時に抜いた白杖《はくじょう》をガイの首に突き付け、その体勢からマックリーが告げる。低く震える声で。

「――次呼んだら殺す」

「はいはい。冗談だから杖《つえ》しまえって。離れねぇと呪詛《じゅそ》伝染《うつ》んぞ」

　両手を上げたガイがそう促し、不満たらたらの顔でマックリーが一歩下がる。少し悩んでから白杖《はくじょう》をしまいつつ、一度反応してしまった義理とばかりに彼女は腕を組んで問いかける。

「何の用よ。……まさかとは思うけど、仲良くなったつもりでいるんじゃないわよね。たまたま流れで修羅場を一緒したくらいで……」

「まさかも何も、とっくにダチでいいだろうがよもう。今さら他人ヅラするほうが難しいぜ。おまえは得意なのかよ？　そういう器用なの」

「俺たちも含めてくれてんのかな、そりゃ」

　言い返そうとしたマックリーに先んじて別の声が被《かぶ》さる。振り向いた彼女と共にガイが視線を向けると、そこにはこれまた見覚えのある同学年の男女がふたり並んでいた。ガイが微笑《ほほえ》んで手を挙げる。

「よう、バルテ姉弟。おまえらも元気そうだな。安心したぜ」

「お陰様でな。……今回の一件ではつくづく世話になった。改めて礼を述べようグリーンウッド。マックリー、もちろんお前にもな」

姉のレリア＝バルテが親しみを込めてそう告げる。途端にマックリーが眉根を寄せる。

「こいつと一緒にしないでよね。……別に、助けた憶《おぼ》えなんてないわよ。いざって時の囮《おとり》くらいにはなると思ったからギリギリ置いてかなかっただけだし……」

「あったと思うけどな、そのタイミング。鹿どもに襲われた時とか」

「あー喧嘩《けんか》売ってんのね。買う。なら買うわ」

ギーがぽつりと指摘し、それで額に青筋を浮かべたマックリーの手が再び白杖《はくじょう》にかかる。レリアが苦笑して彼女に両手をかざす。

「まぁ落ち着け。……お前たちの認識はともかく、我々のほうではあの出来事を大きな借りに思っているということだ。それを返さぬままでは主人であるヴァロワ様の名誉にも障《さわ》りがある。その理屈は分かってくれるだろう？

だから——ふたりとも。何か困ったことがあれば、今後は遠慮なく言え。出来る限りの力になると約束する。このレリア＝バルテとギー＝バルテがな」

そう告げてふたり並んだ姉弟を前にガイが笑う。迷宮内で同行した時よりも、彼らの顔からは格段に陰が薄れていた。思わぬ形で結ばれた縁だが、もちろんガイも悪い気はしない。

「はは、ありがとよ。しょっちゅう困ってるから頼もしいぜ」

流れで握手のひとつもしようと腕を動かしかけるガイだが、今はそれが出来ないことに気付いて慌てて手を引っ込める。その様子から彼の状況を見て取り、ギーが腕を組んで口を開く。

「今もだよな、困ってんのは。……呪詛《じゅそ》はやっぱ、すぐには剝がせねぇのか」

「……まーな。っっても、バルディア先生が戻るまでの辛抱らしいぜ。呪者になるなら返すのは勿体《もったい》ねぇとも言われたけどよ」

「なるほど、呪術の教師ならそう言うだろうな。門外漢から見てもあの時のお前には凄味《すごみ》を感じた。同学年にも何人か呪者はいるが、現時点ではおそらくお前が頭ひとつ抜けている――」

冷静に自分の見解を述べるレリア。と、そこにまた別の生徒たちの集団が通りかかった。ガイの顔を見るなり足を止めて、彼らは口々に声を上げる。

「おっ。〈呪樹《イビルツリー》〉じゃん」「生還おめでとさん」

「……は？」

「どうなの、六年相手に『お迎え』やり切った感想は。やっぱり一皮剝《む》けた感じ？」

問われたガイが眉を寄せる。好奇と敬意の入り混じる相手の視線にも困惑するが、それ以上に先の響きが聞き捨てならず問い返す。

「……待て。色々突っ込みてぇけど、最初に確認な。──そのおっかねぇ呼び方はなんだ」

「異名だろそりゃ」「たまにあるよな。『お迎え』した相手のを引き継ぐパターンのやつ」

「専攻分野が一致する場合とかにそうなるのよね。植物を媒介に呪詛《じゅそ》を扱う点はあんたもM《ミス》r《ター》.ロンバルディと一緒で、だからあんたが二代目〈呪樹《イビルツリー》〉。至って妥当じゃない？」

「ちっとも妥当じゃねぇ！　どこのどいつだ言い出したのは！」

「さぁ？」「知らねぇけど、もうけっこう広まってるぜー」

無責任にそう言い残して生徒たちが去っていく。呆然《ぼうぜん》とその背中を見送ったガイが頭を抱えて肩を落とす。

「……頭が痛ぇ。あれか、外堀から埋められるっつーのはこういうことか……」

「そう顔を顰《しか》めるな。響きこそ物騒だが、内容としては称賛の意味合いが大きいようだぞ」

「だな。今後は先輩たちにも一目置かれるぜ。深く考えず胸張っときゃいいんだ」

バルテ姉弟が笑ってフォローする。ガイとしては色々言いたいこともあったが、現実的には彼らの言うようにする以外にどうしようもなかった。まさかひとりひとり捕まえて呼び方を訂正させるわけにもいかない。

生徒たちの横槍《よこやり》で会話が途切れ、このタイミングとばかりにマックリーが踵《きびす》を返《かえ》す。

「……話は終わり？　じゃあ私もう行くけど」

「まぁ待てマックリー」

その襟首を笑顔で引《ひ》っ摑《つか》んでレリアが彼女を引き留める。ぐぇ、と声を漏らしたマックリーの耳元に口を寄せて、レリアはそのまま囁《ささや》く。

「お前にも分かるだろう？　グリーンウッドが大いに困っている現状は」

「……だったら何よ」

「そこも必要か。……そうだな、ひとつ喩《たと》えを用いよう。お前を助けるために暴走する剣犀《ソードライノ》の前に自ら飛び出し、結果撥《は》ねられて重傷を負った人間が目の前にいるとする。さて、無傷のお前はどうするのが正しいと思う？」

問いの形をした皮肉にマックリーがぐぬぬと歯嚙《はが》みする。貸し借りの帳尻合わせを重視する彼女にはどうあってもそれを無視出来ない。ガイが苦笑してそこに言葉を挟む。

「別に怪我人《けがにん》じゃねぇんだから介助は要らねぇよ。……ただまぁ、な。こういう経緯でいつものツレと離れてみたはいいけど、参ったことにひとりじゃまるで頭が回らねぇ。静かなのが向いてねぇんだ、どうにも」

こいつらに甘えてみるのもいい。頭を掻《か》きながらそう思い、正直に状況を明かす。この面々とは本格的に知り合ってからまだ間もなく、その関係の浅さが今は逆にありがたかった。こうして交流していても、剣花団の五人と比べれば呪詛《じゅそ》が遥《はる》かに伝染《うつ》り辛《づら》いからだ。その事情も察したギーがにかっと笑って頷《うなず》く。

「取り急ぎ話し相手が欲しいってこったな。そのくらいはお安い御用だ」

「観念して付いてこいマックリー。お前ともそろそろ腹を割って話したかったのだ」

「私はちっとも話したくない！　やめてよ勘弁してよ、そうやってなし崩しで私まで腐れ縁に組み込む気でしょ⁉」

「はっはっは！　言い得て妙だが少し違う、そこは呪われ縁と呼ぶのが正解だ——！」

捕らえた獲物を引きずってレリアが歩き出す。マックリーの口から耳を覆うような悪態が湯水のように放たれ、続く高笑いがその全てを掻《か》っ攫《さら》う。一変した賑《にぎ》やかさの中で、やっぱりこのほうがおれには合ってんな——そう思いながら、ガイもギーと共に彼女らの後に続いた。


「——ふーん？　ほな、ガイくんは当面別行動かい。そら寂しゅうなるなぁ」

談話室に場所を移したオリバーたちが最初に声をかけたのは、たまたま先客としてそこにいたアンドリューズ隊の三人だった。五人の口からガイを巡る状況についてひと通り聞いたところで、椅子の背もたれに肘を乗せたロッシがいつもの調子で口を開く。

「けど安心してや、賑《にぎ》やかし担当ならボクがおる。代わりと思ってどーんと甘えてくれてええんやで？」

にこやかに言って両腕を大きく広げて見せる。当然のようにそのアピールを無視した五人の視線がロッシの背後のふたりへ移る。

「アンドリューズ、オルブライト。溶岩樹形ではオマエらにも世話になったな」

「うむ。お二方とも見事な活躍でござった」

「最後の戦闘に加わっただけで大したことはしていない。『幹』への到着は君たちのほうが早かったし、Mr.《ミスター》・グリーンウッドの生還も彼自身の力に依《よ》るところが大きいだろう」

「あの土壇場《どたんば》で呪者の才覚を示すとはな。……ふん、生意気な」

「めげへんでー。このくらいじゃちっともめげへんでー」

黙殺されたロッシが乗った椅子を左右にぐらぐら揺らして主張する。さすがに薄情すぎたかと思い、オリバーが苦笑してそちらへ向き直る。

「……冗談だロッシ、君にもちゃんと感謝している。単にさっきの無神経な発言に心底辟易《へきえき》しただけで」

「失礼しましたわMr.《ミスター》・ロッシ、あたくしも同様ですの。ただ率直に――たとえあなたが百人いたところで、ガイの足の小指の代わりにさえならないと伝えたかっただけですわ」

「並んで笑顔でエグいこと言うのやめてくれへん？　うっかり目覚めそうになるわ何か」

自分の肩を抱いたロッシがぞくぞくと身を震わせる。その奇態を視界から外しつつオルブライトが腕を組んで話を続ける。

「ともあれ、グリーンウッドを見習いお前たちも今後を考えることにした、と。……まぁ相談には乗ってやるが、参考になるとは思わんぞ。俺の進路は異端狩り一本だ」

「それは思い切りが良すぎると言っただろうオルブライト。僕が見てきた限り、君には指導者としての適性も大いにある。それを伸ばす形での将来もじゅうぶん考えられるはずだ」

「どこぞの学校で教師になれとでも？　ろくな歴史もない他家ならいざ知らず、オルブライトの嫡子がそれでは話にならん。お前こそ同じ方向で真面目に検討してはどうだ。このところは生徒会にもずいぶんと馴染《なじ》んでいるようだが？」

異論を示したリチャードとの間でちょっとした口論が始まる。相手の可能性を慮《おもんぱか》ってこその発言を聞いたシェラがひそかに感動の涙を拭う。その一方でひとり飄々《ひょうひょう》と笑って口論を眺めるばかりのロッシへと改めてオリバーたちの視線が向けられ、本人がきょとんとする。

「ん、ボク？　なーんも考えとらん。なんやこう雲の上を歩くみたいに生きていきたいわぁ」

「……剣風とまるで同じ。地に足が着いていないの見本ですわね……」

「よく見ておこうねナナオ。わたしたちはこうなっちゃダメだよ」

「そない反面教師にせんでもええやん。ボクかて理由《わけ》もなくノープランなのと違《ちゃ》うで。単に決めてるんや、そーゆうのはオリバーくんにキッチリ勝ってから考えようてな」

「留年する気なのかロッシ。茨の道だな」

「あっあっ。キミのツッコミも大概厳しいわピートくん」

不気味な喘《あえ》ぎ声を上げるロッシを再び黙殺し、傍《かたわ》らで口論を続けるふたりへとオリバーたちが再び視線を向ける。それに気付いたリチャードが咳払《せきばら》いして彼らに向き直る。

「失礼、話を戻そう。……多くの分野に適性がある人間ほど進路には悩むものだ。君らの中ではシェラとオリバーがそれに当たるだろう。逆に言えば、ある分野で突出した能力がある者は素直にそれを伸ばしていけばいい。何の変哲もない一般論で恐縮だが」

「ふむ。然《しか》らば拙者の場合は……」

「魔法剣か箒術《ほうき》、でしょうか。どちらを専攻するにせよ、ガーランド先生もダスティン先生も大いに歓迎してくれそうですが……」

「そのふたりの直弟子を目指すというのも大いにアリだ。いずれも片手で数えるほどしか取らないはずだが、だからこそ人材としての価値も跳ね上がる。……それに、何より。君ならじゅうぶんに現実味があると思うぞ、Ms.《ミズ》 ヒビヤ」

目を横に逸《そ》らしながらリチャードがそう口にする。照れの奥に見え隠れする敬意が何とも微《ほ》笑《え》ましく、オリバーとシェラはそれを顔に浮かべないようにするのに苦労した。同意を込めて頷《うなず》いたオルブライトが他の四人へ話を移す。

「アールトとレストンも同様に考えていけば多くは悩むまい。マクファーレンに関しては真逆だが――お前の場合はむしろ、己の能力よりも家と血に縛られるところが大きそうだな。……あるいは俺以上に、か？」

「……比較は出来ません。が、正直に言えば、少なからずは。もちろん父に言われるままではありませんけれど……」

「……いつか詳しく教えてね、それ。簡単に話せることじゃないって分かるけど……」

シェラの袖を小さく引いてカティが訴える。その思《おも》い遣《や》りを受けたシェラが迷わずカティを抱き締めた。彼女らから視線を外し、オルブライトが別のひとりへと関心を移す。

「もっとも興味深いのはお前だ、オリバー。……無論、この期に及んで一介の器用貧乏扱いする気は毛頭ない。だが——俺が認めたその立場から、お前はどの道を目指す？」

「————」

問われたオリバーがとっさに返答出来ずに立ち尽くす。……現実として、目の前の友人たちと同じ感覚で未来を考えることは出来ない。そうするには自分に残された時間は余りにも少ないからだ。当然と受け入れていたつもりのその事実が、なぜか今はひどく胸の内を掻《か》き乱《みだ》す。

それを振り切るようにして、オリバーはどうにか苦笑気味に口を開く。

「——失望させてしまうだろうが……まだ何も考えられていない、というのが正直なところだ。恥ずかしい話、キンバリー《こ こ》に来てからずっと目の前の問題に取り組むので精一杯だった。その先にまではとても気が回らなかったよ」

「やや！　拙者とお揃《そろ》いでござるな！」

「ボクともやで！」「オマエは一緒にするな」

ナナオが元気に同調し、図々《ずうずう》しく乗っかろうとするロッシへピートが釘《くぎ》を刺す。その無邪気な姿を目にするほどオリバーの胸が締め付けられる。——どんなに良かっただろう。もし自分が、彼らと同じ時間を生きられる立場であったなら。

　オルブライトが目を閉じて鼻を鳴らす。罵られることも覚悟していたオリバーだが、意外にもその気配はない。

「――フン。生憎《あいにく》と、そのザマも予想通りだ。……他者の問題にばかりかまけず、せいぜいこの機会に自分の今後についてよく考えておくことだ。次にも同じ返答を寄越したら許さんぞ」

　それどころか、憎まれ口も程々の忠告すら寄越してくれる。心遣いに感謝しながら、なぜ今日に限って誰もがそんなに優しいのかとオリバーは辛《つら》く思った。ガイと距離が開いたことによる気落ちがそんなにも顔に出ているのだろうか。だとすれば引き締め直さなければならない。弱みを晒《さら》しながら呑気《のんき》に生きられるような立場ではないのだから。

　そこでリチャードがオリバーへと一歩踏み出す。自制に努める相手の姿を将来について悩んでいるものと解釈して、彼はそこに迷わず助けの手を伸ばす。

「僕には改めて相談してくれても一向に構わない。人目を気にせずじっくり話せる場所が欲しければガラテアに良《い》い店を知っている。この週末にでも個室の予約を捻じ込めるか確認しておくか？」

「あ、ありがとうリチャード。その――いずれ頼むかもしれないが、今はまだ大丈夫だ。ひとまず自分でじっくり考えてみるよ」

　差し出された厚意を受け止めきれずにオリバーが両手を上げて微笑《ほほえ》む。自分の前のめりを悟ったリチャードが慌てて身を引き、そんな彼へ微笑《ほほえ》みかけながらシェラがオリバーの肩に手を乗せる。

「リックに限らず、あなたの相談に乗りたがる人間は校内に沢山います。……焦《あせ》る必要はありませんわ。その人徳こそ、ここでは他の何よりも得難《えがた》いのですから」

温かいその言葉に、複雑な感慨を抱きながらオリバーが頷《うなず》く。そうして話が一段落したところで、五人を眺めたオルブライトがぽつりと口を開く。

「……最後に忠告がある。誰かひとりではなく、グリーンウッドを含めたお前たち全員に」

改まった語調にオリバーたちの背筋が伸びる。彼らへ向けてオルブライトが厳しく告げる。

「生き急ぐな。……今までの話は全て、お前たちが魔に呑《の》まれずにここを卒業する前提だ」

「…………あぁ。肝に銘じるよ」

他の四人と共にオリバーが頷《うなず》いて返した。この上なく有難《ありがた》く――しかし、彼にとってだけはこの上なく皮肉なアドバイスだった。

リチャードたちとの相談を切り上げると、今度は具体的な選択肢を確認するためにオリバーたちは校内の掲示板へと足を運んだ。それぞれのアピールポイントと共に張り出されたいくつもの募集要項を前に、カティが腕を組んで唸《うな》る。

「……悩むよね、研究室選び。魔法生物関係に絞ってもけっこう数あるし……」

「テーマだけでなく、顧問の先生や研究を共にする先輩も重要ですものね。……カティの場合ですと、ミリガン先輩と同じところはどうですの？」

「もちろんそれも考えたけど、先輩は今年で卒業しちゃうし……。亜人種についての研究はわたし個人で引き継ぐんだけどね。その経験を活《い》かせるところがいいかな、やっぱり」

「うむむ……。眺めるだけで目が回ってござる」

「──ヒ～ビ～ヤ～」

頭を捻《ひね》るナナオたちに、そこで背後から恨みがましげな声がかかる。きょとんとして振り向いた五人が目にしたのは、満面の笑みに迫力を湛《たた》えた小柄な箒《ほうき》術の担当教師だった。

「おお。これはダスティン殿」

「うんうんそうだな俺だな。ダチ同士で平和につるんでるところに割り込んで悪ぃけど、まず確認するぞ。──研究室選びだな？　ここで掲示板と睨《にら》めっこしてるってことは」

「左様にござるが」

正直に言ってナナオが頷《うなず》く。ダスティンが手で顔を押さえ、笑みを引きつらせて天井を仰ぐ。

「……どうして俺に相談に来ねぇかなぁ～。今年度入ってからずっと待ってんだけどな～？」

「お──おぉ……？」

「何度も話したよな～？　四年になったら～、まず俺が顧問の空戦研究室に見学に来いってよ

〜。おっかしいな〜、まさか忘れてねぇよな〜？　滅多にないんだけどな〜、俺のほうから生徒に声かけることなんてよ〜」

声を震わせてダスティンが言う。話の流れからすぐさま事情を察し、オリバーとシェラが慌ててナナオに耳打ちする。

「……行ってこい、ナナオ。入るかどうかはともかく、さすがに教師の誘いを無視はまずい」

「ええ、先生のあの顔を御覧なさい。怒りを通り越してもう涙目ですわ」

「う——うむ！　承知致した！」

ようやく事態の緊急性を察したナナオが動き出す。平謝りしながらダスティンと共に去っていくその背中を四人並んで見送りつつ、ピートが肩をすくめて鼻を鳴らす。

「……あの様子なら、アイツはすぐに決まりそうだな」

「おそらく魔法剣の分野からもラブコールがあると思うが……まぁ、時間の問題だな」

オリバーが声を合わせて頷《うなず》く。と、遠ざかる友人に気を取られていた彼らの背後に、そこでひとつの気配が歩み寄った。

「失礼、少しいいかな。主にMs《ミズ》．アールトに」

呼ばれたカティと共に四人が振り向くと、いつの間にか眼鏡をかけた六年生の男子生徒がそこに立っている。オリバーだけはその生徒と面識があった。ただし、表の校舎ではなく迷宮内での知己——即《すなわ》ち「同志」として。

初対面の上級生を前にカティ、シェラ、ピートの三人が警戒を顔に浮かべる。大袈裟《おおげさ》でも何でもなくキンバリーでは当然の心構えだ。それを見て取った上級生が微笑《ほほえ》んで両手を上げる。

「そう構えないでくれ。勧誘と言えば勧誘だが、今日のところはまだこちらを憶《おぼ》えて欲しいだけだよ。……というのも、キンバリーでも決して多くはないからね。異界関連の研究室は」

「――！」

その単語を耳にしたカティが目を見開く。彼女の反応を眺めながら上級生が言葉を続ける。

「君の興味と適性を同時に満たせるのはウチしかないと思っている。メンバーに話は通しておくから、いつでも気軽に見学に来てくれ。それだけでもきっと得るものがあるはずだよ」

そこまで手短に語ってパンフレットを渡すと、予想に反して上級生はあっさりと後輩たちの前から去っていった。渡された紙片をじっと見つめながら、カティが口を開く。

「……候補に考えてたところだ。亜人種の生態や文化を広く研究してて、その延長上で異端化についても掘り下げてるって……」

「あなたにも向こうからアプローチが来ましたわね。……やはり異界に興味がありますの？　今のカティは」

「……うん。前の『渡り』の一件の影響もあるけど、亜人種について深く学ぶほど、その問題は避けて通れないって分かるの。異端に対しても異界に対しても、今の魔法界には『理解』の試みが根本的に足りてないと思う。もちろんデメトリオ先生が言ってたことも理屈では分かるんだけど……」

自分の葛藤を話しながらカティが悩み込む。横からそのパンフレットを覗《のぞ》き込んだオリバーが、そこから少しの逡巡《しゅんじゅん》を経て口を開く。

「俺もここには興味がある。……良ければ一緒に見学に行かないか、カティ」

「え——オリバーも？　あ、そ、それなら心強いけど……」

耳元からの予想しなかった提案にカティがどぎまぎする。そのやり取りを眺めたピートとシェラが顔を見合わせ、一瞬の目配せを経てごく自然に提案する。

「ナナオも行ったし、ここからは一旦別行動でどうだ。ボクも自分の候補を見学に行きたい」

え、と不意を突かれたカティが声を上げる。とはいえ提案自体は至って妥当だった。自分の分野とかけ離れた研究室に見学へ行っても意味がない。そこに入る可能性がある者だけで訪ねるべきで、そうなるとピートは自然と外れることになる。シェラがすぐさまその提案に乗っかる。

「それが良さそうですわね。では、あたくしはピートと一緒に参りますわ」

「オマエも来るのか……。別にいいけど、退屈しても文句言うなよ」

そこまでは想定していなかったピートが鼻を鳴らして歩き出す。そうして廊下を去っていくふたりを横目に、オリバーは隣の友人へと呼びかける。

「俺たちも行こう、カティ。さっき勧誘されたばかりだが、この時間なら特に問題ないはずだ」

「う――うん……！」

頷《うなず》いたカティが慌てて歩き出す。嬉《うれ》しくて頼もしいと同時に気恥ずかしい。研究室選びだけでもじゅうぶん悩ましいのに、もうひとつ大きな悩み事が付いてきてしまった――そんな心境だった。


パンフレットに書いてあった三階の教室を訪ねると、そこには先ほど会ったばかりの上級生がひとりで読書に耽《ふけ》っていた。メンバー自体はもっと多いはずなので、この時間はまだ人が集まらないのかもしれない。そう思ったふたりの顔を眺めて上級生が破顔する。

「――ああ、さっそく来てくれたのか。嬉《うれ》しいよ、さぁ座って座って」

立ち上がった上級生が勧めた椅子にふたりが礼を述べて腰かける。かと思えば上級生が壁際《かべぎわ》の本棚へと歩いて行き、そこから運んできた分厚いファイルを、オリバーたちの前のテーブルに次々と積み上げていく。

「……これは……？」

「挨拶代わりの先行研究。全て異界生物の生態や意思疎通についてのものさ。このジャンルは図書室の棚をいくら探しても少ないだろう？」

さらりとそう告げた上級生にカティが一瞬ぽかんとし、それから堰《せき》を切ったように目の前の資料を開き始める。あっという間に集中状態に入った彼女を横目に、オリバーが目の前の先輩へと話しかける。「同志」ではなく、ここではひとりの先輩として。

「……資料があるんですね、ここには。この類の研究は、いくらキンバリーでも暗黙のタブーかと思っていましたが……」

「対外的にはそう見せているけどね、実質的にはむしろ逆だと僕は思っている。そうでなければモーガン先輩のあの研究だって許されなかったはずだろう？　表立って推奨こそされないけど、今の校長になってからは異端関連の研究がむしろ後押しされている——あくまで印象だけどね」

にやりと悪い笑みを浮かべて上級生が言い、その内容に少なからずオリバーは疑問を覚える。「同志」の先輩が実感を踏まえて言うのだから、それは今のキンバリーの傾向として確かなのだろう。が——あのエスメラルダが異界の研究に対して意欲的というのは解《げ》せない。魔法界の頂点に君臨する立場から求められる姿勢は、そのまま異端狩りのそれと重なるはずだからだ。

「とはいえ、現在進行形の研究は非常に少ないよ。異端化個体や異界生物のサンプルひとつ取ってても確保にとんでもなく面倒な段取りがあるからね。……まぁ、それでもここがキンバリーにおける異界研究の最前線と言って差し支えないはずだ。君のやりたいことにもっとも近付ける場所だと思うよ、Ｍｓ《ミズ》．アールト」

資料の読解に耽《ふけ》る後輩へと上級生が優しく呼びかける。それでハッと我に返ったカティがファイルを閉じて顔を上げ、背筋を伸ばして真剣に口を開く。

「……きっとご存知だと思いますけど。去年、わたしは律する天の下《ウラニスシャガ》の『渡り』と接触しました。まともに観察出来たとはとても言えない、ほんのわずかな時間でしたけど……」

「もちろん存じている。その時の経験が影響しているんだろう？　今日ここを訪ねたのも」

「……はい。……あの子に触れた時——こう言うのが正しいか分からないけど、その大元にある意思のようなものを感じました。あるいは感情、心と表現し得るものを。……わたしたちと遥《はる》かに遠く隔たってはいても、根本的には決して理解不能じゃない——そう感じられる共通点を……」

自分の経験を述べるカティの言葉にオリバーが隣で息を呑《の》む。その体験自体はすでにカティの口から伝えられていたが、オリバーには何とも解釈の仕様がなかった。ほう、と感心を顔に浮かべて上級生が顎に手を当てる。

「面白いね。……つまり、『神』の声を聞いた。事の真偽はともかく、君自身はそう感じているわけだ」

「……はい。ただの主観で、勘違いでない根拠は何もありませんけど……」

「構わないさ。他に手掛かりがない時には直感を信じて進むのが魔法使いというものだ。……それで、君はどうしたいんだい？　その稀有《けう》な経験を踏まえた上で」

経験について根掘り葉掘り尋ねるでもなく、上級生は静かにカティの意思を問う。それを受けたカティが俯《うつむ》き、慎重に言葉を選んで答え始める。

「異端についても、異界についても、その『神』についても――わたしはまだ、何も知らないに等しいんです。なのに、何も知らないまま無条件で敵対しろと言われる。その現状に違和感があります。まるで服を着る時に、最初のひとつからボタンを掛け違えているみたいな……。だから、まずはそれを解消したい。どこを目指すとしても、全てはそこから始めなきゃならないと思うんです。……その先は正直まだ、何も考えていません」

思うところを素直に述べる。聞いた上級生がふむと唸《うな》って腕を組む。

「なるほど、そういう段階か。……少し安心したよ。失礼だが、もっと前のめりに突っ走っている感じの子を想像していたんだ。魔に呑《の》まれそうな生徒には得てしてその傾向があるからね。だが――今の話を聞く限りでは、君はちゃんと自制が利いている。『こちら側』に踏《ふ》み止《とど》まろうとする意志がある。ハイリスクな分野で行う研究だからこそ、それがあると無いとでは大違いなんだよ。もちろんその上で危なっかしくはあるが――そこをフォローするのは我々先輩の役目だからね」

優しく微笑《ほほえ》んでそう伝える。オリバーが複雑な思いで目を細めた。それが厚意の表れであるのか新人候補へのリップサービスなのか、はたまた「同志」として行う演技なのか――現時点では君主のオリバーにも判断が付かない。と、彼のそんな心境を察したように、上級生の顔がオリバーを向く。

「彼女については多少分かった。Mr《ミスター》.ホーンも関心の方向性は同じかな？」

問われたオリバーが一旦気持ちを切り替える。——そう、カティにばかり喋《しゃべ》らせてはいられない。ここには自分も興味をもって訪れた体であり、それはまんざら嘘《うそ》でもないのだから。

「——凡《おおよ》そのところでは。より具体的には、異端を減らす方法を研究したいと思っています。もちろん戦って滅ぼすのではなく、より根本的に……異端化それ自体を未然に防ぐという意味合いで」

用意してあった返答を述べると、隣で聞いたカティが驚いた顔で彼を見つめる。リチャードたちと話した時には出なかった話であり、オリバーがそういった考えを持っていたと知るのも彼女は今が初めてだ。上級生が微笑《ほほえ》んでその内容を受け止める。

「であれば、Ms《ミズ》.アールトの研究とも自《おの》ずと重なるところは大きいだろうね。どちらもキンバリーでは珍しい方向性だ。そこまで気が合うなら一緒にいるのも当然かな。

……うん、君たちはいいコンビだ。深いところで嚙《か》み合《あ》っているのが伝わるし、それなら今後のシナジーも期待出来る。ふたり揃《そろ》ってウチで迎えたい——話した上で、改めてそう思うよ」

穏やかに、しかしはっきりとそう告げる。入室を望むなら歓迎する——そういう返答として受け止めて良いことはふたりにも伝わった。残る問題は自分たちの意思だけであることも。

「いきなり正式に入れとは言わない。他にも気になるところはあるだろうからね。一～二か月は気軽に遊びに来て、その上で慎重に決めてくれればいいよ。つまらない遠慮はなしでね」

返答は急《せ》かさないと上級生が重ねて述べる。その気遣いに感謝を示し、異界生物についての資料をしばらく並んで読んだ上で、オリバーとカティは礼を述べて研究室を立ち去った。

見学を終えて廊下を歩き始めても、ふたりはしばらく無言だった。今のやり取りをどう受け止めるべきか——自分の中でそれをある程度整理した上で、カティのほうから静かに口を開く。

「……感じのいい先輩だったね、なんか。他のところの勧誘はもっとぐいぐい来るのに、まずこっちの話を丁寧に聞いてくれて……」

「そうだな。何はともあれ、こちらの状態を最優先で確認したかったんだろう。君のほうもしっかり受け応えられていたと思う」

率直な印象をオリバーがそう述べると、ふいにカティが立ち止まる。合わせて足を止めたオリバーの顔を正面からまっすぐ見つめ——ひとつ深呼吸を置いて、彼女は確認する。

「……わたしがあそこに入るとしたら——本当に、オリバーも来てくれるの？」

「——ああ。逆に、君が入らないなら俺だけが入ることはないだろう。その場合、他のところの見学にも改めて付き合わせて欲しい」

オリバーが迷わず答える。その返答に飛び付きそうになる気持ちを抑えて、カティは続く確認を舌に乗せる。――ここだけは決して、曖昧にはしておけない。

「……それは、わたしが危なっかしいから？　ひとりにしておくと心配だから……お守りのつもりで、そう言ってくれてるの？」

意図的に強めた語調でそう問いかける。もしそうなら侮《あなど》らないいで欲しい――そんな思ってもいない反発すらニュアンスに乗せている。なんて情けない態度だろうと自分でも思う。今日までどれだけオリバーに甘えて世話になって来たかを思えば、こんなことは口が裂けても言いたくない。だが、今は言わねばならない。彼の真意によっては、たとえ嫌われてでも突き放さなければならないタイミングなのだから。

オリバーが寂しげに微笑《ほほえ》む。その表情を見るだけでカティの息が詰まる。胸が捩《ね》じ切《き》れそうな罪悪感に彼女が苛《さいな》まれる中、オリバーは静かに問いへ答え始める。

「正直に言えば、その向きもある。……だが――それ以上に。亜人種や異端に関する問題へ、君と一緒にしっかり取り組んでみたいんだ。

俺にはない視点と感性が君にはある。俺はそれがずっと好ましいと感じているし、そこから生まれる新たな発想に期待している。……昨日今日の思い付きじゃない。一年の頃からずっと考えていたことだよ、これは」

余りにも淀《よど》みない返答がカティの胸に沁《し》みる。取り繕ったものではない、彼自身の心の底からの希望であることが重ねて問うまでもなく伝わる。疑いを挟む余地はない。それが不要なほど、彼とはもう心が通っているから。

突き放すための言葉がひとつ残らずカティの中から立ち消える。代わりに途方もない感情が足元から昇ってきて全身を甘く満たす。まずい、とカティは思う。とっさに視界の端に逃げ場を見つけ出し、一も二もなくそれに飛び付く。

「……ちょ、ちょっとお手洗いに寄ってくね！　最初の談話室だよね⁉　先行ってて……！」

「ああ、分かった」

微笑《ほほえ》んで頷《うなず》くオリバーの姿を振り切って手洗いへと駆け込む。そのままいちばん奥の個室へと入ってすぐに内側から鍵を閉める。もう誰にも見られない。そう思うと同時に扉へ両手を突き、

「…………あぁ〜〜〜…………」

言葉にならない呻《うめ》きを溢《あふ》れさせる。それと一緒に堰《せき》を切った涙がぼろぼろと頬を流れ、滴となって床に落ちる。悲しいのではない。むしろ逆だ。爪先から指先まで痺《しび》れるほどの幸福感に思考が塗り潰されている。

「…………どうしよう……。……こんなに……泣いちゃうほど、嬉《うれ》しいなんて……」

掠《かす》れた声で独白する。――嬉《うれ》しくないはずがない。キンバリーに来て初めて自分の感性を肯定してくれたのは彼なのだ。それからもずっと変わらず見守り、支え、背中を押してくれた友

人であり恩人なのだ。親愛も憧れも慕情も数え切れないほど募りに募っている。その全てが閾値《しきいち》に達してはもはや感情に区別を付けることすら虚《むな》しい。およそ考えうる限り全ての「好き」を自分はオリバーに対して抱いている。同時にそれをずっと封じ込めて来ている。大切な親友から彼を奪わないために。彼を自分の魔道の道連れにしないために。

「……なんでこうなの、わたし……知ってるのに。オリバーはもう、ナナオと結ばれてるって。……さっきだって……本当は、突き放さなきゃダメだったのに……」

思い返して絶望する。――本当は、確認など挟むことはなかった。研究室には自分ひとりで入りたいと、身内の甘えを持ち込むのは避けたいとでも何とでも理屈を付ければ良かった。そうすべきと分かってはいた。だが一言も口には出せなかった。そうすればオリバーが離れていってしまう。自分と一緒に研究したいと言ってくれた彼が傍《そば》からいなくなってしまう。出来ない。どうしてもそれが出来ない。彼が意志を示す前であればまだどうにかなった。だが――一度この手の中に得てしまったものは。甘く温かいその権利だけは、彼女はもはやどうあっても手放せない。

「……戻って来てよ、ガイ……このままじゃ、わたし……心がどうにかなっちゃうよ……」

今は傍《そば》にいない友人の名を呼びながらカティが嗚咽《おえつ》する。歓喜と罪悪感で斑《まだら》に染まった心を抱えて、その葛藤を解《ほぐ》す手がかりさえ見つけられないまま、彼女は暗い個室の中でたったひとり泣き続けている。

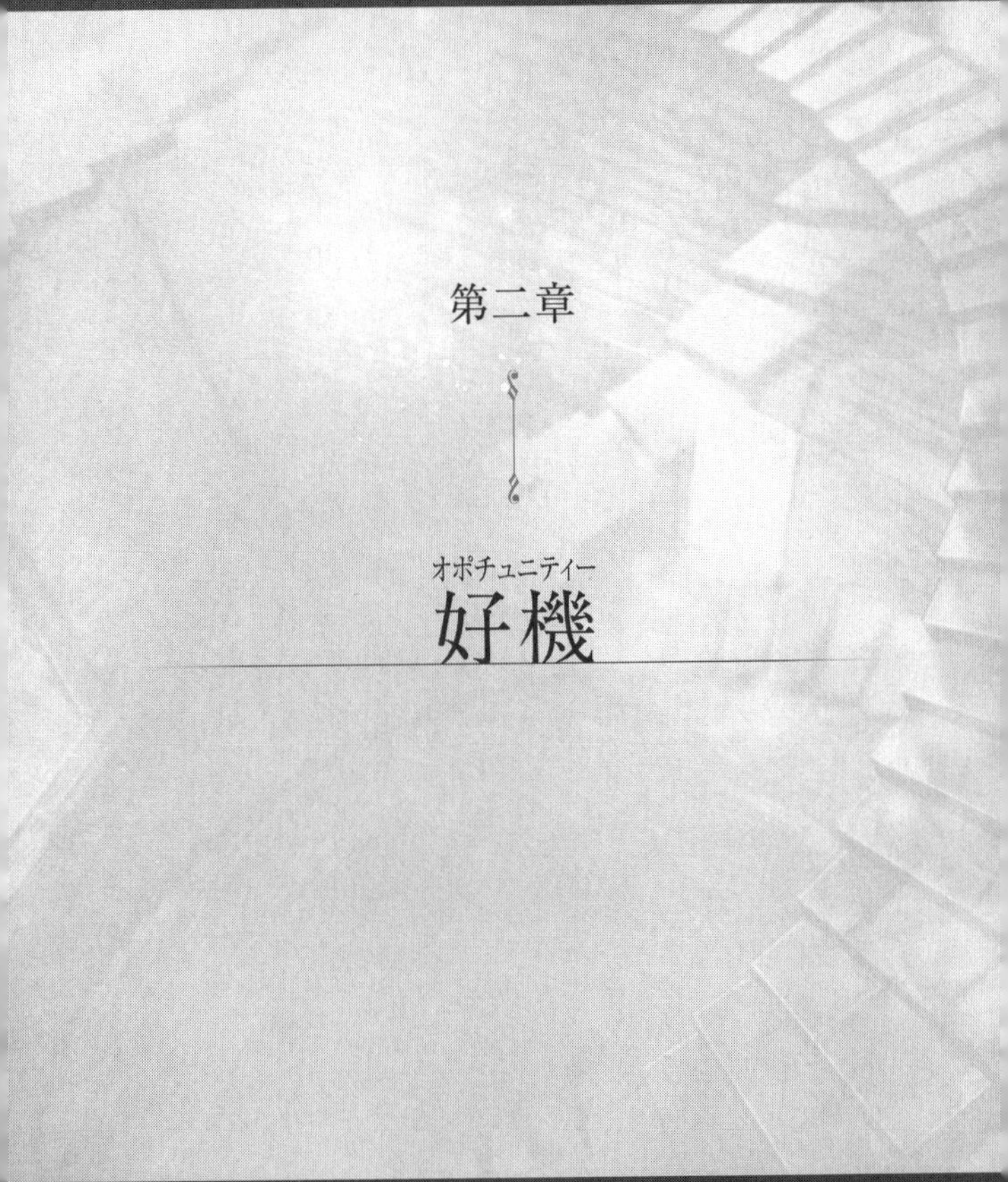

第二章

好機《オポチュニティー》

蘭国《ランシール》北部。その荒れ地に聳《そび》える黒い威容、異端狩り本部。言わずと知れた現世の伏魔殿。

「――クソッタレ《メールド》。ああまったく不愉快、不愉快、不愉快だわ」

その住人がひとり、廊下を歩いている。前線帰りと一目で分かる汚れきった風体の魔女――しかし人であるかは限りなく疑わしい。艶《なま》めかしい肢体を包む衣服には無数の小さなスリットが開き、それら全ての隙間から生きた眼球が周りを睥睨《へいげい》している。それに比べれば、全身にこびりついた生乾きの血痕程度はありふれたアクセサリーと変わらない。

それでいて、彼女の有様《ありさま》を異形と恐れる者はここにいない。同じ廊下を屯《たむろ》する魔人たちは誰もが恐怖以上の畏怖をもって女へ道を譲る。ここでの序列は至ってシンプルだ。過去により多くを殺し、この先の未来でもさらに多くを殺し続ける者が敬われる。その過程に手段がいくつあったところで、彼らの務めはつまるところそういうものでしかない。

「**生即ち闘争なり**《ウィーウエーレ・エスト・ミーリターレ》」

符牒《ふちょう》を受けた鉄扉《てつび》が自《おの》ずと左右へ開く。同時に踏み入った窓のない部屋の奥から、複数の眼光が一斉に女を見据える。居並ぶ影は三つ。ひとつは天井に迫る異常なほどの長身――その大半を赤子のおくるみのような青白いマントですっぽり包み込み、その挙句に顔面すら白磁の仮面で覆った白ずくめの幽鬼。ひとつは腰から下を蜘蛛《くも》じみたゴーレムの多脚に置き換え、残りの上半身は痩せ型の気難しげな面立ちをした少壮の男。そして最奥《さいおう》に控える最後のひとつは、王と裁判官の威厳を同時に宿した大柄な壮年の魔人だ。

何者か、などと訝《いぶか》ることすら儚《はかな》い。まかり間違えて普通人が目にすれば、それらはいずれも単に形を変えた絶望の輪郭でしかない。刑場に隣接する冥府の裁判所がここだと言われても誰であれ腑《ふ》に落ちる。そんな現世から半ば外れた辺土の中で——最初の人がましさを。即《すなわ》ち不快の表情を、蜘蛛《くも》の男が示した。二本残った人の部分《うで》を組み、それは続けて言葉を舌に乗せる。

「……現場帰りとはいえ、もう少しマシな格好で来られんのか〈百眼《ハンドレッド》〉。なんだその汚らしい化粧は。割った獲物を頭上に吊《つ》るしてシャワーにでも代えたか？」

「黙りなさい〈人蜘蛛《アルケニー》〉。こっちの機嫌は最悪もいいところよ。信じられる——よりにもよって現場でオールディスと鉢合わせよ？　行く先々であいつの残飯を処理させられたこの鬱憤、あんたが今すぐどうにかしてくれるっていうの？」

「シシシシシィ……！」

仮面の奥から奇怪な音が漏れ出す。追って落ち始めた大量の涎《よだれ》がテーブルへ瞬《また》く間《ま》に水溜《みずた》まりを形作る。なおも垂れ流される騒音は、強いて言うのなら老朽化した配管が水圧によっては ち切れる寸前でがなり立てる末期の絶叫にも似ている。それを「笑い」であると辛《かろ》うじて認識出来るのは大きく背中をしならせた巨軀《きょく》が身悶《みもだ》えするように激しく震えているから。なるほど確かに笑いであろう――断じて人のものではないとしても。

同じテーブルの奥で押し黙ったままの魔人を一瞥《いちべつ》し、さらに周りを見渡して、〈百眼〉と呼ばれた女は小さく眉を上げた。自分の風体への揶揄《やゆ》がそれきりで止《や》んだのが意外だったからだ。

「……あら、爺《じい》やがまだなの。ついにポックリ逝《い》ったのかしら？」

「すまんのぉ。期待に応えてやれなくて」

老いた声が女の背中に絡《から》みつく。同時に振り向いた彼女が目にしたのは、錆色《さび》の疱瘡《ほうそう》でびっしりと覆われた大きな鉤鼻《かぎばな》を持つ老爺《ろうや》の姿。背中は骨から拉《ひしゃ》げたように深く曲がり、手指の先の皮膚は枯木と見紛《みまが》うまでに乾ききり――でありながら、落《お》ち窪《くぼ》んだ両目は、それらの印象を塗り替えて余りある生への執念で爛々《らんらん》と濁り輝いている。醜怪であり、異様であった。それはさながら、赤子の生《い》き胆《ぎも》を貪り食らって生き永らえた老鬼の佇《たたず》まい。

「聖光の拠点を攻めたはずだな。首尾はどうだ、〈鷲鼻《わしばな》〉」

奥の魔人が初めて口を利《き》いた。その硬質の問いを受けて、〈鷲鼻《わしばな》〉と呼ばれた老鬼は憚《はばか》りもせず足元へ唾を吐く。

「蛻《もぬけ》の殻――とまでは言わぬが、半端《はんぱ》に雑兵が置いてあっただけでのぅ。まぁ無駄足よ。儂《わし》が出向いて司祭のひとりもおらなんではな」

魔人が僅かに顎を揺らした。それが身じろぎではなく首肯《うなずき》であると察するが故に、妖女と老鬼はまったく同じタイミングで各々《おのおの》の座席に腰を下ろした。蜘蛛《くも》には元より椅子など不要。彼らが囲んだ分厚いテーブルの下にはそれを支える奇妙な四本の脚がある。その全てが同じ姿勢で石化した人間だったが、わざわざ言及はおろか意識する者すらこの場にはない。

――異端狩り《グノーシスハンター》。異端を殺し、異界の接近を退け、以《もっ》て世界の理を守る者たち。手段を問わずそのための手管を考え抜き鍛え上げ研ぎ澄まし、代償《トレードオフ》で道徳と倫理と人間性を片端から捨て去り、ついには人の形すら忘れかけた悍《おぞ》ましき人でなしの群れ。そんな中でも選《え》り抜《ぬ》きの殺《さつ》戮者《りくしゃ》こそが、やがて群れを束ねる長へと転げ落ちる。

目を凝らせば、証もまた見える。魔人たちの背後に堆《うずたか》く積み上がった夥《おびただ》しい屍《しかばね》の山。魔法使いならずともその背景《バックグラウンド》は如実《にょじつ》に見て取れる。つまりはそれが。他の何物でも代わり得ぬそれだけが、彼らがこの場に在ることへの揺るぎない許可となる。

五名を称して〈鎖界五杖《ファイブロッズ》〉。その意味するところは世界の守護者にして規定者。衆生《しゅじょう》の見上げる空より異界の脅威が果てしなく迫る中、彼らの杖《つえ》はそれを阻むための境界線を引くべくして振るわれる。その線《ライン》に沿って杭《くい》を並べ立て、間をひとつ残らず鎖で繋《つな》ぎ、以て世界を結んで閉ざす。何ひとつ変えさせぬと誓って一線に立ち塞がる。尚《なお》も踏み入るモノは例外なく迎え撃つ。相手が何であろうと殺し尽くし灰も遺《のこ》さず焼き払う。

そう、彼らは殺す。世界をいつまでも閉ざし続けるために、この秩序をこの形のまま永遠に保ち続けるために、「外」に救いを求める祈りの声を悉《ことごと》く踏《ふ》み躙《にじ》り棄却する。例外も寛容も妥協もない。線引きは昔から一度たりとも変わらない。「外」より何も入れず招かせず、不覚にも入れてしまったモノは一片たりとも見逃さず。遍《あまね》く全てを徹底的に焼き払い無へと帰す。

むろん、人権なる腑《ふ》抜けた概念は原理的に採用し得ない。命の扱いに侵し得ぬ底《ボトム》を定めるのであれば、それは即《すなわ》ち手段を選ぶということに他ならないからだ。そんなことでは守れないと彼らは断じる。必要に応じて全てを火にくべられる世界だけを容認し、その前提を抜きにして異界の侵略には到底抗《あらが》えないと固く信ずる。そこから導かれる生き様こそが他ならぬ魔道であり――事実として彼らは、ずっとそのようにして世界を同じ形に閉《まも》じ続けて来た。

「報告を始めろ。一にヴァルヒ。キンバリーに送り込んだ〈大賢者〉については？」

魔人が問う。ヴァルヒと呼ばれた蜘蛛《くも》が嗤《わら》う。どこまでも傲慢に凄惨に。まるで魔法使いはこう笑うのだと教科書に見本が描いてあったかのように。

「……期待通りに引《ひ》っ掻《か》き回《まわ》してくれているようだ。それでいて抗議のひとつも届かない辺り、さしものエスメラルダもこの状況では強く出られんと見える」

「大魔法使いが立て続けに三人消えた後ではのぉ。相手があの女でなければ、とうに今の立場から引きずり降ろしているところじゃて」

声を挟んだ老鬼がげてげてと喉を鳴らす。長生きが過ぎると笑いすらここまで歪《ゆが》み切るのだと実例を示すが如《ごと》く。両者のやり取りを聞いた〈百眼〉がばりばりと頭を掻《か》き毟《むし》る。

「……あの女の顔を思い出したらまた腹が立ってきたわ。ねぇドニの爺《じい》や、サンデュスの病葉《わくらば》は余ってない？　あれ入れるとスッとするのよ」

「おお……まぁ、あるにはあるがのう。どう使ったところで脳を蝕《むしば》む猛毒じゃぞ？　何度も言うたがルイザよ、こんなものを煙草《たばこ》に嗜《たしな》むのはお前さんぐらいじゃて」

「あるなら早くちょうだい。でないと今すぐここを出て最初に目に付いた男をいたぶることになるわ。別にそれでもいいけど、報告の前だとあんたたちが困るんでしょ」

そう言いながらぶん、と頭を振る。長い髪に絡《から》まって乾いた血の粉がばらばらとテーブルに散らばり、それを見たヴァルヒが眉根を寄せて閉口する。――前線働きに没頭し続ける中で、〈百眼〉ルイザは清潔の意義を見失って久しい。見た目がどれほど汚れていようと、よしんば全身からどんな腐臭を漂わせようと、それごと男を耽溺《たんでき》させるだけの魅了が彼女にはある。単純な不快感もまた極まった自己制御《セルフコントロール》で打ち消せる。故に、今となっては浄化の呪文ひとつ唱えるのも億劫《おっくう》なのだろう。

ドニと呼ばれた老鬼が溜《た》め息交《いき》じりに懐《ふところ》へ手を入れる。そこから抜き取られ差し出された細長い葉をルイザが瞬時に引ったくり、腰から抜いた白杖《はくじょう》でそれを空中に浮かべて火を点《つ》ける。すぐに生じた薄紅色の煙を、すぼめた唇ですぅ――と肺へ送り込み、

「――ハァァ――」

至福のため息と共に吐き出す。紙巻きやパイプを用いずとも、領域魔法に長《た》けた魔法使いであればこの程度は造作もない。過去にマクファーレンの伊達《だて》男から「趣《おもむ》きがない」などと揶揄《やゆ》されたことを思い出しかけるが、そんな記憶も脳を突き抜ける爽やかさですぐに吹き飛んだ。

くだらないことを考える脳味噌《のうみそ》はこうして黙らせるに限ると、ルイザはつくづくそう思う。

「――……きっと……四人目は、出ないわよ……。……どうせ内輪揉《うちわも》めでしょう、アレ……」

ぼんやりと紅の煙をくゆらせながらルイザが呟《つぶや》く。テーブルの上の血粉を神経質に風で払いながら、彼女の言葉にヴァルヒが頷《うなず》く。

「その可能性がもっとも現実的だ。グレンヴィル、フォルギエーリ、アリステイディスの三人が立て続けに討たれたとあっては。……察するに、教師間で元々抱えていた火種が何らかのきっかけで爆発したのだろう。あの面子《めんつ》なら理由などいくらでも考えられるとはいえ……」

ヴァルヒが舌打ちする。いかな蜘蛛《くも》とて、その喪失の大きさまでも嘲る気にはなれない。いま名前を挙げた三名は前線において代えの利《き》かない戦力であり、後方においては新たな戦力を醸成し供給する役割を担《にな》っていた。その働きを過小評価する気は毛頭ない。

故に、彼は全力で侮蔑する。それを防ぐべき立場にありながら成し得なかった、ひとりの魔女の看過し得ない過失を。その心境を酌《く》みつつ、ドニがそこに言葉を添える。

「三人死んで収拾が付いたかどうかまでは分からんがのぉ。……が、いずれにせよ、このタイミングでファーカーを遣ったことには意味がある。まだ火種が燻《くすぶ》っておるなら牽制《けんせい》になろうし、そうでなくとも『あれが来たことで失踪が止まった』と周りに印象付けられよう」

「然り。それはそのまま『エスメラルダが自力で事を収められなかった』印象にも繋《つな》げられる。たとえ実質的には事がもう終わっているのだとしても関係なくな」

企てを口にしたヴァルヒの口元が歪《ゆが》んだ弧を描く。視点が一向に定まらないまま話を聞いていたルイザが、そこでぼんやりと声を上げる。

「……よく分かんないけど、愉快だわ。……あれよね……要するに、あいつが困ってるのよね？　……なら、いい。ええ、それならいいのよ……」

ただそれだけで満たされたようにルイザが微笑《ほほえ》む。悪意を隠す気も取り繕う気もなく、その言動は率直を通り越していっそ無垢《むく》ですらある。嫌いな相手がヘマを犯したと聞いてけらけら笑う子供と同じ。抑えに生じる自省は彼女の内にすでにない。

三口目の煙を吸い込みながら、臨死にも似た恍惚《こうこつ》の中でルイザはふと思う。——こんなに単純になったのは、いつからだろう。前線で脳の一部を吹き飛ばされながら運悪く生き残ってしまった時か。あるいは生家の念願叶《かな》ってこの身を魔眼の見本市《ショーウインドウ》に仕立て上げてしまった時か。もうよく分からない。だが、どちらでもいい。多少馬鹿にはなったかもしれない。だとしても、今のほうが昔よりはずっと生きやすい。

「——上首尾だとは分かった。が、その運びではファーカーに与える立場と手柄が無用に膨らむ。あれの魅了を過少に見積もる気はない。首輪は入念に付けてあるのだろうな」

魔人が厳格に確認する。その内容に腕を組み、やや苦い面持ちになってヴァルヒが答える。

「半端《はんぱ》な駒を送ってもエスメラルダに黙らされるだけだ。それも込みで、本人の多少の放埓《ほうらつ》には目を瞑《つぶ》るしかない。……だが、あなたも知っているだろう。あれはずっとキンバリーの迷宮に並々ならぬ興味を寄せていた。エスメラルダを校長から退任させた暁には、その研究について一定の便宜を計らう――その形で取引は済んでいる。

〈大賢者〉がその名に恥じぬ魔法使いであることは私も認めている。だからこそ言えるのだ。あれにとっては自らの研究が何よりも重要であり、それを進める権利をわざわざ手放したりはしないと。まして我々と敵対する馬鹿げたリスクなどは決して選ばないと」

声に力を込めてヴァルヒが言い、続けて最後のひと押しに及ぶ。

「だが、万にひとつ。あれが立場を利用してキンバリーの乗っ取りを試みるようなことがあれば――その時には、私が直接出向いて始末を付ける。この〈人蜘蛛《アルケニー》〉アルフォンス＝ヴァルヒが。……それでもまだ納得には至らないだろうか、〈審判者《ジャッジ》〉オルブライト」

矜持《きょうじ》と共に〈人蜘蛛〉が押す。それでも眉ひとつ動かさぬ魔人の中の魔人――五杖《ごじょう》筆頭ヴィクター＝オルブライトの相貌へ、そこでドニが静かに濁った目を向ける。

「剛鉄《アダマント》の慎重さはお前の美徳じゃ。が、そろそろ頷《うなず》いてやらんかヴィクターよ。仮にファーカーが多少調子に乗ったとて、その勢いでギルクリストを取り込めるとは儂《わし》も思わぬ」

と、自らの視点からヴァルヒを援護する。千年を生きる至高の魔女――老鬼の口からその名が挙がった瞬間に場の空気が張り詰める。その変化すら可笑《おか》しみながらドニは言う。

「繰り言を宣《のたま》うぞ。この場の全員がとうに聞き飽きておろうが――八度よ。実に、過去八度。儂《わし》はあれに挑んで襤褸《ぼろ》切れにされた。笑えよう、さながら百年周期の律義《りちぎ》な催《イベント》しの如《ごと》き惨状じやて。それを、そんなものを。儂《わし》も群れなす死神も、あまつさえ時の無常ですら捉えきれなかった化け物を――くく、たかだか三百年も生きぬ若造が籠絡《ろうらく》すると？　――愉快。余りにも愉快に過ぎる妄想ではないか、それは」

膝を叩《たた》いてドニが笑う。自虐を交えて冗談めかしていながら、そこには五杖《ごじょう》の筆頭にも無視出来ぬ迫力がある。薬で頭の蕩《とろ》けた今のルイザですら安易な口は挟まない。そんなことをすれば次の瞬間に首が落ちかねないと肌で感じているからだ。

しばし沈黙が流れた。破るために莫大《ばくだい》な胆力を必要とする類の強硬な静謐《せいひつ》。じゅうぶんな間を置いたと判断した瞬間、ヴァルヒが迷わずそれを示した。

「――〈双杖《そうじょう》〉を喪《うしな》った直後の混乱期、その動揺を鎮《しず》めるためにエスメラルダの一頭体制が有効に働いたことは誰しも認めるところだろう。……だが、その働きもすでに過去のものだ。配下の教師をまとめきれず内紛へ動かした現状が彼女の衰えを明白に証明している。……ここで引きずり下ろしてやるべきだ。彼女がまだ、ひとりの異端狩りとして現場に戻れる間に」

重い言葉で判断を促す。ヴィクターを説き伏せるために、彼もまた常ならず集中しているのだろう。分厚い侮蔑の奥に我知らず垣間見《かいまみ》えたヴァルヒの本音に、まだまだ若い――とドニは胸の内でため息を吐く。だが責めも笑いもしない。同じ〈五杖《ごじょう》〉とて、誰もが自分のような千年物の蛞蝓《なめくじ》ではないと弁《わきま》えている。その半生で呑《の》み込んだ泥の量がヴァルヒはまだ少ない。爛《ただ》れた内臓《はらわた》の底に、今なお一片の綺麗なものが残ってしまう程度には。

「…………――――」

空中の刻み葉が燃え尽きていく様をじっと見届けたルイザが一度瞼《まぶた》を閉じ、そして開く。蕩《とろ》けていた頭がそれで目覚め、彼女は再びひとりの異端狩りとしてそこに在る。――ならばこそ傲慢に在ろうと思い出す。だからこそ不遜に徹すると決める。彼女を含めた四人がその条件を満たして初めて〈審判者《ジャッジ》〉の剛直との釣り合いが取れる。そうして彼に拮抗《きっこう》し得た時にのみ、〈五杖《ごじょう》〉という集まりは正しく機能するのだから。

「……丁度いい塩梅《あんばい》じゃない？　あの女もむざむざ学校を乗っ取らせはしないでしょ。せいぜい足を引っ張り合ってくれたら嬉《うれ》しいわぁ。どうせどっちも大嫌いだもの、私」

「シシシシシシシシィ……！」

全身をぶるぶると震わせて幽鬼が嗤《わら》う。この怪魔に限ればただそれだけで意思の表明に足りる。どんな言葉よりも雄弁に、自分たちは恐れる側ではなく恐れられる側だろうと示してのけている。無論、〈審判者《ジャッジ》〉もそこは譲らない。故に頷《うなず》く。五杖《ごじょう》の名を帯びてこの場にある以上――彼にもまた、異端狩りの長に相応《ふさわ》しい傲慢を示す義務がある。かつて幼い息子にそれを求め、今なお執拗《しつよう》に求め続けているように。

「――良かろう。〈大賢者《ウラニスシャガ》〉について現状で懸念《けねん》はないと認める。……ならば次の議題だ。来年に迫った律する天の下の『大接近』と、それに伴う聖光教団の動向について。各々《おのおの》の所見を語れ」

場の雰囲気が前を向いて引き締まる。長い鉤鼻《かぎばな》の尖端《せんたん》に手を当ててドニが語り始める。

「――マクファーレン領で『五角形《ペンタゴン》』エヴィトが目撃された件も含めて、怪しい動きは各地で多々ある。……が、来年が本命かと言われれば微妙よのぅ。その気配をちらつかせてこちらを警戒させるのもいつものことじゃて。大攻勢の前兆としては決定打に欠けておる」

「卜占《ぼくせん》課の予測も煮え切らないしねぇ。私も来年は薄いと思うわぁ。本格的に『呼び込む』には布石が足りていないいじゃない？」

「おおむね同感だが……『門』が開く頻度は確実に高まる。例年通りなら一度は大規模な侵攻があるだろう。その機に乗じて背中を突かれることが無いよう、諜報《ちょうほう》課にはより踏み込んだ働きを求めたい。異端組織への密偵《スパイ》がハイリスクであることは無論承知の上だがな」

機を逃さずヴァルヒが自分の主張を押し込む。諜報《ちょうほう》環境の未整備は遥《はる》か昔から続く異端狩りの悩みの種だ。精神性《メンタリティ》において行き着くところまで行き着いた集団であるが故に、調査対象との巧妙なコミュニケーションを前提とする内偵はそう簡単に成り立たない。数少ない適性者を訓練して独立部門を立ち上げたのはまだヴィクターの代でのこと。変わらず世界を守り続けるために、彼ら自身が変化する必要がある――そのような矛盾とも直面しているのが現状だ。

三時間ほど息詰まる議論を交わしたところで、おおよその議題が決着を見た。現場帰りのルイザはさすがに疲労を顔に浮かべている。ドニのほうはわざとらしく腰に手を当てて「長丁場は老体に響くのぅ」などと呟《つぶや》いているが、そんなものは耳に入れる意味すらない魔人の戯言《たわごと》だ。

無視したルイザが椅子で仰向けに天井を見上げた。全身の魔眼が一斉に同じ方向を見つめる。

「こんなところでいいでしょ。堅い話にはもううんざり、くだけた話題でひと休みしたいわぁ。

――ねぇヴァルヒ、新人の具合はどう？」

と、そんな言葉を同僚へ振る。鬱陶しげに眉根を寄せながらも、ヴァルヒがいくらか和らいだ口調でそれに応じる。

「……訓練の様子を軽く見に行ったが、そこそこ仕上がってはいるようだったな。個人としても面白いのが何人かいたが」

「じゃああの子たちは？　顔見せの時にいちばん生意気な顔してたふたり。あれもキンバリーの卒業生だったわよね、確か」

朧《おぼろ》な記憶を思い返しながらルイザが言い、ドニがにぃと笑う。すでに叩《たた》き甲斐《がい》のある新人と目されていることを、当の本人たちは知る由《よし》もない――。


生徒が魔に呑《の》まれるのはキンバリーにおいて例年の出来事だが、それでも溶岩樹形での一件は校内に少なからず波紋を呼んだ。迷宮内に新たなフィールドが発見されたという点も無論大きいが――第一には事件の終盤、この学校では通常有り得ないことが起きたからだ。

「――忘れた者がいるとは思わないが。キンバリーの教員規定にはこうある」

緊急招集された教員会議の場に、学校長エスメラルダの声が圧倒的な冷たさをもって響く。それを聞く教師たちの表情もいつにも増して険しい。召集の理由を踏まえて、この集まりが穏当に済むとは誰も思っていないからだ。

「迷宮で生徒が遭難した場合、その救出は原則として生徒の自主性に任せ、教員が直接の救助に動くのは遭難日から数えて八日後以降。要救助者の生徒と教員がどのような関係であったとしてもこれは変わらない。仮に直弟子であったとしてもだ」

自明のルールが告げられる。「好きにやって好きに死ね」という言い回しに象徴される、それはこのキンバリーにおける基本原則。教師は生徒を保護しない。

「状況が込み入っているケースにおいては多少の弾力的な運用も認めよう。――今回の一件においては異常発覚の初期から生徒の避難誘導を促し、後半には二層全体の大規模な毀損を防ぐために呪詛《じゅそ》汚染された巨大樹への干渉に踏み切った判断。これを行ったウィリアムズ、ヘッジズ、ヴァールブルクの三名を咎《とが》める気は今のところない。いずれも事後報告であった点に疑問は残るが、それも対処の緊急性という言い分を呑《の》もう」

名前の挙がった三人がわずかに体を強張《こわば》らせる。咎《とが》めがないことは彼らにとって幸いだが、それは同時に確固たる線引きでもあった。ここまでは許す。が、ここから先は別だという。

「……だが。二層地下空洞で救助活動中の生徒たちに無許可かつ独断で合流し、あまつさえその帰還を手厚く補助した——という話は、これらとまったく性質を異にする。こちらは疑問の余地のない職務規定違反であり、キンバリーの校是を軽んじる行動だ。たとえそれを為《な》した者が一時的な代行教員の立場であったとしても」

教師たちの視線がテーブルを挟んだ校長の対面——弾劾を受ける立場の者へと集中する。誰もが知っていた。今日この場で命運が問われるのは、最初からそのひとりなのだと。

「私の認識はそのようなものになる。——釈明を行え、ファーカー。貴様の口がまだそれを紡《つむ》げる内に」

エスメラルダが〈大賢者〉へと発言を促す。張り詰めた空気の中、しかし本人だけは一向にそれを意識する様子がない。ファーカーが鼻を鳴らして肩をすくめ、

「釈明かい。……釈明ね。何か適当に言ってもいいけど、僕にはまずそこからよく分からない。だって——何を言い訳しろというんだ？　窮地にある生徒を教師が助けた。ただそれだけの当たり前の行いに」

そうして言ってのけた。キンバリーの価値観と根本において相反する自分のスタンスを、自らが弾劾を受けるこの場で臆面もなく示してのけた。居並ぶ教師たちの数名が諦めを顔に浮かべる。そこまで自殺を望むなら止めようがない、と。

「——釈明はなく、省みるところもない。今の発言はそう受け止めて構わんのだな」

「まぁそうだね。ただ、主張はある。口にするのはそちらでも構わないかな？　校長先生」

「聞くだけは聞こう。但し言葉は吟味しろ。内容によっては、それが貴様の遺言になる」

テーブルの上で両手を組んで校長が促す。それで演説の機会を与えられたかのように、ファーカーは高らかに語り始めた。

「じゃあ言わせてもらおう。――粗悪にも程がある、この学校の現状は。才ある生徒を世界中から掻《か》き集《あつ》めておきながら蟲毒《こどく》も同然の環境で殺し合わせて浪費し、そこから運よく拾い上げた成果と健気《けなげ》に生き残った生徒たちを根拠に図々《ずうずう》しくも魔道の名門を気取る。甚だ呆《あき》れるね。教育の質以前の問題だ。こんな環境はそもそも学《まな》び舎《や》として成立していない」

「止まれ！　ファ、ファーカー！」

見かねたダスティンが立ち上がって声を張る。そこへ校長が斬り付けるように目を向ける。

「着席しろヘッジズ。私が語れと言った。それを黙らせる権限は貴様にない」

命じられたダスティンが奥歯を噛《か》みしめた。従わなければ膝から下を斬り落としてでも座らせられると否応《いやおう》なく伝わる。やむなく腰を下ろしながらも、最後の足掻《あが》きにファーカーを睨《にら》み付《つ》ける彼だが――その切実な警告すら意に介さず、本人はなおも言葉を続ける。

「あの状況で、僕が何故《なぜ》生徒たちを助けに行ったか。ひとりも無駄に死なせたくなかったからに決まっている。……ここに入学してくる子供たちはみんな掛け替えのない才能の原石だ。誰もが例外なく大成して偉大な成果を上げる可能性を秘めている。教師の務めは第一にその未来を守ることであって、断じて背中を蹴って奈落に突き落とすことじゃない。そこから這《は》い上《あ》がって来た子たちだけを君たちは良しとするのだろうけど、叶《かな》わず息絶えてしまう子たちにだって目指すべき道は必ずある。だから今回は僕が底に降りて拾い上げた。その行いにいったい何の問題があると――」

「**斬り断て**《グラディオ》」

呪文が言葉を断ち切り、重いものが落ちる音がどさりと響いた。教師たちが息を呑《の》み、ファーカーがすっと視線を下へ向ける。――果たして、そこにあった。肩からすぐ先で斬り落とされた〈大賢者〉自身の左腕が。

一拍置いて迸《ほとばし》った血潮が床を濡《ぬ》らす中、ダスティンとテッドが諸共に椅子を蹴る。

「――校長ッ！　駄目だそれは！」

「彼は異端狩り本部からの使者です！　ここで殺《あや》めることの意味を……！」

ファーカーの前に立ち塞がった両者が声を張り上げる。決死の覚悟もまた彼らの間で等しかった。言わねばならない――これぱかりは、たとえ手足を斬り落とされようとも言わねばならない。異端狩りとの関係悪化によって生じる不利益はそんなものの比ではないからだ。一方で、司書のイスコがこの場に呼ばれていなくて良かったとテッドは心底から思った。最悪でも彼女の首までは落ちずに済むだろうから。

そんなふたりの剣幕を背後から眺めて、ファーカーが苦笑しつつ残る右腕を上げる。切断面からの出血はいつの間にか止まっており――それぱかりか、片腕を断たれたことに対する何の痛痒《つうよう》もその顔には浮かんでいない。

「落ち着きなよ、ふたりとも。本当に殺《や》る気なら今ので首を狙ってる。それが分かるから僕も動かなかった。しかし――はは、さすがだね。斬られた感触がなかったよ今のは」

「それは秒読《カウントダウン》みだ。幸いにも貴様には残り三本の猶予がある。大事に使え」

杖剣《じょうけん》はとうに鞘《さや》へ戻し、両手をテーブルの上で組みながらエスメラルダが告げる。即《すなわ》ち――首に至るまで四肢をひとつずつ。自らの前でキンバリーを侮辱する行いに対して、それが彼女の提示する代償だった。あるいは寛容ですらあるのかもしれない。

このままでは行くところまで行く。そう確信したテッドが両こぶしを握り締め、あらゆる気力を総動員し――こわばった喉から、声を絞り出す。

「……は――発言を。お許し願えますか、校長」

「何だ。ウィリアムズ」

校長の視線が横へ流れる。別の腕が、一本挟まるか、とその瞳で問いかける。反射的に口を閉じようとする生存本能を必死に押し殺し、テッドはそのまま命懸けの諫言《かんげん》に及ぶ。

「……こっ……今回の一件に関しては……迷宮の全容把握と、その管理が行き届いていなかった我々側に、少なからぬ過失があり……生徒たちの置かれた苦境もまた、そのしわ寄せであったと捉えられます……。……また、先立つ教師三名の失踪を踏まえれば、迷宮内の危険性は常よりも数段高く見積もられるべきであり……未知のフィールドにおける遭難という条件もそこに加わって、事態の解決を生徒に委ねるべきであったかには、た、確かに疑問が残り……」

切れ切れに語る同僚の姿にダスティンが固唾を呑《の》む。……主張の内容としては平凡であり、目を瞠《みは》るような切り口はどこにもない。が、この状況でそれを口に出来る意思の強さ。教師最弱の立場からそのスタンスを貫く姿に、彼は掛け値なしの敬意を抱く。発言を聞いたエスメラルダが目を細めて口を開く。

「……つまり、お前はこう言いたいわけか。今回の一件に関しては教員側の不手際《ふてぎわ》が原因として大きい。にも拘《かかわ》らず、その解決を生徒に押し付けた采配は不当である――と」

「……ベストではなかった、と感じています。だからこそ僕も、他の先生方に協力を仰いで行動しました。ファーカー先生の動きもまた、その延長上のものと言えるのではないでしょうか。も――もちろん勇み足であったことは確かです。しかし、あの時点だと溶岩樹形内では何が起こるか分からない状況でもあり……とりわけ魔に呑《の》まれた六年生との戦闘直後で消耗した四年生たちには、教員なり職員なりからサポートの人員を回しても良い条件であったかと……」

テッドが必死に訴えかける。教師の失踪が相次ぐ今のキンバリーの異常性、ひいてはそれを踏まえた学校運営の調整を。校風の軸を捻《ね》じ曲げる気はない。自らもまたキンバリー出身であるテッドはここの環境が持つ意味を正しく弁《わきま》えている。が――それは生徒の犠牲を意に介さないこととイコールではない。いずれ等しく火にくべられる命だとしても、それには相応の準備とタイミングというものがある。彼はそこまで生徒から奪いたくはない。

テッドが語り尽くすと同時に沈黙が降りる。その静寂の中で、彼は無意識に左手を自分の首に当てる。それがすでに断たれていたとしても何も驚きはしない。一方でダスティンが殺意すら滲《にじ》ませてファーカーを睨《にら》み付《つ》ける。——今だけは何も喋《しゃべ》るな。命を懸けた友の覚悟すら踏《ふ》み躙《にじ》るなら、校長の前に俺がお前を殺す——瞳にその意思を込めて。鬼気迫る彼の姿はさしもの〈大賢者〉にも逡巡《しゅんじゅん》を促し、

「——うん。一旦落ち着こうか、エミィ」

ふと、天井から穏やかな声が降った。追ってひとつの影が校長の背後に降り立つ。焦げ茶のスーツに身を包んで微笑《ほほえ》みを浮かべる縦巻き髪《ロールヘア》の男。もはや慣例となった登場には誰も驚きはしない。キンバリーの魔女の片腕たる非常勤教師、セオドール＝マクファーレンである。

「……セオドール」

「分かるだろう？　〈大賢者〉以上に、彼は君を守ろうとしていると。それが全てでは無いにしてもね」

テッドへ微笑《ほほえ》みかけてセオドールが言う。新たに現れたその顔へ、〈大賢者〉が向き直る。

「久しいねマクファーレン君。このタイミングでお出ましとは、君も随分呑気《のんき》じゃないか」

「急いだよ、これでも。あなたが監査に回ってくるとは正直思わなくてね。まったく五杖《かれら》も底意地が悪い——**火炎盛りて**《フランマ》」

ため息交じりの返答に続けてセオドールが呪文を唱え、その杖《つえ》から放たれた炎が弧を描いて

床に転がっていたファーカーの左腕へと着弾する。瞬く間《またたま》に燃え尽きていく己の一部を見下ろす〈大賢者〉へ、セオドールは珍しく真顔で告げる。

「まだ繋《つな》げられた腕一本は規定違反分のペナルティだ。破格と分かるはずだけど、まさか文句はないだろうね？　Mr《ミスター》．ファーカー」

「――もちろん構わないとも。腕一本で大事な生徒たちを救えたのだから安いものさ。次は三本ほど余計に生やしておこうかな」

肩をすくめてファーカーが茶化す。セオドールが静かに首を横に振る。

「それ以上の軽口は勧めないよ。僕がいつまでも彼女を抑えられるとは思わないほうがいい。……そろそろ悟るべきだ〈大賢者〉。君が今相手にしているのがどういう魔女なのかを」

ファーカーが目を細める。何の脅しでもなく、その言葉が純然たる忠告だと分かるが故に。そうして視線を校長へと戻す。最初から一分の揺らぎもなく自分を見据えるその瞳を。

そう、彼女は恐れていない。目の前のファーカーは無論、その背後で謀略を企てる異端狩りとの対立さえも。必要ならば力ずくで〈五杖《ごじょう》〉の全員を捻じ伏せるとその瞳が語る。政争の如《ごと》き茶番に付き合う気は毛頭ない。魔法界の頂点に立つとはそういうことであると。

「――次は秒読みを挟まない。憶《おぼ》えておけ、ファーカー」

「……ふ。承知したよ」

ファーカーが承諾を口にし、同時に会議室の扉が開け放たれる。言葉に代えて「さっさと出ていけ」とそれで促されると、手負いの〈大賢者〉もさすがに断りはしない。教師たちの視線を浴びながら廊下へ出て背後の扉が閉じたところで、ファーカーはふぅと息を吐いて微笑《ほほえ》む。

「……まったく。――いつ以来かな、背筋が冷えるのなんて」

そう呟《つぶや》いて廊下を歩き始める。通りがかった生徒が片腕のないその姿に目を剝《む》くが、本人は何の心配もないと微笑《ほほえ》みで返す。そう、どこか心地よかった。断たれた腕の痛みも、背中を伝う汗も――そんなものを味わうこと自体が、この魔人にとってはおよそ久しぶりだったから。


早朝の緊急会議が辛《かろ》うじて死者なしに終わり、そうして始まったキンバリーの一日。この日も剣花団の面々とは合流せずに過ごしていたガイは、重い気持ちを抱えながらも、昼休みの始まりと同時に実習室へと向かった。

「……ふむ……」

来訪を告げて間もなく部屋の主が現れ、無言のままガイを手前の別の教室へと案内する。促されて椅子に座った教え子の机を挟んだ向かい側から、ダヴィド＝ホルツヴァートが腕を組んでガイを見下ろした。

「面目ねぇっす、こんな具合になっちまって。……向こう二か月はこのままって話なんで、正直どうしたもんかな、と。呪詛《こいつ》があると土いじりもままならないんで。先生の研究室も見させてもらうつもりだったんすけど……」

申し訳なさを滲《にじ》ませながらガイが言う。詳しい説明を挟むまでもなく、今の彼が身に帯びた呪詛《じゅそ》は魔法使いなら一目でそれと分かる。ダヴィドが頷《うなず》いて口を開く。

「……こちらでも、事情は把握している。止《や》むを得《え》ない経緯があったことも含めてな……。咎《とが》める気はないが——現実問題として、その状態の生徒を温室には入れられん。生育中の株はおろか環境そのものを台無しにする恐れがある……」

「……もちろんっす。呪詛《じゅそ》の処理が済むまで当分は出入り禁止かな、と。おれが管理してる株もあるんで、どうしても迷惑かけちまうんですけど……」

「……二か月程度こちらで状態を維持する程度は、大した手間でもない……。私が手掛けるまでもなく、君の将来性を買っている上級生の誰かが自然と役目を受け持つだろう。多少の貸し借りは生じるかもしれんが、その点についての懸念《けねん》は基本無用だ……。

が——何より尋ねたいのは、君自身の今後。……その状態、二か月で終わると断言出来るか？」

教え子を鋭く見据えてダヴィドが問う。その視線を受けたガイが言葉に詰まった。こうなると予想していた問答だ。だからこそ今日まで来訪を先送りにしていた。だというのに——彼には今なお、明確な答えの持ち合わせがない。

「……悩んでます、正直。バルディア先生にはずっと呪術の方面に誘われてまして。最近だとゼルマ先生にも。この呪詛《じゅそ》を容《い》れていられること自体が才能の証《あかし》だって……」

「……だろうな……。その適性に関しては私の目からも疑う余地がない。これまでに似たケースを何度か見て来ているので尚更《なおさら》だ。……つい最近にもひとりな……」

「……ロンバルディ先輩っすか」

自《おの》ずと察したガイがその名前を口にする。つい先日に向き合い、戦い、自らの手で殺《あや》めた先輩の名を。ダヴィドが重いため息と共に頷《うなず》く。

「――優秀な弟子だった。……常に慈《いつく》しむように草花と向き合い、たとえ生育が想定通りにいかずとも決して苛立《いらだ》たず。三日三晩鉢植えの前に座って向き合い続けたこともある……。……当時の姿から、在学中に魔に呑《の》まれるとは想像しなかった。……あのような形で成果を急ぐこともな……」

かつての記憶を辿《たど》りながらダヴィドが語る。魔に呑《の》まれる前の本人とはほとんど交流が無かったガイだが、それでも今の話から、在りし日のロンバルディの姿は鮮明に思い描けた。気が長く、穏やかで、博識で――関わっていればきっと良《い》い先輩だったのだろうと思う。魔に呑《の》まれた後の振る舞いからですら、その名残は節々に感じられていた。

「……呪者になったことで為人《ひととなり》が変わったとは思わん。あの子なりに急がねばならん理由が出来たのだろう。……成功に至らなかったとはいえ、巨大樹を用いた呪詛《じゅそ》処理の研究も無意味ではない。遺《のこ》された資料から、あの機構もあるラインまでは有効に働いていたことが確認されている。将来的にどこかで活《い》かす目もあるだろう。それが弔いになるかは分からんがな……」

ダヴィドの静かな補足にガイも無言で頷《うなず》く。――二層から溶岩樹形にかけての事後処理を進める間に、かつての教え子が遺《のこ》した成果もまた彼が回収したのだろう。あるいはかつての恩師に当てた遺言のひとつもあったかもしれない。いや、きっとあっただろうとガイは思う。進む道を違えた程度で何もかも無に帰すほど、魔法使いの師弟関係は軽いものではないのだから。

「バルディアに恨み言のひとつも無いと言えば嘘《うそ》になる。……それがふたつになることを想像するのも、余り気分のいいものではない……」

再び視線を向けられたガイが自《おの》ずと姿勢を正す。彼にも分かっていた。相手がしているのが昔話ではなく、今ここにいる自分の話なのだと。

「……ロンバルディの最期《さいご》を見たのなら、私から言うべきことも多くはない。――よく考えろ。自らの選択によって得るものと失うもの、その先で最後に手にしたいものを想像ではなく確信しておけ。……おそらくあの子もそうしたように、な……」

「――はい」

まっすぐに受け止め、ガイは頷《うなず》いた。その先を何ひとつ思い描けないまま――ただ、相手の言葉のひとつひとつが、重く胸に残っていた。

ダヴィドと別れて教室を出ると、ガイは鈍い足取りのまま廊下を歩き出す。目を掛けてくれている相手への相談は済ませた。が――それによって具体的な展望が拓《ひら》けたわけではない。むしろダヴィド自身がそれを己に戒めていたと、そのようにガイは思う。教師の立場から言葉を弄せば、未熟な四年生ひとりを自分の分野へ引き寄せることも出来ただろう。それが君のためだと言われればガイのほうでも無視など出来なかっただろう。が――ダヴィドはそれを望まなかった。ロンバルディの最期《さいご》を踏まえて尚《なお》、教え子に自分で道を選ばせることを良しとした。その結果が先例の繰り返しとなる可能性を承知の上で。

自分は良《い》い先生に出会えていた、とガイは気付く。あの人のもとでこのまま学び続けたい――自《おの》ずとそんな気持ちも湧き上がる。それが何より自然な選択であることも知っている。自分が生まれ持った性質に何ひとつ反さず、徒《いたずら》に仲間を困らせることもないのだから。

「……っ……」

だが。それは、手にしたこの力を手放すこととイコールだ。仲間たちと肩を並べて戦う――やっと辿《たど》り着《つ》けたそのラインから自ら後退する選択だ。誰も責めはしないと知っている。今まで通りのガイ＝グリーンウッドでいて欲しいと、彼らからずっとそう望まれていることも。けれど、分かる。……自分が踏み留まったなら、仲間たちは遠からず先へ行くのだと。それぞれの魔道を進む。各々《おのおの》の末路を選ぶ。この手の届かない深い何処《どこ》かへと去っていく。自分ひとりだけを、明るい場所に置き去りにしたままで――。

「──こんにちは、先輩」

声が掛かり、我に返る。慌てて視線を上げると、そこには見知った後輩の女生徒の姿がある。三年のリタ＝アップルトン。真面目で頑張り屋で少し内気な、入学式で知り合って以来ずっと親しくしてきた後輩。カティが手のかかる妹なら、こちらは手がかからなくて逆に心配な妹。

が──溶岩樹形での出来事を踏まえると、その姿は否応《いやおう》なく今までと異なる意味を持つ。それを意識してしまった自分を悟られないように気を付けながら、ガイは努めていつものように気さくに応じる。

「──おう、リタ。……なんだ、おまえも先生に用事か？　おれはその、ちょっと挨拶してきたとこでよ」

「待ってました、先輩のこと。必ずここに来ると思って」

半ば被《かぶ》せるようにリタが答える。自分の意識とは無関係に、彼女の様子がいつもとは違うとガイも気付く。──今のリタは、何かを決めてここにいる。この場で伝えると決めた言葉を、確たる意思を胸に抱いて目の前に立っているのだと。

「さっきゼルマ先生から話を聞きました。……しばらくの間、いつものグループから距離を置かれるんですね。呪詛《じゅそ》の問題が解決するまで」

「あ──あぁ……まぁな。今は……傍《そば》にいると、あいつらに気を遣わせちまうからよ」

ガイが戸惑いがちに受け応える。普段は控えめなリタが先回りして喋《しゃべ》り続けるものだから、彼の側ではいつもの調子で話そうとしても上手《うま》くいかない。先のダヴィドとの会話から引きずる思考もそこに拍車をかける。焦《あせ》りに押されるまま回らない口を無理やり回し、

「……まぁ、なんだ。……しゃーねぇよ今は。……おれのほうでも、やっぱしんどいもんだ。親しいダチに触れられもしねぇのは……」

ついぽろりと。ひた隠してきた弱音が口を突いて出る。リタが微笑《ほほえ》んで一歩歩み寄り、伸ばした両手でガイの右手を包み込む。――今のガイの右手を。

「――は？」

「どうぞ」

摑《つか》んだ手を、リタがそのまま自分の胸へと導く。柔らかな肉の膨らみが、その温度と感触が、奥で高鳴る鼓動が、思考の停止したガイの脳髄へ鮮烈に流れ込む。とっさに何も思い付かない。五感の示す現実に理解が追い付かず、故に指一本動かせない。

「――おま、え。何、やって」

「恋しいでしょう、人の温《ぬく》もりが。……満たしてください、少しでも。こんなことで代わりになるとは思いませんけど」

「は――離れろ！」

やっとのことで思考が巡る。引き千切るほどの勢いでガイが腕を引くと、さしたる抵抗もなく解放された手が宙を泳ぐ。即座に内観でもって体内の呪詛《じゅそ》を感覚――伝染に至っていないこ

とを確認して息を吐き、動揺も冷めやらぬまま後輩を睨《にら》み付《つ》ける。

「何考えてんだおまえ……！　今のおれのザマちゃんと見えてるか⁉　分かってるはずだろ、これが伝染《うつ》んだぞ！　生活から人付き合いまで何もかも変わっちまう！　そんなもんに後輩巻き込ませんな……！」

「知ってます。だから──変わって、くれて良かった。これまではわたしが入り込む隙間なんてありませんでした。けど……今は違う」

怒気を帯びたガイの叱責。いつものリタなら一撃で涙ぐむだろうそれにも、今の彼女は迷わず笑顔で応じてみせる。愕然《がくぜん》と立ち尽くすガイの前で、リタは初めて表情に罪悪感を滲《にじ》ませる。

「ごめんなさい、ひどい言い方になって。……勘違いしないで欲しいんですけど、わたしは先輩に呪者にはなって欲しくありません。土に触れて微笑《ほほえ》むあなたが、お日様の匂いのするあなたがずっと好きです。……わたしはただ、その陽だまりの中にいたいだけ」

長く抱いてきた慕情。自らの想《おも》いをそう告げて、リタはシャツのボタンに手をかける。さっき自分の手を包んでいた乳房が下着と共に目の前で晒《さら》され、ガイはぎょっとして顔を背ける。

「……っ……！　馬鹿、早く服戻せ……！」

「大丈夫、そこまで逸《はや》ってはいません。そんな風に使えるほど大した体でもありませんし。……ただ、見てくれませんか。お見苦しいですけど」

ひどく淡々とした声がガイに促す。それを不可解に思いながら恐る恐る視線を向けて──開かれたシャツの内側に、ガイは目にする。彼女が本当に見せようとしたものを。

「……おま、え……」

「ええ。……わたしにもあります。中に巣食ってるモノは」

自嘲を口元に浮かべながらそう告げ、リタは静かにシャツのボタンを閉じる。続けざまの告白に思考が飽和状態のガイへ向けて、彼女はさらに言葉を続ける。

「前々からダヴィド先生のところに通ってるのもこのためです。……正直、完全に御せているとは言えなくて。定期的に診てもらうことも入学時の約束に含まれてます。……この類に魔法界は本当に厳しいんですよ。もちろんご存知だと思いますけど」

むろんガイも知っている。最近のカティの動向もあって、彼自身も到底それに対して無関心ではいられない立場だ。が——まさかこんな身近に、このような形で現物があろうとは夢にも思わない。ましてそれが親しい後輩の体に巣食っていようなどとは——。

「……先輩。調べてみたくないですか？　これ……」

「——は？」

出し抜けの提案にガイが目を丸くする。それでもリタは喋《しゃべ》り続ける。俯《うつむ》いた顔に乾いた笑みを浮かべたまま。

「他では絶対に得られないサンプルです。しかもわたしの体内で一定ラインまで制御下にあって、野生のものより格段に扱いやすい。……好都合なんです、そうしてくれると。自分で自分を研究するのにはどうしても限界があります。観察の時にだって麻酔ひとつ満足にかけられません。

だから――探していました。この身体《からだ》を信頼して預けられる誰かを。ここに来てからずっと……」

そこで言葉を切り、リタが俯《うつむ》けていた顔を上げる。どこまでも頑《かたく》なな願いを宿した彼女の瞳を前に、ガイは指ひとつ動かせない。そんな話を今すぐ受け止めきれるはずがない。が――もし受け止めずに逃げたなら、相手はこの場で砂になって崩れ去ってしまうような気がする。それだけの切実さが今のリタには確《しか》とあり、だからこそガイは声ひとつ迂闊《うかつ》に上げられない。

「ぜんぶあげます、先輩にならｂ。……もし許されるなら、心もついでに。押し付けるみたいで恐縮ですけど」

儚《はかな》く笑ってリタが言う。長らく秘めてきた慕情を明かす言葉としては、それは余りにも寂しさが過ぎる。ガイが額を押さえて深く俯《うつむ》き、混乱の中からどうにか声を絞り出す。

「……なんで、今なんだ……その話……」

「今しかないからです。あなたをアールト先輩から奪えるのは、剣花団から引き剝がせるのは、きっと今を置いて他にない。――だって、そうでしょう？　あなたは彼らを愛《あい》し過ぎている。放っておけばきっとどこまでも一緒に行ってしまう。……今もそのために悩んでいるように」

指摘を受けたガイが息を詰まらせる。予想よりも遥《はる》かに深いところまで自分の葛藤を見抜かれていると知り、自分はそんなにも明け透けだったのかと愕然《がくぜん》としかけ――すぐにそれだけではないと思い直す。これは証左なのだ。目の前の後輩がずっと自分を見てきた、その事実の。

「魅力なんでしょうね、呪詛《じゅそ》の力は。……分かります。『幹』での戦いの時、先輩は遠目にも分かるくらいに嬉《うれ》しそうでしたから。ホーン先輩やヒビヤ先輩と並んで戦えることを心から喜んでいた。代償としてそんな恐ろしい呪いに自分を蝕《むしば》まれていながら……」

「――っ……」

　反論は何ひとつガイの中に浮かばない。あの時点では間違いなくその感情が自分の中で勝り、それが今なお燻《くすぶ》り続けるからこそ、バルディアに呪詛《じゅそ》を返すか否《いな》かで心は揺れている。何より、あの場にはリタもまた居合わせていた。全てを見られていたのなら、その指摘に対してどんな言い訳が出来るだろう。

「……本来のあなたは、そもそも戦いになんて向いていません。壊すのでも殺すのでもなく、先輩はどこまでも生み育てる人だから。……けど、呪者になることでそれが切り替わる。同じ才能を壊すほうに、殺すほうに曲げられてしまう。その手で育むはずだった、多くの温かいものと引き換えに……」

　リタが語る。後になるほど震える声から、彼女が心底からそれを恐れているのだとガイも感じ、剣花団の中だけで完結する問題ではなかったことを今さらのように理解する。……これは大きな選択なのだ。多くの人間の未来に関わり、時にはそれを大きく左右しかねないほどの。

「……先輩は、それでいいのかもしれない。剣花団の人たちと共にいられるなら、彼らを自分の手で守れるのなら、その代償さえ呑《の》んでしまうのかもしれない。けど――わたしには我慢ならない。呑《の》めないし、頷《うなず》けない。喪《うしな》いたくない。お日様の下で笑うあなたを諦められない……！」

続く言葉はもはや絶叫だった。なぜそこまで――などという愚かな問いは、ガイも今さら口にはしない。リタと別のところで、その理由は何度も実感している。キンバリーという異常な環境における自分のような人間の逆説的な特異性。スケールは大きく違っていても、それはかの〈煉獄《れんごく》〉アルヴィン＝ゴッドフレイが多くの生徒から慕われた理由にも近しいもの。

リタが涙を拭い、胸に手を当て、再び相手をまっすぐ見つめる。ガイの順番は回らない。覚悟の全てを済ませてきた彼女に対して、彼の側には余りにも心の準備が足りていない。ただ木偶《でく》のように立ち尽くして続く言葉に耳を傾ける、今はそれだけしか出来ない。

「……先輩が温室に残した株の世話、わたしが受け持ちます。構いませんよね？　前からよく観察に付き合わせてもらってましたし、そうするのがいちばん引き継ぎに手間がありません。上級生との間に変な貸し借りも出来ませんし」

「…………その……気持ちは、ありがてぇよ。……けどな、リタ――」

「わたしは貸しなんて思いません。……ただ、逢《あ》いに来てください。数日――いえ、週に一度でも構いません。株の状態を簡単なレポートにして報告します。それほど長い時間は取らせませんから」

リタは引かない。歯止めをかけようとするガイの儚《はかな》い抵抗は、それに抗《あらが》う彼女の強い意思でもって押し返される。リタとて平静ではない。これは彼女にとっても覚悟の上の暴走であり、だからこそ半端《はんぱ》なところでは止まれない。興奮と羞恥に頬を紅潮させながら、震えを増す一方の声で彼女はまくしたてる。

「そ――その時に人肌が恋しければ、もちろんついでにどうぞ。……実のところ、そんなに嫌いじゃないでしょう？　わたしの体……。前に先輩が自分の好みについて喋《しゃべ》ってるのを盗み聞きしました。少し不格好でも大きくて元気そうな子がいいって。その時わたし、すごく嬉《うれ》しくて……馬鹿みたいに、舞い上がりました。ああ――こんなわたしにも好いてもらえるところがあるんだ、って」

余りにも痛ましい吐露にガイの側が眩暈《めまい》を催す。――客観的に見て、リタの容姿は平均より高身長ではあっても不格好などでは決してない。そもそも魔法使いなら体の造形については何とでも調整が効く。にも拘《かか》わらず彼女が自分を蔑むのは、もっと根深いところに自己嫌悪《けんお》の原因があるからに他ならず――それはガイも先ほど目にしたばかりだ。彼のそんな思考すら察したように、自分の胸に爪を立てながらリタが言葉を重ねる。

「先輩がこれを気味悪がらないのも知ってます……！　そういう人だから好きになって、そういう人だからわたしを預けようと思ったんです。……こっちは呪詛《じゅそ》ほど簡単に移ったりもしませんし、呪詛《そっち》だってリスクを承知で対処すれば短期間ですぐに定着はしません。だから——本当に、欲しければ、いつでも言ってください。経験はないけど……無いなりに、精一杯ご奉仕しますから……」

興奮で誤魔化せる限界を超えたリタが両手で顔を押さえて立ち尽くす。もう何も言わずに抱き締めて頭を撫《な》でてやりたいと、そうして落ち着かせてから何時間でも説教してやりたいとガイは思う。だが——今のガイに、それは出来ない。リタにどれほど求められようとも決して応えられない。無力を噛《か》みしめながら俯《うつむ》き、彼は弱々しく声を上げる。

「……叱りてぇ。……けど、言葉が浮かばねぇ。……なんだって一気に詰めてきやがるんだ。もう少し小出しにするもんだろ、そういう大事な話はよ……」

「……ごめんなさい。本音を言えば、今だけは混乱して欲しいと思ってました。先輩は悩んで疲れてるだろうから……その隙に付け込めるかも、って……」

言わなくても良かったはずの下心がリタの口を突いて出る。それをひた隠したまま好意を伝えられるほど彼女は厚顔ではなく、そんな不器用な誠実さこそを、ガイはずっと愛おしく思う。そこでようやく気持ちが整った。何度か呼吸を置いて、彼もまた自分なりに覚悟を固め始める。——まずもって、イエスかノーで答えて決着するような問題では有り得ない。だから——ここで気合いを入れて向き合い、時間をかけて話し合う必要がある。今すぐには始められない。だからで伝えるべきはまず、自分にその意思があるということ。

「……時間よこせ。何を言うのも、今はダメだ。それでどうにか頭冷やして……少しはましな説教、考えてくる」

「……はい。お待ち、してます……」

リタにもそれが伝わった。熱を帯びた顔からそろそろと手を離し、期待と不安の入り混じる上目遣いで相手を窺《うかが》う。ガイは苦笑した。さっきまでの大胆な振る舞いが、彼女にとっていかに勇気を振り絞ったものだったかが分かるから。

「……あの、それで……株のお世話は……させて、もらえますか……？」

リタが弱々しく問いかける。他はともかく、それだけは今ここで確約が欲しいと訴えている。その想《おも》いを酌《く》んだ上で、ガイが腕を組んでじっと相手を見つめる。

「ここで断ったら、どうせおまえは突き放されたって思うんだろ。……そんな簡単に見放してやるかよ。しっかり世話しとけ。けど、一株でも萎《しお》れてたりしたらマジで怒るからな！」

「――はい！　絶対に……きっちりお世話します……！」

目に涙の浮かぶ笑顔でリタが頷《うなず》く。ガイも笑って頷《うなず》き、片手を上げて彼女の横を通り過ぎた。

――どうあれオリバーたちとの合流は先になる。それまでの間に他の問題を整理するのも悪くはないだろうと、彼らしい前向きさでそう思い始めながら。

ガイの背中が廊下の曲がり角に消えるまで見送った後。その場で時間をかけて気を落ち着けたリタは、ふと思い立って周りの静寂へと問いかけた。

「…………いる？　テレサちゃん」

人気のない廊下に声が反響する。視線で周りを探るような無駄なことはリタもしない。ややあって、彼女の背後から抑揚の乏しい声が響く。

「――なぜ、気付けました？」

問われて振り向けば、小柄な同学年の友人が忽然《こつぜん》とそこに立っている。相変わらずの神出鬼没さに苦笑しながら、リタは首を横に振ってみせる。

「気付いてないよ、ぜんぜん。気配なんて少しも感じなかった。……ただ、なんとなく、ね。ひょっとしたら、心配して様子見に来てくれてるかも――って」

その直感だけが理由の、本当に単なる思い付きだった。彼女にとっては当てられたところで何かを変えられるわけでもない。納得いかなげなテレサの前で膝を屈《かが》めて、リタは相手と視線の高さを合わせる。

「ごめんね、勝手ばっかりで。でも、わたしはもうこうするって決めた。……テレサちゃんはどうかな。グリーンウッド先輩はホーン先輩の大切な友達で、わたしはそのふたりを引き離そうとしてる。さっきの話を聞いても、まだわたしの味方でいられる？」

まっすぐ相手を見つめてそう問いかける。その点を曖昧に誤魔化しておく気だけはリタにはない。溶岩樹形の奥へ向かうと決めた時、その無謀に真っ先に同行すると言ってくれた友人だからこそ。どうあれ恩を仇《あだ》で返すことにはなる。それはもうどうしようもない。けれど——その仇《あだ》をさらに偽りで塗り固めることだけは、リタは絶対にしたくないのだ。

無言のままテレサがじっと彼女を見返す。いつもと何ら変わらないように見える無表情。が——その中に、今のリタは不思議なほど相手の内心が見て取れる。この少女ともずいぶん長く関わってきた。だからリタはもう知っている。テレサ＝カルステという友人が、見た目とは裏腹に多くの、そして激しい感情を胸に秘めた人間であることを。

「本気で困ってる顔だね、それ。……分かるよ」

そう口にして、小さな体を両腕で抱き締める。戸惑いながら抱擁を受けたテレサの耳元で、リタはありったけの感謝を込めて囁《ささや》く。

「……ありがとね、テレサちゃん」

「……何への礼ですか」

「悩んでくれたことへの。……ホーン先輩とそれ以外で、迷わずわたしを切り捨てずにいてくれた。そのことへの……」

言いながら、ぎゅ、と細い肩に顔を押し付ける。相手のその葛藤こそが、リタには泣き出したいほどに嬉《うれ》しい。——だって、悩むことなど何もないのだ。ホーン先輩に自分の企てを報告してしまえば話はそれで終わるのだから。いくら自分が意地を張っても剣花団の面々に立ち塞がられてはどうしようもない。テレサは今そのカードを切れる立場で、さらに言えば切るべき立場でもある。

だからこそ。そこに迷いが生じている事実そのものが、この小さな友人との間の確かな絆《きずな》を証明している。自分はこんなにも善き友を得ていたのだと分かる。たとえ、それが今から間もなく失われるものだとしても——。

「…………」

テレサの手がリタの後頭部に回り、ひどく不器用にその髪を梳《す》く。慰めも励ましも相変わらず彼女の得手ではない。ただ、今は拙くともそれをしたいと思う。オリバーとシャノン以外の人間に対して、彼女は初めてそんな感情を抱いている。

「返答は保留にします。……ともかく、そろそろ友誼《ゆうぎ》の間に帰って来てください。またディーンがうるさくて、あなたがいないと決闘で黙らせるしかありません」

「——うん。ごめんね、置いて来ちゃって。……行こっか、テレサちゃん」

抱擁を解いたリタが手を差し出し、それを握ったテレサと並んで歩き出す。——結論を先送りにしたままでの現状維持。賢明ではなく合理的でもなく。それはただ、どこまでも人間らしい彼女の選択。

同日の夕方。他の面々よりもひと足先に授業を終えたオリバーとナナオは、あらかじめ約束してあった通りに連れ立って秘密基地を訪れた。明確な目的があったわけではなく、単純にふたりで時間を過ごしたかっただけの——言うなればちょっとしたデートとして。

「——いやぁ、参ってござった。よもやダスティン殿があああも業を煮やしておられようとは」

ソファに腰を下ろし、湯気を上げる緑茶を飲んでほっと一息つきながらナナオが言う。茶器とセットでセオドールが土産に持ち帰ったものだ。オリバーが杖《つえ》を振り、茶請けのクッキーの大皿を棚から取り出してテーブルの上に置く。こちらはガイとカティの作り置きで、よく見ると個々の生地の形に両者の特徴が表れているのが愛らしい。

「傍《はた》から見れば当たり前だ、それは。……アシュベリー先輩がいなくなった今、ダスティン先生が箒《ほうき》乗りとして校内でいちばん目を掛けている生徒はおそらく君だろう。それは君にもとっくに伝わっていると向こうは思っていたはずだ。だというのに、いつまでも顔を見せないんだから……」

自分の分の緑茶に口を付けながらオリバーが言う。その指摘に、さしものナナオもバツが悪そうに肩を縮める。

「まこと面目ない。買って頂いているのは分かってござったが、よもやそこまでとは知らなんだ。これ以上待たせても気が咎《とが》める故、研究室の所属に関してもひと通り手続きを済ませて参った」

その言葉に、もうそこまで進めてきたのか――とオリバーは少々驚いた。テーブルに湯飲みを置いて彼女へ顔を向ける。

「そうか。……しかし、決めてしまって良かったのか？　ガーランド先生も君には目をかけているはずだが」

気になった点を確認する。ナナオが腕を組んでむむ、と難しい表情を浮かべる。

「それも存じてござる。が……只《ただ》の直感ながら、拙者の師に就くことは余り望んでおられぬように感じてござった。直接そう告げられたわけでも、まして距離を置かれたわけでもござらぬ。されど漠然と――あの御仁はずっと、その線引きを望んでらっしゃるように」

「……ふむ……？」

オリバーも顎に手を当てて思案する。――どういうことだろう。ガーランドは魔法剣の師としても教育熱心であり、才ある生徒を指導し育てることへの情熱は箒術《ほうき》のダスティンに決して劣らない。そんな彼だからナナオを弟子に取りたがるのも必然だとオリバーは思っていた。優れた他流の技術は積極的に分析・解体して取り入れるのがガーランドのスタイルでもある。その彼をして、あえてナナオを師弟関係から遠ざける理由が何かあるのだろうか？

思索にふけるオリバーの隣でナナオが中身を飲み終えた湯飲みをテーブルに置き、そのまま横へ倒れ込んで彼の膝の上に頭を収める。オリバーも驚かずに受け入れた。こういう素直な甘え方はナナオの持ち味だ。

「どうあれ、この悩みについては拙者が一抜けでござる。……オリバーはどうでござるか。貴殿もやはり先だってカティと共に見学されたところへ？」

「……彼女次第だが、おそらくそうなりそうだな。向こうの印象も良かったし、何よりカティの関心を満たす研究室が他にない。彼女も悩んでいるというよりは覚悟を決めている段階だろう。……後はもう、声がかかるのを待つだけだ」

見学でのカティの姿を思い出しながらオリバーが答える。ナナオがふと真顔になって、膝の上からその顔をじっと見上げる。

「何よりでござる。……どうか、今のカティから目を離されるな。無論拙者も気を払ってござるが――ガイが離れてからは、とりわけ危うい。シェラ殿が見守っておらねば、今この瞬間も拙者が張り付いていたい程に」

「ああ、分かっている。……ガイが戻ればそれも改善するはずだ。彼の選択に関しても俺は疑っていない。懸念《けねん》があるとすれば……どういう形で戻って来るか、だが」

オリバーが頷《うなず》いて目を細める。無論、その点についても彼はずっと案じている。……従来の自分と呪者としての自分。そのふたつの間で揺れ動くガイの心境は、長い時間を共にした友人としてある程度まで想像出来る。そうすれば自《おの》ずと「幹」での戦いの時に彼が呟《つぶや》いた言葉が耳に蘇《よみがえ》る。――嬉《うれ》しいな、と。ガイはそう言ったのだ。呪詛《じゅそ》を帯びた体で。見ているこちらの胸が苦しくなるような、余りにも満たされた表情を浮かべて。

その姿を思い出すと切なさと同時に恐れが浮かぶ。そして疑問がよぎる。——自分の予想通りにガイが帰ってくるとして、それは本当に喜ばしいことか、と。

自分はガイを引きずり込んでいるのではないか。明るい場所で笑って過ごせるはずの人間を、己の棲《す》む暗がりの側に引っ張っているのではないか。仮に彼が剣花団の誰とも出会わなかったとして——そのガイは、今のように呪者になるべきか否《いな》かで悩んだだろうか？

おそらく、悩まなかった。そんな二択を突き付けられることすらなかっただろう。ゼルマが言うような非凡な才があるとしても、ガイ自身は呪いを操る手管を極めることを欲《ほっ》しはしない。今の彼が求め、手放したくないのはそこに伴う力。ガイにとってそれは強力な手段なのだ。この先も自分たちと共に在り、守り続けるための——。

「えいや」

思索を割って、ぐに、とオリバーの頬が左右に引っ張られる。下から伸びたナナオの両手の仕業だった。我に返って自分を見下ろす相手に、ナナオはそのまま仰向けで訴える。

「抱え込み過ぎてござるぞ、オリバー。拙者にも荷を分けられよ」

「——あ、ああ。それはもちろん、だが……」

慌てて応じようとするオリバーの頬から手を放し、ナナオは体をひねって相手の腹に顔を埋める。空いた両手を背中に回して抱き寄せ、鼻を強く押し付けた状態ですんすんと呼吸する。

「……あぁ……」

鼻腔《びこう》を掠《かす》める微《かす》かな薬草香。それは香水の類ではなく、相手の体そのものから発されていることを彼女はすでに知っている。その由来もまた、ベッドの上で本人から寂しげな苦笑と共に教わった。

——幼少期に強力な魔法薬を繰り返し用いた場合、こうした体質の変化はしばしば起こるんだ。……君の傷跡と似たようなもの、かもしれないな。

もともと好ましかった香りが、それを聞いてさらに切なく愛おしくなった。いつまでも嗅いでいたいし、嗅ぐだけでは到底物足りない。抱き締める腕の力をぎゅうと強めたナナオの気持ちとその求めを、オリバーもまた速やかに察して口を開く。

「……したいのか？　ナナオ……。……ここで今……」

優しく髪を梳《す》き、指先でうなじを撫《な》でながら、ただの確認に過ぎない問いを挟む。押し付けていた腹から顔を浮かせて、ナナオが上目遣いに彼をじっと見つめる。

「——切実に。……気付いてござるか？　前の営みから早一週間も開いてござる」

「ガイの一件を挟んだのだから、それは……」

言い訳を述べかけた口が下からのキスで塞がれる。重ねた唇から伝わる驚くほどの熱で思考を占めていた悩みが束《つか》の間《ま》和らぐ。きっとそれは彼女が持っていってくれたのだろうとオリバーは思い、応答のキスにありったけの感謝と愛情を込める。全神経が集中した唇から世界が融《と》けていくように思い、その感覚を互いに共有する。

長い時間そうしていた。やがてオリバーが抱き締めていたナナオの背中をとん、と指先で叩《たた》き、それで我に返ったナナオがやっとのことで唇を離す。興奮と昂揚《こうよう》を湛《たた》えた瞳が互いを映し、もう全ての前置きは済んでいることをそれで確認し合う。

が——営みに没入する前に、ひとつ注意点があった。オリバーは辛《かろ》うじてそれを口にする。

「……二時間も経《た》てばシェラたちも来る。あまりゆっくりは出来ないぞ」

「然《しか》らばその分濃く強く。……そちらに所望はござるか？」

「いくらでもあるさ。……だがひとまず、君を宥《なだ》めながら考える」

それで最後の確認が済み、オリバーが動き出す。時間の制約があるからと急ぎはしない。魔法使いなら服のシワは気にするに及ばず、よって焦《あせ》って脱がせる必要もない。普段の手当て《ヒーリング》の延長で順番に刺激していく。背中から脇腹へ、脇腹から乳房へ、そこから今度は一旦耳へ。戸惑いはない。これまで重ねた営みで互いの体は知り尽くしている。

「……んふっ……！」

耳たぶを甘く噛《か》まれたナナオがくすぐったさの入り混じる快感に身をよじり、負けじと彼女も相手の首筋を唇でかぷりと挟む。オリバーの肩が小さく震えて吐息が漏れた。——まったく油断ならない。ナナオは決して行為を相手任せにはしない。それどころか達する順番の前後に勝負の趣《おもむ》きを見出《みいだ》している節すらある。その攻勢を受け止めながらオリバーもまた手技に最大限のパフォーマンスを維持せねばならず、それが予想以上に難儀で――そして、楽しい。普段のじゃれ合いの延長で愛し合える、だから昂揚《こうよう》と安心が心地好く同居する。

「――っ……」

だが、今はそこに雑念が混じる。ボタンを外したナナオのシャツをゆっくりと開き、カティに選んでもらったものと思《おぼ》しきブラを背中に回した手で外して――そうして目の前に晒《さら》された形のいい乳房を見た瞬間、それが頭をよぎる。あの夜の寮の部屋での出来事。女性装で待ち受けていたピートが告げた言葉と、突き付けられた否応《いやおう》のない二択、その後に為《な》す術《すべ》なく重ねてしまった体。それきりに終わらず今後も繰り返されるだろう彼との営み。その全てを忘れて目の前のナナオに溺れられるほど、オリバーという人間は器用でも厚顔でもない。

「――秘め事が、あられるか……」

故に、自《おの》ずとナナオもそれを察して呟《つぶや》く。オリバーが凍り付いたように動きを止め、その表情が一瞬泣き出しそうに揺れる。何も言えない絶望と全て打ち明けたい衝動がせめぎ合って胸が弾《はじ》けそうになる。いつまでも無言ではいられない。問われたのだから何か言わなければならないのに、選べる言葉が何ひとつ見当たらない。事実は明かせず、虚《うつ》ろな嘘《うそ》で塗り固めることにも心が耐えられない。同じ真似《まね》を今日までずっと繰り返してきたはずなのに。

苦悩の袋小路《ふくろこうじ》で立ち尽くすオリバー。が――その唇へ、ナナオがそっと人差し指を当てる。

戸惑う彼の前に穏やかな微笑《ほほえ》みがあった。蒼穹《そうきゅう》の下に広がる凪《な》いだ海のようなそれが。

「何も言われるな。拙者も問い申さぬ。……元より出会った頃から貴殿は深く謎めいて、そこにまたひとつ新たな何かが積み重なった。ただそれだけでござろう」

そう言ってオリバーの頭に両手を回し、裸の胸に迷わず彼を抱き寄せる。彼女の柔らかさと体温に包まれたオリバーの心が無条件に安らぐ。目に涙が浮かび、抑えきれなかった嗚咽《おえつ》が口から漏れ出す。その全てを余さず受け止めながら、抱き締めた相手へナナオが優しく囁《ささや》く。

「何事であれ、拙者は構わぬ。それもまた愛おしき貴殿を形作る一片なれば。只《ただ》――心が欲《ほっ》する時には、迷わず打ち明けられよ。その際は配慮も恐れも一切無用にて」

言わずとも良《い》いと、されどいつでも言って良いと。今の相手にとって唯一の救いとなる赦《ゆる》しを彼女が口にする。オリバーが震える腕で辛《かろ》うじて抱擁を返す。感謝を告げたいのに、今の彼にはそれすらままならず――ただ、万感の想《おも》いが籠もる声で相手の名前を呼ぶばかり。

「……ナナオ……」

「うむ、ここにござる。……ここにござるぞ、オリバー」

彼女もただそう応えて抱擁を強める。相手の傷を開かず、その場所も問わず。ただ痛みに寄り添うまま――静かに優しく、想《おも》い人との束《つか》の間《ま》の逢瀬《おうせ》に浸る。

「――てっ！」

胸に刺突を受けたガイが吹き飛ばされて床に倒れた。仰向けのその体に、すぐさま正面から手が差し伸べられる。

「悪い、強く入れ過ぎた。大丈夫か？」

「――ああ、問題ねぇ。……ありがとよ、付き合ってもらって」

自らも腕を伸ばしてそれに応じ、相手の手を借りてガイが立ち上がる。体を動かす場所に見繕った空き教室で彼の練習相手を務めていたのがギー＝バルテ、傍《かたわ》らで審判を兼ねてそれを見守っていたのが姉のレリア＝バルテ。なお、同じ部屋の片隅に膝を抱えて仏頂面《ぶっちょうづら》でいるのが無理やり引っ張って来られたアニー＝マックリーである。

「何でも頼れと言っただろう？　剣の練習相手くらいは物の数にも入らん。――が、せっかくなら指導も兼ねるぞ。何しろお前のラノフ流は粗が多過ぎだグリーンウッド」

レリアが遠慮を省いて指摘する。それを聞いたガイが苦笑して杖剣《じょうけん》を目の前にかざす。

「ガイでいいぜもう。……まー、やっぱか。自覚はあんだよな。どうやってもオリバーみたいにゃいかなくてよ」

見本となる相手の名前を挙げてそう呟《つぶや》く。レリアが肩をすくめて言葉を続ける。

「あのような狂気じみたレベルまで練り上げろとは言わん。剣の腕以外で勝負する気ならそれもいい。が、それならそれでこの間合いを凌《しの》ぐ技術を磨くべきだ。お前の強みが活《い》きるのは一定以上の距離で器化植物《ツールプラント》の種を撒《ま》いてからだろう？」

相手の得手を踏まえた上で助言を試みる。と、ガイが足元の床をごつごつと靴底で叩《たた》く。

「それも足場に土ありきでよ。こういう屋内での戦いじゃ距離取ったところでどうにもならねぇことも多い。……つくづく環境に恵まれてたんだよな、決闘リーグでも溶岩樹形でも。普通に闘技台で戦ってたら、俺の実力なんていいとこ同学年で中の下だろ？」

「ふ、それこそお前らしい話ではある。自分の師が誰かも忘れたのか？　あの『生還者《サバイバー》』だろう。そちらに関しては決闘リーグで勝ったどころか出たという話すら聞かない。それでいて迷宮での立ち回りには誰よりも長《た》け、校内全体の実力トップ層ですら彼には一目置いていた。……要は能力の活《い》かし方だ。そもそもお前自身、他人と戦ってより多く勝ちたいというタイプでもないように見えるが？」

より根本的な部分をレリアが指摘する。ガイが杖剣《じょうけん》を鞘《さや》に納めてため息をついた。

「そりゃそうだ。古代種やら絶滅種やらに興味があるからキンバリーに来たけど、ぶっちゃけ田舎でのんびり野菜でも育ててんのが性には合ってるぜ。……けど、おれの仲間はそうじゃねぇだろ。今までも修羅場はあったし、それがこの先増えることはあっても減りはしねぇのも分かってる。カティやピートだって才能磨いてどんどん強くなってんだ。おれだけ置いてかれるわけにゃ――」

「――合ってないんじゃないの。あんた」

言葉を遮って声が響く。ガイがきょとんとしてその方向を振り向くと、これまで壁際《かべぎわ》で黙りこくってほとんど発言していなかったマックリーが自分を睨《にら》んでそこにいた。とっさに意味を受け取りかねて問い返す。

「……？　なんだよマックリー、どういう意味だそりゃ」

「言葉のまんま。今の仲間と一緒にいるのが、よ。……話聞く限りじゃ、あんたが強くなりたいのって要するに仲間を守りたいからでしょ？　別にいいけどさ。あんたの魔道とはまったく無関係じゃない、それ」

　歯に衣着せぬ分析を口にするマックリー。それを聞いたガイがとっさに言葉に詰まる。すぐに笑い飛ばせなかった自分に戸惑いながら、彼は腕を組んで言葉を返す。

「……は？　……いや、んなこたねぇぞ。あの五人には勉強も研究もさんざん手伝ってもらってる。そもそも一年の頃から迷宮に工房持てたのだってあいつらのお陰で……」

「何度死にかねない目に遭ってんのかしらね、その代わりに。……まぁそれはいいわ。で、何だっけ。迷宮の工房？　それまだ要る？　これから研究室入ったらそこの設備でも何でも使い放題でしょ。迷宮内に欲しいなら同じ分野の生徒だけで新しく造り直すことも出来る。わざわざ下級生の頃に自前で拵《こしら》えた共有工房に拘《こだわ》る必要、たぶんもう無いと思うんだけど」

「……いや、おい……」

まくしたてるマックリーの勢いに言葉を挟む隙がなくなる。喋《しゃべ》るほど彼女の側でも無自覚にヒートアップしていた。自分で抑えをかけられないまま、もはや意見を通り越して挑発になった口調で先を続ける。

「あと何、研究手伝ってもらった？　じゃああんた、そのお手伝いの代償に自分の命まで支払うわけ？　ずいぶん高くつく取引じゃない。――ははっ、まったく大した商人《あきんど》よあんたのお仲間たち。友情に値段は付けられないってこういうことね。そりゃ向こうからすれば最高よ、そのお美しい理屈であんたから無限に搾り取れるんだから――」

「はい。そこまでな、マックリー」

諫《いさ》め時を見て取ったギーがきっぱりと遮る。それで我に返ったマックリーが気まずそうに顔を逸《そ》らして黙り込んだ。その様子を眺めたギーが溜《た》め息《いき》をつく。

「……言いにくいこと勢いで全部言って嫌われるタイプなのなお前。もうちょい段階踏めって。相手怒らせそうだからって先手取って煽《あお》ってどうすんだよ。今のも別にガイに喧嘩《けんか》売りたかったわけじゃないんだろ？」

「……ふん……」

諭されたマックリーが膝に顔を埋めて黙り込む。その姿を横目に鼻を鳴らしつつ、ギーが呆《ぼう》然《ぜん》としているガイへと再び向き直る。

「今のはマックリーが言い過ぎだぜ。俺も姉ちゃんもそう思う。ただ――内容が全部間違ってるとは言い切れなくてよ。大事そうなとこ、ちょっと俺なりに翻訳してみてもいいか？」

「……あ、ああ。頼むわ……」

頭の混乱を抑えながら彼も頷《うなず》く。目を閉じて言葉を選び、それからギーは話し始めた。

「簡単に言や――視野が狭くなってるとこはあるんじゃねぇかな、お前。仲間と肩並べて戦いたいのは分かるけど、そりゃヒビヤたちがどんどん危ねぇところに突っ込んでくからで、お前自身がやりたいこととはちょっと違うんだろ？　一旦切り離して考えてみるのはアリじゃねぇかな。色々がんじがらめの俺たちと違って、お前はそれが出来る立場なわけだしよ」

「……切り離して……？」

穏当でない単語にガイが眉根を寄せる。その反応を見たギーがすぐさま首を横に振る。

「勘違いすんなよ、別に縁切れって言ってるわけじゃないぜ？　距離感の調整とか言い換えたら少しは呑《の》み込みやすいんじゃねぇかな。……その、お前らって入学した頃からの付き合いだろ。俺には最初から姉ちゃんとユルシュル様がいたから同じ立場じゃねぇけど、その時期の仲間づくりってここで自衛する上でもすげぇ重要だったと思うんだよ。ただ――一年の頃とまったく同じ面子《メンツ》で上級生までつるみ続けてるってなると、そういうケースはあんまり聞かねぇ。学年が上がるほどそれぞれの適性が見えてきて自然と道が分かれるからだ。まぁ各々《おのおの》が自分のベストを目指した結果ってやつで、別になんも悪いことじゃねぇよなこれは」

焦《あせ》らず逸《はや》らず順序立てて論旨を語っていく。伝えたい内容には共通する点があっても、聞く側の印象はマックリーの時とは大違いだ。感情を逆撫《さかな》でされない分だけ内容を無視できない。

ガイの表情から頃合いを見て取った姉のレリアが言葉を添える。

「――お前の立場も、一年の頃とはもう違う。知識と力が付き、校内で少なからず名前も知られて、おそらく目をかけてくれている先輩や教師もいるはずだ。人付き合いの自由度が一年生の頃とは根本的に異なる。極論、ホーンやヒビヤたちと離れたとしてもお前が孤立することはない。その点だけは確実だと言い切れるだろう。他でもない我々がいる以上は――」

「ずいぶん愉快な話してるな。オマエら」

そこに新たな声が冷たく割って入った。杖《つえ》を用いた拡声と収斂《しゅうれん》によって遮音の結界を突き抜けて響いた言葉。憶《おぼ》えのあるその響きに全員がぎょっとして教室の出入り口を振り向き、腕を組んでそこに立つ小柄な生徒の姿を見て取る。やや気難しそうな顔つきに眼鏡をかけた両極往来者《リバーシ》の四年生――ピート＝レストンである。

「――レストン⁉」

「馬鹿な。遮音の結界は最初に張って――」

「万全のつもりか、それで。……ボクが何もせず今のガイをひとりにするとでも？」

友人の乱入にぽかんとしていたガイだが、その言葉でハッとして自分のローブのあちこちを手でまさぐる。すると――案の定、あった。フードの内側に張り付いていた硬貨サイズの極小偵察ゴーレム。それが今までの彼らの会話を拾った上で魔力波によってピートへ届けていた。音それ自体を伝えているわけではないため、この手法による盗聴に遮音の結界は意味を成さない。ガイの顔が一気に青ざめる。

「…………！」

「いい度胸だよ。運よく生還した直後にもう引き抜き工作なんてな。……ハハ、そんな真似《まね》が許されると思われてたのが驚きだ。てっきり同学年全員に伝わってると思ってた。——剣花団《ボクら》に手を出したらただじゃ済まないって」

つかつかと教室に踏み込みながらピートが呟《つぶや》き続ける。誰の目で見ても尋常の剣幕ではない。ギーが身構えマックリーが壁際《かべぎわ》で立ち上がり、そこで一歩前に出たレリアが手を上げて相手に待ったをかける。

「落ち着け、レストン！　勘違いさせたようだが引き抜きの意図はない！　今のはあくまでガイの今後について個人的に相談に乗っていただけのこと！　内容が気に障《さわ》ったのなら弟ともども平に詫《わ》びよう！　お前たちと敵対する気などは決して——」

「ガイの今後？　……なるほど、ファーストネームで呼べる程度にはもう取り入ったわけだな。オマエらにそんな手管があったのは予想外だよ。評価を改めなきゃな。ずっとヴァロワの操り人形くらいにしか見てなかったんだから——」

釈明の言葉もあっさりと裏目に出る。増していく一方の場の緊張を見かねて、偵察ゴーレムを床に放り投げたガイがまっすぐピートへ詰め寄る。

「おい、ピート……！　何殺気立ってんだおまえ！　なんか勘違いしてねぇか？　ホントにただ相談に乗ってもらってただけだぜ！　引き抜きも何も、むしろおれから話聞いてくれって頼んで――ッ!?」

目の前に来たところで即座に後頭部へピートの手が回り、間髪入れず上体を引き寄せられる。余りにも躊躇《ちゅうちょ》のない動作でふたりの唇が重なった。同時に小さな何かがガイの口腔《こうこう》へ送り込まれる。ピートが口に仕込んでいた魔法薬のカプセルだ。ガイの口の中で割れたそれの中身が即効性の麻酔となって全身を侵し、膝から崩れ落ちた友人の体をピートが抱えて床に下ろす。その顔には暗い笑みが浮かんでいる。

「オマエは黙ってろ、ガイ。……失敗したな。こんなことならとっとと押し倒しておくんだった。まだまだ甘いよボクは。楔《くさび》は何本打ったって困るもんじゃないのは分かってたのに」

自らをそう戒めながら杖剣《じょうけん》を抜き、左手に握る。――呪いを帯びたガイとの口付けによって少々の呪詛《じゅそ》をもらっていたが、ピートの側の予防とガイのとっさの抑制によって深刻な影響が出るまでには及んでいない。つまり戦いに支障はない。あからさまな敵意を放つ彼を目前に、レリアとギーも覚悟を決めて杖剣《じょうけん》を抜き放つ。

「釈明が通じる段階ではないようだな。……やる気か、ここで。勧めはせんぞ。そうなれば我々も自衛に及ぶ他ないが――状況としては三対一だ」

「……は？　ちょ、なに勝手に私含めて――かッ」

巻き込まれる流れを見て取ったマックリーが壁際《かべぎわ》から声を上げかけ、その瞬間に手足の感覚を失って崩れ落ちる。突然の光景にバルテ姉弟がぎょっと目を剝《む》く。

「二対一になったな、今。……本当におめでたいよオマエらは。誰の目にも不利が分かり切ってるこの状況——ボクが無策で顔を出すとでも本気で思ってるのか？」

ピートが口元を歪《ゆが》めてその楽観を嘲る。同時に周囲からにじり寄る気配に気付いたレリアが呪文の光で広範囲を強く照らした。それで視覚への偽装が破られ——果たして、そこに現れた。サイズにして中型犬ほどの、しかし六脚の昆虫じみたフォルムをしたゴーレムたち。そんなものが彼らを取り巻く形で、床、壁、天井を問わず十何体と張り付いている恐ろしい光景が。

「迷彩《ステルス》ゴーレム——！」

「……全周包囲か。いつの間に」

油断を悔やみながらバルテ姉弟が背中合わせに杖剣《じょうけん》を構える。不意打ちで二対一まで人数差を縮められ、その上で使い魔に囲まれたこの状況、ゴーレムと合わせての一斉攻撃が可能なピートが大きく有利だ。それを十二分に弁《わきま》えた上で、彼は杖剣《じょうけん》を構える。

「野次馬に集まって来られても面倒だ、手早く済ませるぞ。——体で思い知っていけ。剣花団《ボクら》に手を出すとどうなるかを——！」

「はいピートくん。ターンマや」

有無を言わさず戦いの火蓋が切られようとした、まさにその時。飄々《ひょうひょう》とした声と共にピートの体が後ろから羽交い絞めにされる。ぎょっとして向けた視線の先で乱入者が微笑《ほほえ》んでいた。

ピートよりも頭ひとつ高い長身の同学年、トゥリオ＝ロッシが。

「……!?　ロッシ……！」

「ヒートアップし過ぎやで。……まぁ気持ちは分かるけどなぁ。自分の大切なもんに横から手ェ伸ばされたら誰でもカチンと来るもんや。ましてキミの場合は執着のケタが違《ちゃ》う」

真っ先に理解を告げながらピートの身動きを押さえ込む。杖剣《じょうけん》を握る利《き》き手《て》は当然として、逆の手の指一本でも見逃せばローブに仕込んだ魔法道具を使われかねない。そうした不意打ちの手管をピートが多く身に付けていることをロッシは知っており、だからこそ一分の油断もなく抵抗を封殺する。そうして相手を固めた状態から尚《なお》も飄々《ひょうひょう》と話し続ける。

「けどなぁ、いきなり全ツッパはどうかと思うねん。あいにくボクが聞いたんは最後のほうだけやけど、たぶん向こうさんにも悪気ないで？　冷静に考えてみぃ、あのヴァロワちゃんがガイくん引き抜こうとかするわけないやん。おおかた熱の入った人生相談でうっかりデリケートゾーンに踏み込んでしもただけ。不幸なすれ違いってやつや」

自分なりの見解を口にするロッシだが、その間にも相手から放たれ続ける殺気からして耳に届いている様子はない。最悪気絶させる手もなくはないのだが、そうすると今度は自分のほうに敵意が向きかねない。少々扱いに困ったロッシの背後から連れの大柄な男子生徒が歩み出る。

「得た力に順調に溺れているな。……魔法使いらしく振る舞うのは結構だが、以前のお前にもそれなりに美点はあった。あまり極端に振れるのも考え物だぞ？　レストンよ」

「……オマエもか。オルブライト……！」

　悠然と見下ろしてくるジョセフ＝オルブライトを見返してピートが歯噛《はが》みする。その耳元に口を寄せてロッシが囁《ささや》きかける。

「ボクは今のキミも嫌いやないで。やりたいこと見据えてまっすぐ突き進むのはエエことや。……せやけどな、ちょっとだけ視野広く持とか？　ヴァロワちゃんがナナオちゃんに心開きかけてること忘れたらアカンよ。ここでキミが従者痛めつけたらぜんぶ台無しや。それすっかり頭から吹き飛んでたやろ？」

「――っ」

　目を見開いたピートの動きがぴたりと止まる。これは効いた、そう踏んだロッシが一気に畳みかけた。自ら拘束を解いて一歩下がり、手には杖剣《じょうけん》も白杖《はくじょう》も持たず広げ、膝を曲げて視線の高さを相手と合わせながら語りかける。

「うん、エラいで。やっぱエエ子やなぁキミ。そろそろ本気で口説きたくなるわ。せや、これから仲良くお茶でもどうや？　キミも気ィ落ち着かせてからオリバーくんとこ帰りたいやろ？」

「……黙れ……」

　苛立《いらだ》たしげにピートが呟《つぶや》く。ロッシの呑気《のんき》な言動は緊迫した場の空気すら中和し、先の忠告と合わせて効果的に彼の戦意を萎えさせている。勢いで始まりかけている喧嘩《けんか》はこうして収めるのだと豊富な経験から知っているのだ。目論見《もくろみ》通りに動かされていることを察しながらも、それに対する反発だけで行動出来るほどピートは愚かではない。胸の内の激情を抜くように深い呼吸を繰り返し、彼はそれから改めて臨戦態勢のバルテ姉弟を睨《にら》み付《つ》ける。

「……今日のところは見逃してやる。ヴァロワとの折り合いがあるから、二度とガイに近付くなとも言えない。けど——二度と剣花団《ボクら》からの離脱を勧めたりしてみろ。……その時はもう迷わない。生きてることを後悔するくらい苦しめてやる」

殺気も露《あら》わにそう牽制《けんせい》し、身をひるがえしてガイの体を担《かつ》ぎ上《あ》げ、ピートが無言で教室を去る。その足音がじゅうぶんに遠ざかったところで、残ったロッシがふぅと安堵《あんど》の息を吐く。

「……やー怖いわ。立派に育ったなぁあのコも。一年の時とは見違えるで」

「あのまま育つのも問題だがな。……まぁ、折を見て角のひとつも取ってやろう」

ピートが去っていった方向を眺めたままオルブライトが呟《つぶや》く。と、そこでロッシが視線を別に向けた。部屋の中心で思わぬ助けが入ったことに戸惑いを隠せずにいるバルテ姉弟へと。

「命拾いしたわジブンら。えらい剣幕のピートくんと廊下ですれ違ってなぁ、つい後尾《つ》けて流れで助けてしもた。けど——正直、脇が甘いで。どう考えてもフツーに自殺行為やろ今の。オリバーくんやナナオちゃんの人の好《よ》さで勘違《ちゃ》いしてんと違うか？

剣花団はこの学年最強の集団で、中にいるコはみんなヤバいもん抱えたいっぱしの魔法使いや。半端《はんぱ》な気持ちで手ェ出すとあっさり死ぬで。……たとえそれが善意やとしてもな」

と、彼には珍しい真顔で警告する。レリアとギーが厳しい面持ちで杖剣《じょうけん》を鞘《さや》に収め、

「……重く受け止める。が──我々にも立場と恩義があるのでな」

「ああ。そう簡単にイモ引くわけにもいかねぇんだわ、これが」

姉弟で共有する意地を示す。意外なものを見たようにロッシが目を見開く。

「……なんや、ホンマにええ顔になっとるやん。ついこの間までマネキンと変わらんザマやったのに。それもガイくんの影響かい？　……侮《あなど》れんなぁやっぱ」

そう口にしたところでロッシも踵《きびす》を返《かえ》し、オルブライトと共に教室から去っていく。後に残されたバルテ姉弟が同時に顔を見合わせる。

「……間一髪だったな。どうするよ、姉ちゃん」

「悩む余地があるか？　仲間があのスタンスなら、ガイには尚《なお》のこと『外』からの助言が必要だと確信させられたぞ。……とはいえ、あの状態のレストンを無闇に刺激するのも上手《うま》くはない。立ち回りを考えねばならんな。本人の前に周りから解きほぐすか？　剣花団の残る全員があそこまで強硬な姿勢だとも思えんが……」

思案に没入しかけたレリアが顎に手を当ててぶつぶつと呟《つぶや》く。と──その頃合いで、やや距離を置いた壁際《かべぎわ》から弱々しい声が上がった。姉弟がはたと思い出してそちらへ目を向ける。

「……ちょっと……早く起こして……終わったんなら……」

対峙《たいじ》の序盤で不意打ちに倒れたマックリーがそこにいた。姉弟が慌てて介抱に駆け寄る。

「すまんマックリー。うっかりお前のことを失念していた」「今日不運だなお前。でも知ってるか？　昔から口は災いの元って言ってよ」

「あんたらに引っ張り込まれたせいでしょうがッ！」

痺《しび》れの残る喉で力を振り絞って叫ぶ。そうして——打ち込まれた麻酔への対処よりもむしろ、それから復調したマックリーを宥《なだ》めるために、バルテ姉弟はより多くの時間を費やすのだった。


体が痺《しび》れたままのガイを担《かつ》いで校舎を出ると、ピートはそのまま寮の手前の噴水広場に足を運んでベンチのひとつに彼を座らせた。体格で大きく勝るガイをここまで運んできても息ひとつ乱してはおらず、それは魔力を用いた体の使い方を覚えた証《あかし》でもある。

「……う……」

「悪いな、強引な真似《まね》して。そろそろ痺《しび》れは抜けてくるはずだ。……落ち着いたら言ってくれ。さっきもらった呪詛《じゅそ》を引き取ってくれると助かる」

同じベンチの隣に腰かけつつピートが言う。その表情からも口調からも、バルテ姉弟と向き合っていた時とは別人のように険が抜けていた。身内だけが傍《そば》にいる時に彼はこうなる。憎悪《ぞうお》は外へ、親愛は内へ。単純に線引きし切れない境界はあるにせよ、それがピートという人間にとっては感情の基本原則になっていたから。

友人に向き直ったピートが微笑《ほほえ》んで相手の行動を待つ。が——もう痺《しび》れが抜けているはずのガイは、何も言わずにじっと横目を向けてくるばかり。それで少々不満げに眉根を寄せる。

「……どうした？　キスしてもいいぞ、別に」

「……冗談じゃねぇんだな。それ……」

ベンチの背もたれに身を預けたままガイが呆然《ぼうぜん》と呟《つぶや》く。ピートが心外とばかりに肩を竦《すく》める。

「冗談だと思ってたのか？　言い始めた頃から本気だぞ、ボクは。……オマエに限らず、剣花団の仲間とはなるべく関係を結んでおきたい。誰と子供を作る時にも困らないように。ボクはオマエらの誰とそうするのも抵抗はないしな」

余りにも極まった自分の心構えをそう語る。ガイが額を手で押さえて呻《うめ》く。

「……なんで、そこまで振り切った？　……今までの関係じゃ、ダメなのか……？」

「ダメだな。ボクの望む形には不安定過ぎる。――絶対に散らない花が欲しいんだ、ボクは。あの刹那を永遠のものにするために」

夜空を見上げてピートが語る。彼の実家での出来事を思い返せば、その想《おも》いを否定することなどガイには出来ない。手段について文句を付けたい部分は多くあるにせよ――今のピートに対して真っ先に行うべきは、決してそれらを説いて聞かせることではないのだから。

正解は自明だ。まずは寄り添い、小さな体を抱き締めてやること。今なおガイの中で変わらない友情と親愛を体温と共に伝えること。が――今のガイに、それらは何ひとつ叶《かな》わない。その事実を再認識するほどに胸が苦しく、耐えかねて嗚咽《おえつ》すら零《こぼ》れそうになる。

「……ちくしょう。またこれかよ。引っぱたくことも、抱き締めることも出来ねぇ……」

「してもいいぞ、別に。……ゼルマ先生は立場上ああ言ったけど、一度や二度の共有で呪詛《じゅそ》が定着しないことは知ってる。仮に多少の面倒が残ったところで受け入れるさ。他でもないオマエのためならな」

柔らかな笑みを浮かべてピートが言う。敵と見なした相手へ向ける冷たさと反比例するように、その表情はどこまでも温かく優しい。ピートにとってはそれが当然なのだとガイも悟る。彼は自ら家族と決めた人間を全力で愛し、守り、慈《いつく》しむ。「内」と「外」を分かつ彼の線引きは自分よりもずっとシビアで切実であって、その手段が排他的な囲い込みの形を取るのも必然でしかない。

ガイが弱々しく手を伸ばし、指先で友人の肩にそっと触れる。先の口付けで伝染した少量の呪詛《じゅそ》をそこから引き取る。そうしてすぐさま手を引っ込めると、ピートはいかにも不満げに唇を尖《とが》らせる。

「なんだよ、キスじゃないのか。さては焦《じ》らすタイプかオマエ」

「……そろそろ怒んぞ、マジで」

「怒るなって、今度は本当に冗談だよ。……それじゃお休み、ガイ。別《わか》れ際《ぎわ》にハグもしてやれないのは残念だけど――その分はまた今度、な」

ベンチから立ち上がったピートが寮へ向かって去っていく。力の入らない体でその背中を見送りながら、泣き出したいほどの無力感に苛《さいな》まれて、ガイは呟《つぶや》く。

「……同室であいつの相手してんのか。……大丈夫かよ、オリバー……」


もちろん大丈夫ではない。ピートの変化の影響を誰よりも深刻に受けているのは同室のオリバーに他ならない。加えて——それと向き合う責任を、誰よりも強く自覚しているのも。

「——ピート。話がある」

ルームメイトから遅れること一時間余り。時刻が深夜に差し掛かる頃合いで自室に戻ってきたオリバーが、まだ起きていた友人へと開口一番にそう告げた。ベッドの上で読書していたピートがぱたんと本を閉じ、それから微笑《ほほえ》んで向き直る。

「なんだよオリバー、改まって。……今日はしたくないのか？」

「そっちの話じゃない。分かっていて茶化すのは止めてくれ。……オルブライトから聞いた。ガイと交流していたバルテ姉弟と一触即発になったそうだな？」

話を逸《そ》らされる前に本題へ切り込む。ナナオと共に校舎へ戻ったところでオルブライトと出くわし、彼はその出来事についてすでに把握していた。予想通りの名前が出たのを聞いてピートが鼻を鳴らす。

「やっぱり話回るよな、そこから。……ま、その通りだよ。ガイに向かって引き抜きじみた言動をしてたから少し脅しておいた。まったく参るよな、まだそんなに侮《あなど》られてるなんて」

「それが真実とは思わない。バルテ姉弟の立場からガイを引き抜きにかかるとは考えにくい。おそらく相談の延長上で出た言い回しのひとつに、聞き耳を立てていた君のほうが過剰な反応を示したパターンだ。……違うか？」

ほとんど確信に近い予測をオリバーが突き付ける。最近のピートの振る舞いから、いずれ他の生徒とこうしたトラブルが起こることは想定の内だった。オリバーの視線の先で、指摘を受けたルームメイトが平然と顔を背ける。

「かもしれないな。……けど、別にどっちでもいいだろそんなの。今のデリケートな時期に勘違いさせるような物言いをするほうが悪い。万一にも本当の引き抜きを見過ごしてガイを取られるくらいなら、今回みたいに多少行き過ぎてでも恐れられるほうが遥《はる》かにマシだ。周りに対する見せしめにもなるしな」

そう答えた上で、今回は邪魔が入ったけど、とため息交じりにピートが言い添える。オリバーが額に手を当てて俯《うつむ》く。――スタンスの強硬さが、自分の予想をさらに上回っている。

「……君の考え方は、おおよそ学友に対するそれじゃない。ここがキンバリーであることを勘定に含めても、だ。……バルテ姉弟はガイに助けられた恩義から彼に寄り添っていたんじゃないのか。それは溶岩樹形での一件を経てガイが得るべくして得た人徳だろう。今日の君の行いは、それすら壊しかねないものだとは思わないのか」

「確かに人脈は減るかもしれないな。けど、その分はボクがちゃんと埋め合わせるさ。こっちの事情を理解した上でおかしな口を利《き》いたりしない相手をしっかり見繕って。……勘違いして欲しくないけど、別にガイの交流を制限したいわけじゃないぞ？　単に害虫を弾きたいだけだ。そうしないと最近どんどん蜜を吸いに来るからな」

　当たり前のように言ってのける姿にオリバーは歯噛《はが》みする。――果たして、その「害虫」はそれ以外とどう判別されるのだろうか。仮にガイの興味を剣花団の「外」へ向けるもの全てが含まれるというなら、それはもはや彼を鎖で繋《つな》ぐのと何も変わらない。ピート自身はそうではないと言う。だが、その物差しがピートの主観に委ねられている時点で話はとっくに歪《いびつ》だ。

　同時にオリバーは理解する。その「当たり前」がピートの中では霞《かす》みつつあるのだと。魔法使いとして成長し、多くの技術と力を得ていく過程で、世界に対する見方が自《おの》ずと変わった。自分の手はより遠くまで届くのだと知ってしまった。例えば普通人だった頃のピートにとって他者の心はどうしようもないものだったろう。だが、今はもう違う。キンバリーで学んだあらゆる手段がそこへの干渉を可能にする。まして彼は魔法界においてすら稀《まれ》な両極往来者《リバーシ》。魅了の技術を磨いていけば、もはや籠絡《ろうらく》する相手の性別すら選ばない――。

「……頼む、ピート。俺の話をちゃんと受け止めてくれ。そこまで神経質にならずとも、ガイは俺たちのもとを離れていったりはしない。前にミリガン先輩も言っていた通りだ。その信頼さえ胸に置いておけば過剰な囲い込みは不要だと分かるはず。カティだって不安を抱えながらもそうしてくれて――」

オリバーが懸命に言葉を重ねながら歩み寄る。同時に腰を下ろしていたベッドからピートが立ち上がり、目の前に来た相手の胸にするりと抱き着く。そのまま目を閉じて微笑《ほほえ》む。

「……もういいよ、オリバー。オマエの話は分かったし意見も容《い》れた。確かにナナオとヴァロワの関係を考慮しなかったのはボクの手落ちだしな。今後はもっと角が立たないやり方を選ぶ。それでいいだろ?」

「――っ、待て、ピート。事の本質はそこじゃ――」

流される気配を察したオリバーがそれを止めようとする。同時にその口をピートの唇が下から塞ぐ。つい先刻にもナナオと結んだ構図。それが日すら跨《また》がず別の友人と再現されている事実にオリバーの全身がわななく。――そうして黙らせた上で、ピートがやっと唇の封を解く。

「……オマエの説教は嫌いじゃないよ。いつも真剣に言葉を尽くしてくれて、だからボクも愛されてるって感じる。けど……今日は、もう少し甘くしてくれ。さっきガイに触れてやれなくてボクも切ないんだ。……もどかしいよ。呪詛《じゅそ》のことがなきゃ、アイツを入れて三人でしたっていいのにな……」

「……ッ……」

オリバーが絶句する。寂しげな感情の吐露ですら、今のピートの場合は恐ろしさを帯びる。それが実現出来ないことを心から惜しんでいるのが分かる。きっと今この場にガイがいてもまったく同じように振る舞うのだろう。相手が増えても何も変わらないと微笑《ほほえ》み、どうすれば同時に愛せるかと真剣に悩むのだろう。彼にとってはそこに何の矛盾もないのだから。

キスを経たピートが再び抱擁に戻る。目の前のシャツに顔を擦《こす》りつけ、すんすんと鼻を鳴らし、ハグの時に感じた残り香を改めて確認する。確信を得た彼の口元に微笑《ほほえ》みが浮かぶ。

「……ああ……ナナオとしてきたんだな。じゃあ今日はもう溜《た》まってないのか？　……ふふ、先を越されたな。それならじっくり盛り上げないと……」

「……待て……待ってくれ、ピート……」

制止の言葉も虚《むな》しくオリバーがベッドへ引きずり込まれる。ローブを脱がされボタンを外され、はだけたシャツの内側へとピートの指先が忍び込む。日増しに上達していく愛撫《あいぶ》に理性を削られながらオリバーは嗚咽《おえつ》する。――なぜ、こうなってしまうのだろう。行為に及ぶのはまだいい。俺には拒めないのだからどうしようもない。けれど、俺はその前に君と話がしたい。今の君から感じる危惧を正しく理解して欲しい。この先どうするべきかを一緒に真剣に考えたい。本当に本当に、ただそれだけなのに――。

「……ピート……ッ！」

「――ひゃっ⁉」

胸の中で積もりに積もった悲しみと焦燥がついに爆《は》ぜる。ピートの背中に回した手を勘所に置き、皮膚を押した指先からいつもに倍する鋭さで魔力を流す。ピートの体がびくんと跳ねて攻める手が止まり、その隙に攻守を逆転したオリバーが一気に手技で畳みかける。抵抗をキスで黙らせ、果皮でも剝《む》くように服を剝ぎ取り裸にし、唾液で濡《ぬ》らした中指で臍《へそ》をぐりぐりと攻め立てる。そこに流し込まれた魔力の刺激が追い打ちとなり、下腹から突き上げる圧倒的な快感の波がピートを呑《の》み込んでいく。

「――あっ……！　な、なんだよ、オリバー……！　今日はずいぶん激し――んぁあッ⁉」

感想を言葉にする余裕すら与えない。普段のオリバーなら相応に長い時間をかけて相手の体を慣らしていくが、今の彼にその気遣いはない。ただ最大効率のアプローチで雪崩のように快楽を浴びせ続けるだけ。手当て《ヒーリング》と地続きの愛撫《あいぶ》に対してオリバーは本来それだけの手練《てだ》れであり、いかに上達したとはいえその水準に今のピートでは遠く及ばない。故に――ひとたび本気になったオリバーに対して、ピートはもはやベッドの上で何の抵抗も許されない。

「ま――待て！　待ってオリバー！　少しでいい、落ち着かせて――」

「……君も、待たなかった……」

目に涙を浮かべてオリバーが呟《つぶや》く。その間にも彼の指先は休みなく把握済みの弱点を責め続ける。もはや言葉すら失ったピートの背筋が弓形《ゆみなり》に反り返り、その動きすら体を使って巧みに御しながらオリバーが行為を継続する。余りにも激しすぎる刺激、強すぎる快感にピートの意識が真っ白に染まっていき、

「――あっ――」

絶頂に迫る恍惚《こうこつ》の中、彼が内側でずっと押さえ付けていた大事な箍《たが》が外れる。蕩《とろ》けていた顔が一気に青ざめ、反射的にオリバーを両手で突き飛ばしたピートがシーツの上を必死で這《は》って逃げる。そのままベッドの片隅でぺたんと座り込み、震える両腕で胸の部分を覆って沈黙する。

「……ピート？」

予想外の反応に困惑しながらオリバーが膝立ちで相手へ近付く。——そこで、始まった。ピートの全身が淡く発光し、その神秘的な輝きの中で彼の体つきが徐々に変わり始める。肩回りの骨格が心持ち大きくなり、替わって乳房の膨らみが減っていき——彼が属するもうひとつの極へと、その在り方が急激に切り替わっていく。

「——⁉」

「……だから、言ったんだ……待てって……」

その変化の最中に涙声でピートが呟《つぶや》く。オリバーが呆然《ぼうぜん》と見守る中、ものの数分ほどでそれは完了した。全体に小柄な点は変わらないので、背後から見て取る印象そのものにさほど大きな違いはない。が、切り替わったことは明白だ。魔法使いの体から常時放たれる微量の魔力には個人に特有の「相」があり、原則として大きくは変化しないそれを同じ魔法使いなら感じ分けることが出来る。先程までと比べて、今のピートはその「相」さえも明らかに変わっている。変化の類で外見だけを取り繕ってもこればかりは真似《まね》できない。

「……月齢からして、今は本当なら男に寄る時期なんだよ。それを自己制御《セルフコントロール》で強引に女に留《とど》めてた。……言わなかったけど、このところずっと……」

背中を向けたまま弱々しい声でピートが打ち明け、その内容にオリバーが目を見開く。――確かに、このところ女性体でいる期間が長いとは思っていた。自分の体質に慣れて任意での性別の切り替えを可能にした今のピートだが、それでも両極往来者《リバーシ》が本来持つ転換の周期を完全に無視出来るわけではない。それに逆らう苦労を同じ体質を持たないオリバーには実感出来ないにせよ、それでも本人の心身へ大きな負担がかかることは想像に容易《たやす》い。

「……なぜ、そんな無理を……」

「……オマエとしたかったからに決まってるだろ……！」

背中を向けて蹲《うずくま》ったまま、嗚咽《おえつ》交じりにピートが叫ぶ。それは余りにも鋭く突き刺さりオリバーの胸を抉《えぐ》った。――何という愚問を投げたのか。今の発言が凡《おおよ》そ最悪の無神経であったことを思い、心底から悔やむ。……分かり切っていたはずだ。彼のその想《おも》いを、世界で自分だけは即座に酌《く》んで然《しか》るべきだったのに。

「――すまなかった、ピート。……頼む。こちらを向いてくれ」

切に詫《わ》びながら、小さな背中に近付き懇願する。それから長い躊躇《ためら》いを経て、ピートが震えながらオリバーへ向き直る。果たして予想通りの男性体がそこにあり、

「俺の過失を償いたい。……少し、続きをしよう」

「え――？」

きょとんとする相手の体に手を這《は》わせる。意表を突かれたピートが体を跳ねさせる。

「ひゃあっ――!? な――何してるんだオマエ! 今ボク男だぞ……!?」

「実を言うと、あまり気にしたことがない。……どちらでも君は君だ」

迷わず応じながら、オリバーが優しく肌を撫《な》でさする。その度に信じられない快感が背筋を突き上げて、ピートは堪《たま》らず相手に寄りかかり喘《あえ》ぎ声を漏らす。この状態での営みにはピートも未《いま》だ経験がなく、だからこそ得られる感覚は恐ろしく新鮮だ。こちらで求めてはいけないという無意識の線引き――それを自分の側から乗り越えて、オリバーは尚《なお》も耳元で囁《ささや》く。

「構造《つくり》に馴染《なじ》みがある分だけかえってやりやすいよ。……我慢しなくていい、身を委ねてくれ。今は俺も、こうしたい……」

ピートの背筋がぞくぞくと震え、手足から力が抜ける。もう、何の思考も浮かばない。


営みを終え、諸々《もろもろ》の事後処理を済ませ、今度は就寝するために共に入ったひとつのベッドの中。寝巻に着替えた互いの姿を見つめ合いながら、ピートがぽつりと口を開いた。

「……さっきは、悪かった……」

「ん……?」

オリバーが微笑《ほほえ》んでその心を問う。ピートが視線を逸《そ》らし、羞恥と気まずさを滲《にじ》ませながら答える。

「……言い訳に、なるけど。体の変化を抑制してた影響で、だいぶ気が立ってたみたいだ。今は頭がすっきりしてる。……男に戻って……その、ちゃんと発散したから……」

頭に蘇《よみがえ》った記憶でまたもや顔が熱を帯びる。オリバーがその頬を優しく指で撫《な》でる。

「そういう形でも影響が表れるんだな。……すまない、俺の理解が及んでいなくて」

「謝るなよ。……確かに冷静さは欠いてたさ。けど――今の頭で考えても、ボクのスタンスは何も変わったりしない」

そう口にして腕を伸ばし、目の前のオリバーの体をぎゅう――と抱き締める。……絶対に失えないものがそこにある。それを守るために全てを懸けると、たとえ自分ではない何かに成り果ててでも手放さないと決めた愛おしさがそこにある。だから、

「……誰にも渡さない。どこにも去って行かせない。ガイもカティも、ナナオもシェラも。……オマエも……！」

呪いに等しい願いを口にする。返す言葉を何ひとつ持ち合わせないまま、オリバーは黙ってその体を抱き締め返す。決して報いれない想《おも》いに心を灼《や》かれながら――出口のない袋小路《ふくろこうじ》で、彼はこの先もピートと向き合い続ける。

第三章

綻び《テアー》

波乱の緊急会議から一夜明けた朝。早々に校舎へ入っていたテッドとダスティンは、その玄関口に並んでひとりの同僚を待ち受けていた。

「――やぁ。おはよう、ふたりとも」

生徒たちの登校が本格的に始まる手前、早くも遅くもない時間に現れたファーカーが気さくに手を上げて挨拶する。上げているのは右手だが、反対の腕もまた先日の一件が嘘《うそ》だったようにそこにあった。テッドが目を細めて仕掛けを見抜く。

「……腕の復元にはまだ早いはず。義手ですか、それは」

「まぁね。さすがのここでも、先生がいきなり片腕で現れたら生徒たちが驚くだろう？　あの場を出たところで何人かには見られちゃったけどさ」

左腕を掲げつつファーカーが述べる。一見して元の腕との差異はまったく見て取れず、指先の動きからして機能面にも不足はないことがテッドには分かる。それ自体が卓越したゴーレム技術の応用だが、そんなものは〈大賢者〉にとってほんの余技に過ぎないのだろう。

険しい面持ちで自分を見つめてくるテッドとダスティンに、ファーカーはにこりと微笑《ほほえ》みで返す。

「その際は心配をかけたね。……けど正直、君たちがあれほど庇《かば》ってくれるとは思ってなかった。特にウィリアムズ君、なぜあそこまで体を張ったんだい。僕のことは初めからずっと警戒してるんだろう？」

「……だとしても、むざむざ異端狩りとの軋轢《あつれき》の火種を生じさせるわけにはいきません。あなたも今後はどうか慎んでください。次は比喩でなく首が飛ぶとお分かりのはず」

半ば無意味と知りながらもテッドが警告する。そこに後頭部を掻《か》きながらダスティンが声を挟む。

「……そんなに校長を降ろしたいんですかね？　本部のお歴々は」

「はは。まあ伝わるよね、それは。……とはいえ、ここ最近に始まった話でもないんだよ別に。魔法界でのエスメラルダ君の立場はずっと強すぎるし、その権勢は日を追うごとに増してすらいる。五杖《かれら》としては今のうちに崩しておきたいのさ。その企てもままならなくなる前にね」

あっけらかんとファーカーが背後関係を明かす。まさかここまで素直に答えられるとは思わず呆《あき》れるダスティンだが、会議でのあの出来事の後では隠す意味もないことも理解出来た。今日からは完全に開き直って振る舞うと示しながら、〈大賢者〉はさらに惜しまず、自分がここに寄越された背景を明かす。

「加えて、彼女に対する根強い不信感も彼らにはある。……実のところ、異界研究への意欲が相当にあるようだよね？　彼女には。ハードルを設けながらも生徒たちにそれを禁じていないのがいい証拠だ。ほんの二年ほど前にも〈蝕む火焔の炉《ルフトマーズ》〉の研究をしていた生徒が派手に魔に呑《の》まれたそうじゃないか。最速の魔女もその『お迎え』で亡《な》くなったんだろう？　まったく惜しいことだよ。ふたりとも生きていればまだまだ先があったろうに」

　ダスティンの脳裏にその出来事が蘇《よみがえ》る。テッドに活を入れられて立ち直りつつあるとは言え、アシュベリーとモーガンの最期《さいご》は彼にとって重く胸に残り続ける出来事だ。どちらも死なせずに済む流れは本当になかったのか――そう考えたことは数え切れない。同時に、ファーカーの「惜しい」という言葉には「自分なら死なせなかった」という含みまでも聞き取れる。それにはさしものダスティンも心がざわつくのを抑えかねたが――幸いにもそこを掘り下げることはせず、〈大賢者〉は話を先に進めた。

「鎖界主義《クロージズム》を基盤に置く五杖《ごじょう》からすると、その点には大いに不満があるのさ。異端狩り本部での研究ならまだしも教育機関のキンバリーで好き勝手にやられてはね。……まぁ、それだけならまだ彼女の権威で強引に通せなくもなかっただろう。けど、三人立て続けの教師の失踪はさすがに目を付けられる。ここが引きずり下ろすタイミングと決意させてしまうくらいには」

「……あなたも同じ考えですか？　五杖《ごじょう》に抜擢《ばってき》されてここへ来た以上は」

　テッドが真っ向から問う。もちろん肯定を予想しての単なる確認だ。が――意外にも、ファーカーは腕を組んで首を傾《かし》げる。

「……どうだろうね？　キンバリー《ここ》の環境には閉口するけど、僕自身は正直その手の権力闘争にあまり興味がない。こうして話を受けた以上、彼らに期待されている程度の仕事はしていくにせよ――そこから先でどうなるかはあんまり考えてないな。エスメラルダ君のほうだって黙って引きずり降ろされはしないんだろうしさ」

「……韜晦《とうかい》でないなら無責任に過ぎませんか、それは。魔法界全体の趨勢《すうせい》を動かす問題の渦《か》中《ちゅう》にあなたは自ら望んで踏み込んだのでしょう。でありながら、その結果については大した関心もない――というのは、率直に言って眉をひそめます。〈大賢者〉の言葉とはとても思えない」

さすがに反発を覚えたテッドが妥当な批判を口にする。それを聞いたファーカーが苦笑する。

「まさにそれだろうね。〈大賢者〉であるが故に、僕は最初から君たちと同じ次元で物事を捉えてはいない。よって理解されることもない。とうに分かり切ったこととはいえ、改めて実感するとまったく寂しい限りだよ」

そう答えた上で、止めていた足を再び踏み出す。お喋《しゃべ》りはここまで。その意図をテッドとダスティンも察し、無理に引き留めることはせず道を空けて相手を見送る。が――ふたりとのすれ違い様、ファーカーはぽつりと呟《つぶや》く。半ば独り言のように。

「……けど、いずれ君たちのほうが追い付く日も来るはずだ。――安心して欲しい。そのための道は、ちゃんと僕が拓《ひら》いておく」

「……っ……？」

今までの発言とは色合いの異なる、それは奇妙な真剣さの宿る声。戸惑うテッドが見つめる中で〈大賢者〉の背中が遠ざかっていき、ますます謎めいた相手の印象に彼は眉根を寄せる。

「……摑《つか》み所《どころ》がない。どう捉えればいいんでしょう、あれは」

「考え過ぎんな、向こうの思うツボだ。……まぁ、興味がねぇってのは案外本音かもしれねぇよ。ありゃ元々そういうタイプでもねぇしな。もしその気があんならとっくの昔に五杖《ごじょう》のどっかには収まってんだろ」

深くは推し量らずにダスティンが答える。背後に異端狩り本部の思惑があると分かった以上、その駒であるファーカー自身の目的を詮索することは無益に終わる可能性が高い。よって〈大賢者〉の奥を透かし見る。異端狩りの前線帰りである彼にとっても、先の話に挙がった〈五《ご》杖《じょう》〉の面々は知った顔だ。

「……絵図描いてんのは誰だ？　この手の企てなら〈百眼《ハンドレッド》〉か〈鷲鼻《わしばな》〉か……いや、どっちの案でもピンと来ねぇな。いちばんしっくり来るのは〈人蜘蛛《アルケニー》〉……アルフォンスか。ったく、あいつもどうせお変わりねぇんだろうなぁ」

「Mr《ミスター》．ヴァルヒですか。……以前、彼には一度薬の調合を頼まれたことがあります。ひどく辛《つら》そうでした。断眠が続くと失った下半身の疼痛《とうつう》に悩まされるのだと」

「ああ、ありゃ運悪く霊体ごともっていかれてな。治癒でどうしたところで二度と生えちゃ来ねぇんだ。……だからって開き直って蜘蛛《くも》の脚にすることもねぇだろうによ。あの姿じゃ街中ひとつ普通に歩けやしねぇってのに……」

　かつての戦友の姿を思い返しながらダスティンが溜《た》め息《いき》を吐く。……普通人はおろか、多くの魔法使いにとっても異端狩りへの認識は化け物と紙一重だ。が、一度でも同じ場所で戦ってしまうとそうはいかない。ダスティンは少なからず知ってしまっている。その形に成り果てるまでに彼らが捨ててきたもの、もはや本人たちには自覚すら難しくなった痛ましい空白を。

「……五枚《ごじょう》はどいつもそんなのばっかだ。けど、そいつらは同じ戦場で命張った連中でもある。……出来れば争いたくはねぇ。さっきは声上げてくれて助かったぜ、テッド」

「いえ、僕も同じ気持ちですから。……あなたとイスコを巻き込んで『表会議』を発起した以上、ああした場面で体を張る役割は当然受け持ちます。少なくともこの首が繋《つな》がっている間は」

「ああ、いいぜそれで。……校長も刃の重みが違《ちげ》ぇよ、ファーカーの首刎《は》ねんのとお前の首刎《は》ねんのとじゃ。――兎《と》にも角《かく》にも、監査期間を凌《しの》ぎ切ることに集中だ。あいつの動きがどうこうってより、それで校長があいつを斬り捨てちまう展開がいちばんやべぇ」

　ダスティンが気を取り直して今後の展望を語り始める。――こうなると、ファーカーが挑発を繰り返して校長に斬り捨てられるところまで〈五枚《ごじょう》〉の思惑という可能性もある。捨て駒にしては贅沢《ぜいたく》が過ぎる人選だが、ファーカー自身もまた彼らに疎《うと》まれているとすればそれも無いとは言い切れない。が、いずれにせよ、自分たちが思惑に乗って踊る理由は何もない。

「監査の間に何も起きなけりゃ、たぶん五杖《ごじょう》の連中は『ファーカーの派遣で教師の失踪が止まった』とか図々《ずうずう》しく言い出すんだろ。別に好きにさせりゃいい。その手の難癖に対抗する材料はどうせセオドール先生のほうでたっぷり準備してる。俺たちが心配するには及ばねぇ」

「状況をシンプルに切り取ってくれて感謝します。つまりは――〈大賢者〉を生かしてキンバリーから出《こ》すこと《こ》。それが当面は僕たちの目標というわけですね」

テッドが口にした方針にダスティンも頷《うなず》く。他に状況の悪化に繋《つな》がる懸念《けねん》があるとすれば――この状況でもまだ、教師殺しの犯人は次の相手を狙って動くのかどうか。その一点だった。


時間を遡った前日の深夜。日中は職員としてキンバリーで働くシャーウッド兄妹《きょうだい》、迷宮一層に構えるその隠し工房で、この日もまた「同志」たちによる会合が催されていた。

「諸君、参集御苦労。会議の最初に報告がある。――ファーカー派遣の意図がおおよそ摑《つか》めた。どうやらあれは、校長の失脚を狙った異端狩り本部の采配だ」

グウィンが真っ先にそれを告げる。納得や疑問をそれぞれの表情に浮かべる同志たちへ向けて、彼は続けて判断の根拠を補足する。

「状況証拠だけでなく、異端狩りの『同志』からも裏付けが取れている。元々あった計画を教師の連続失踪をきっかけに実行へ踏み出したようだな。……我々の予想以上に、現五杖《ごじょう》はエスメラルダの権勢を嫌っていたようだ」

「やっぱその流れですか」「まぁ、他に考えられないもんね」

数名の同志が頷《うなず》く。至って当然のことながら、校長との関係を良好に保ちたいなら間違っても監査に〈大賢者〉などは寄越さない。異端狩り側の思惑を想像しつつ、グウィンがその干渉と自分たちの関係性を読み解く。

「敵の敵は味方──などという単純な図式ではないが、これは我々にとっての後押しと考えることも可能だろう。仮にエスメラルダが失脚に至れば自《おの》ずと教師陣の頭もすげ替わり、我々の最終目的にとってまたとない隙が生じることが予想される。そこに至るまでの校内の混乱にも乗じることが可能だ。……クロエ様の仇討《あだう》ちのほうは遠のく可能性もあるがな」

従弟《おとうと》への気遣いを兼ねて最後にそう添える。とはいえ、オリバーもそれに不満を表しはしない。……仇討《あだう》ちと「悲願」の達成が同一直線上にある間は何を置いてもその達成を目指すが、双方が分かれた状況においては後者を優先順位の上位に置く。それはオリバーを含めた同志たちの全員が弁《わきま》えていることであり、決して揺るがすことの出来ない彼らの軸でもあるからだ。

「かなり楽観だけどな、それも。あの校長がむざむざ引きずり降ろされると思うか？　逆に五杖《ごじょう》の面子《メンツ》がすげ替わる未来まであると思うね俺は」

「だからこそ私たちはどう動くべきかって話でしょ。政争の勝ち負けは置いといて、異端狩りのほうで敵の戦力を削ってくれるなら悪い話じゃない。現にバネッサ先生とバルディア先生はその影響もあって校外へ出されたんだしね。今後も同じ効果が見込めるなら、こっちで後押ししてやるのも一手だと思うけど？」

各々《おのおの》の所感を述べる同志たち。そこでグウィンが同じテーブルを囲む全員に視線を巡らせる。

「そこが各々《おのおの》の意見を訊《き》きたいところだ。――同志の報告によると、〈五杖《ごじょう》〉は教師の連続失踪を内紛と決めてかかっている。そこから内輪《うちわ》揉《も》めを止められなかった校長の責任を追及する狙いだろう。ファーカーの役目は内紛の証拠を押さえること、もしくは自らの派遣によってそれが止まったという事実を打ち立てることにあると見られる」

同志たちが腕を組んで唸《うな》る。五杖《ごじょう》の見立ては事実と異なるが、そう考える理由は彼らにも分かる。大魔法使いが三人続けて殺されたのなら、それを成したのは同格以上の相手とまず想定するのが妥当だからだ。その誤認は他でもない彼らの偽装が功を奏した結果でもある。

「仲間割れと決めてかかったらそういう発想にもなるかぁ……。異端狩りの息がかかった〈大賢者〉に校内うろつかせとけば内紛への牽制《けんせい》になるし、それで丸一年何も起こらなければあの人が止めたって話になるわけね。で、自動的に校長の株が下がって責任も追及されると」

「校長がファーカーの首刎《は》ねちまったら話はもっと早いな。異端狩り側としては監査に回した魔法使いを殺されたわけだから報復の筋は立派に通る。……つーか、まさかそのために自殺してぇわけじゃねぇよなあの人。赴任から今までのブッ飛んだ動き見てると薄々そう思えてくるんだけど」

「あれだけ跳ね回ってもまだ首が落ちてないんだから逆に大したもんでしょ。私もよく分かんないけど、たぶん赴任の間に生徒の支持もごっそり奪っておくつもりなんじゃない？　実際下級生を中心にけっこう出て来てるみたいよファーカー派。ここ三年で校内を一気に物騒にした私たちのせいでもあるけどさ」

自嘲を滲《にじ》ませつつ同志のひとりがそう口にする。各々《おのおの》の見解を受け止めたところでグウィンが話を先に進める。

「いずれにせよ、ファーカーの動き自体は我々に益するところが大きい。……しばらく泳がせてはどうか、と俺は考えている。四人目を狙うのはそれからでも遅くないとも」

当面の方針をそう提案する。予想に違わず、同志たちの誰からも反論は上がらない。

「……バネッサ先生とバルディア先生は前線に回されてる。バルディア先生に関しては一時帰還のタイミングあるだろうけど、その予定も向こう次第で時期が計れない。だから、もし今年の間に狙うなら……」

「ギルクリスト先生か校長の二択ということになるな。……正直に言うと、戦力が足りてる確信が持てない。デメトリオ先生とやり合った際の損害の穴埋めさえまだ終わっていない状況で、そこにファーカーという特大の不確定要素すら絡《から》んで来うる。年度の後半になれば話はまた変わるにせよ――それでも今年の間の実行は避けるべきだと、俺も思う」

静観の一手で意見がまとまり、それを踏まえた最終決定が君主のオリバーへと求められる。

同志たちの視線を受けて、しばしの考慮の後——彼は重く頷《うなず》く。

「……話は分かった。四人目の攻略を話し合うには時期尚早という点も納得している。だが——ファーカーの動きに期待するなら、我々としても早期に本人の為人《ひととなり》を見定めておくべきだ。〈五杖《ごじょう》〉に遣わされたエスメラルダ失脚のための単なる駒……俺たちは本当に、あれをそういう形で捉えてしまって良いのか？」

方針そのものは受け入れた上で、根強く残り続ける疑問をそう呈示する。同志たちが顔を見合わせた。それは彼らもまた共通して抱いている違和感だ。

「得体は知れないよね、正直。思想性が異端狩りのそれとかけ離れてる点は私もずっと気になってる。何かと表立ってキンバリーの校風を批判したり、生徒の身の安全がいちばんだって主張したり。……なんかさ、それって……」

「人権派っぽい、か？」

ひとりが先回りして印象を言葉にする。それを聞いた同志たちの顔に等しい苦笑が浮かぶ。

「あの〈大賢者〉ロッド＝ファーカーが、か。仮に本当ならすげぇ話だなそりゃ。フェザーストンの連中が涙流して大喜びするぜ」

「悪い冗談だ。どうせ生徒の支持を集めるためのパフォーマンスだろうあれは」

「その割には体張ってるのが面白いんだよね。聞いたでしょ？　会議室からあの人出てきた時に片腕なかったたって話。例のやらかしのペナルティで校長にぶった斬られたって噂《うわさ》よ。酔狂にしてもよくやるわ、腕が首だったところで何にもおかしくないのに」

呆《あき》れと感心が入り混じった同志たちの会話にオリバーもまた共感する。――違和感はそこだ。五杖《ごじょう》の思惑の通りに校長の失脚を狙うだけなら、〈大賢者〉はあんなにも派手に立ち回る必要はない。むしろ代行教員として粛々と過ごすほうが余程理に適《かな》う。仮に校長が首を刎《は》ねてしまっても異端狩り側はそれを報復の口実にするだろうが、他ならぬファーカー自身がその結果を望むはずはない。である以上、あの振る舞いには五杖《ごじょう》の企てとは別の目的があると見るべきなのだ。

「……お前としては、ファーカーに関してのより踏み込んだ分析に力を注ぐべきと。そういうことだな？　ノル」

「ああ、従兄《にい》さん。……あの人を見ているとひどく胸がざわつくんだ。それがいい予感なのか悪い予感なのか、それさえ今は判然としないけど」

曖昧な感覚をそのまま述べながら、オリバーは溶岩樹形の「幹」で目にした光景、ロンバルディの亡骸《なきがら》を抱えた〈大賢者〉の姿を思い出す。……あれが単なるパフォーマンスであるなら気に留《と》めるには当たらない。だが、もしそうでないのなら。

「……遠巻きに観察するだけでは埒《らち》が明かない。魅了のリスクは承知で、一度面と向かって本人と話してみようと思う。……それで本心が見えるとは言わない。だとしても――角度を変えてぶつかることで、また別の音が響くはずだ」

　下手な小細工は弄さないほうがいい、とオリバーは思う。そういった手腕は向こうのほうが遥《はる》かに長《た》けているのだし、幸いにも会話のきっかけに困ることはない。向こうが教師でこちらが生徒である以上、言葉を交わす必然はいくらでもある。

「――踏み立つ壁面《ウォールウォーク》の指導を願えますか？　ファーカー先生」

　天文学の授業が終わったところで廊下に去った相手の後を追い、オリバーは思い切ってその背中に話しかけた。〈大賢者〉が横目でちらりと彼を眺め、

「ああ、いいよ。付いておいで」

　即座に快諾して再び歩き始める。オリバーが驚きながらその後に続く。

「今からですか？　お手隙の時に改めて伺うのでも――」

「要らないよ。君の水準なら指導が長引かないことは分かり切ってる」

　言いながらファーカーが近くの窓へ歩み寄って足をかけ、そこから当たり前のように外壁へと歩み出ていく。もうレクチャーが始まっているのだとその瞬間に悟り、オリバーもまた杖《つえ》を手に気を引き締めて窓を潜《くぐ》り抜ける。踏み立つ壁面《ウォールウォーク》で外壁に踏み出した彼の姿を、先んじて上に数歩進んだ位置から〈大賢者〉が見下ろした。

「というか、その年齢で壁に『立って』『止まれる』時点で立派なものなんだけどね。まぁそ

れもキンバリーじゃ珍しくないんだろうけど」

「ええ、先輩方は当然のようにこなします。……失礼ですが、ファーカー先生自身はいつ頃これを習得されましたか？」

「僕かい？　母の腹から出た時だね。そのまま立ち上がって天井までとことこ歩いていってさ。そこで『おぎゃあ』と最初の声を上げたんだ」

再び身をひるがえして壁面を歩き始めながらファーカーが応じる。同じ速度でその背中に付いて歩きながらオリバーが内心でため息をつく。この魔人ならあるいは――と思わなくもないが、今のはさすがに冗談だと分かる。その不満を察したように相手が言葉を続けた。

「真面目に答えると、君とそれほど変わらないと思う。僕の場合は別に習得を急がなかったのもあるけど、そもそもキン《こ》バリ《こ》ーでは戦闘技術の優先順位が高すぎるんだよ。他に学ばせるべきことはいくらでもあるのにさ」

「……ギルクリスト先生も似たようなことを仰《おっしゃ》います」

「その一点では同じ意見だね。他は軒並み食い違うけど」

会話を続けながら上に向かって壁面を歩き続ける。ファーカーにとっては何ら苦もない行いだが、オリバーも同じとはいかなかった。重力に逆らい続けるほどに消耗が重なり、徐々に息が乱れていく。

「……っ……」

「辛《つら》くなってきたかい。走るよりもゆっくり歩くほうが難しいよね、これは」

「……少しずつでも、持続時間を延ばすように、努めてはいます。が……その延長上で、あなたやセオドール先生と、並べる気が、しない……」

「並ぶ気なのかい、君は。まぁ年季の差で諦めないのはいい心掛けだけどね。――そこで跳んでみてごらん」

出し抜けに振り向いたファーカーがそう促す。突然の指示にオリバーが目を丸くする。壁面に立った状態での跳躍――彼の認識において、それはほぼ身投げと同義だ。最初に出てきた窓は校舎の三階なので、当然ながら今の彼らはそこからさらに高い位置にいる。遠い地面を横目で見下ろしつつ、オリバーが確認する。

「……真っ逆さまに落ちろ、ということですか……？」

「まさか、他の教師たちじゃあるまいし。ただ跳んで同じ場所に着地して欲しいだけだよ。こんな風に」

言いながらファーカーがぴょんぴょんと跳んでみせる。馬鹿げた光景に思わず頭痛を覚えかけるオリバーだが、それでも懸命に観察して分析を試みる。――壁面で足元に向かって重力は働かない。それでも同じ場所に戻るのなら、それは即《すなわ》ち重力に代わる力が働いているということ。ただ立っているだけの自分にも同じことは言えるが、相手の場合は壁面から離れた体を引き戻すほどにその力が強い。それはつまり、

「……足場に対する吸引属性の強化……いえ、最適化、ですか」

「ほら、見取りが早い。要はやってることのレベルを上げる、ただそれだけだよ。今の時点でも壁のおおまかな材質に応じて魔力の扱いは変えているだろう？　僕やマクファーレン君はそれを徹底している。部分ごとの素材のむら、経年劣化に至るまで常に把握して、その上で属性を対応させてね。だから消耗も最低限に抑えられるんだ」

あっさりと仕掛けを明かすファーカーだが、その難度を想像したオリバーは気が遠くなる。足場となる壁の性質・状態を常に余さず把握した上で、移動に伴い変化するそれに応じて自分の操る魔力を適宜精密に調整し、相互に疑似引力を発生させ続ける――今の説明はそういうことだ。理屈として筋は通るが、机上の空論を辞書で引けば例文にありそうな話である。

「もちろん五感だけじゃ無理だよ。領域知覚の習熟は前提で、君は一応その前提を満たしている。だから時間はかからないと言ったのさ。まるで知らない場所ならともかく、キンバリーの壁ならとっくに馴染《なじ》み深いだろう？　それをより深く細かに感覚してごらん。そうすれば自《おの》ずと分かる――今までの歩き方が雑だったことが」

無茶を言うなと胸中で叫びながら、それでもオリバーが持ち前の粘り強さを発揮する。――確かに、領域知覚をもってすればその範囲内の足場の状態は把握できる。それを頭で分析する際のタイムラグはあるにせよ、今は足を止めているのだから一か所のみに集中すればいい。「跳ねろ」という指示もその面で理に適《かな》っている。まったくの無理難題を突き付けられているわけではない——そう思いながら領域知覚に没頭。一段深まった足場への理解に基づいて、踏み立つ壁面《ウォールウォーク》に用いる魔力を微調整する。すると——ある瞬間から、スッと体が楽になる。

「…………！」

「摑《つか》んだようだね。はい、跳んで」

間髪入れずにファーカーが求める。今ならあるいは、そう感じたオリバーが思い切って両足で壁を蹴る。浮かんだ体が壁と地面の両方から引っ張られるが、その瞬間に魔法出力を強めて壁の疑似引力のほうを大きく優位にする。ぐいと引っ張られる感覚と共に、果たして両足が再び壁を踏みしめ、

「……出来……ッ⁉」

成功を感じた瞬間に足が滑り、本来の重力が逆襲のように彼を引き寄せる。あらゆる支えを失って今度こそ本当に落下を始めるオリバー。が——それを、当然のように壁面で先回りしたファーカーの両腕ががっしりと受け止めた。呆然《ぼうぜん》と空を見上げる教え子へと、〈大賢者〉は微《ほほ》笑《え》んで囁《ささや》く。

「足が着いたところで気が緩んだね？　君が着地した瞬間にその影響で壁の属性も揺らぐ。それも込みで調整しないと今みたいになるよ」

「……助かり、ました……」

「気にしなくていいよ。落ちても君は対処したし、事前に言わなかったのは単なる意地悪だか

ら。僕だって最初はそうなったのにさ。君が一発で成功したら腹立たしいだろう？」

しゃあしゃあと言いながらオリバーを再び壁に下ろして立たせる。そのまま視線で再挑戦を促された彼が呼吸を整えた上で同様に跳躍し、先の失敗を踏まえた調整によってふらつきながらも今度は成功した。その姿を眺めてファーカーがにっと笑う。

「今度は上手《うま》くいったね。うん、えらいえらい。

そう、大丈夫。何度失敗したっていいし、君たちなら必ず出来るようになる。僕の教え子なんだから」

何気なくファーカーが口にしたその声が、オリバーの内にひとつの心象を呼び起こす。宙に立つ姿に憧れて止《や》まなかった幼少の自分へ、在りし日の母がかけてくれた言葉――それと同じ温かみを目の前の相手に感じ取ってしまう。困惑と焦燥が同時に胸を満たし、オリバーは思わず口を開く。

「――あなたは――」

「ん？」

穏やかに微笑《ほほえ》んだままのファーカーと視線が真っ向から合い、そこでオリバーは辛《かろ》うじて出かけた言葉を呑《の》み込んだ。――問えるわけがない。クロエ＝ハルフォードと交流があったのか、などと。脈絡なく出す話題としては不用意が過ぎると分かるのに、その警戒を一瞬でも緩めかけた自分が恐ろしい。あるいは、それをさせた相手の魅力こそが。

「……いえ。何でも、ありません」

「そう？　じゃあ戻ろうか。今の感覚を馴染《なじ》ませながら付いておいで」

特に気にした風もなくファーカーが先を歩き始める。その背中に無言で続きながら――今のやり取りで感じたことをどう受け止めるべきか、オリバーは結論が出せないままでいた。


ファーカーと交わした言葉を頭で反芻《はんすう》しながら、日中の授業を恙無《つつがな》く終えて迎えた夕方。予定通りに廊下でカティと落ち合ったオリバーは、先日に揃《そろ》って提出した入室届が意味する通り、彼女と共に新たな分野へと踏み出そうとしていた。

「……さて。いよいよ今日からだな、カティ」

「……う、うん……」

やや硬い表情でカティが頷《うなず》き、その様子にオリバーが目を細める。研究室のメンバーとして迎える初日なので緊張するのも無理はないが、それにしても妙に思い詰めた雰囲気があるように感じる。ガイと離された影響がまた出ているのかと思い、オリバーはその点を確認する。

「……あまり元気がないようだ。疲れが溜《た》まっているんじゃないのか？　だったら無理をせず日を改めても……」

「そ、そんなことないよ！　わたし元気いっぱい！　今日からまったく新しいこと学べるんだから、もーワクワクして大変！」

慌ててぶんぶんと肩を回してカティが主張する。オリバーが額に手を当ててため息をつく。

「……空元気にしてもさすがに露骨過ぎる。俺にまで取り繕わなくていい。出直す気がないなら、せめてゆっくり歩いて気持ちを整えながら行こう」

そう口にして手を伸ばし、宙を泳いでいたカティの左手を捕まえて握る。そのまま歩き出そうと促すオリバーの姿に、一拍遅れてカティが一気に動揺する。

「……へ？　手……ててて手、繋《つな》ぐの⁉」

「ああ、足元がふらついているようだったからつい。……嫌だったか？」

「いえ！　ぜんぜん嫌じゃありませんです！　ごめんなさい！」

「それならいいんだが……なぜ謝ったんだ？　今……」

妙な反応に苦笑しながら、そんなカティの手を引いてオリバーが歩き出す。頬が赤くなっていないか鏡で確認したい衝動に駆られながら、カティが横目でそっと彼の横顔を窺《うかが》う。

「……なんか、その。オリバーも、ちょっと疲れてるように……見えるかも……？」

「ああ……体力的には問題ないんだが、色々あって少し気疲れがな……。折り合いは付けているから気にしないでくれ。少なくともパフォーマンスの面で問題はないと――」

そこで言葉が途切れる。ふたりが折れようとした廊下の曲がり角で、反対側から歩いて来ていたリタ＝アップルトンとばったり出くわしていた。

「……あ……」

「…………」

互いに足を止めて沈黙が流れる。リタの視線はまずカティに、それからオリバーに、さらにはふたりの間で繋《つな》がれた手へと順番に移動する。それに気付いたオリバーが一旦カティの手を離し、自分から先に挨拶へ動く。

「こんにちは、Ms《ミズ》．アップルトン。溶岩樹形では君も大変だったな。リントン統括からの懲罰課題《ペナルティ》は問題なくこなせそうか？」

「……はい。すみません、わたしが勝手をしたのに気を遣って頂いて」

「いや。他からさんざん叱られただろうし、その上でまだ俺から言うことはないよ。それに、君はガイのことを心配して来てくれた。その点ではむしろ礼を言いたいんだ」

「……感謝されるようなことなんて、何も。最後に無理やり割って入っただけで、他では何の役にも立てませんでしたし……」

気まずそうに目を逸《そ》らしながらリタが応える。いつもよりも反応が硬い――とオリバーは見て取った。ガイほどではないにせよ、彼女は自分ともそれなりに親しい。普段ならもう少し明るい表情で接してくれるはず。今はそれがなりを潜めている。続く会話で原因に探りを入れようとするオリバーだが、それを先回りしてリタが一礼した。

「では、わたしはこれで失礼します。――素、敵、な、お、友、達、と、一、緒、で、羨、ま、し、い、で、す、ね、ア、ー、ル、ト、先

輩」

最後にそう言い残してすれ違い、リタが廊下を去っていく。一言も交わせなかったカティが呆然《ぼうぜん》とその背中を見送り、やがてその場で頭を抱えて悶絶《もんぜつ》する。

「……あぁ～～……」

「落ち着け、カティ。……少し態度に棘《とげ》があったな。やはり彼女もガイの関係で思うところがあるのか……」

原因をそこに予測しながらオリバーが呟《つぶや》く。同じ方向で考えていたカティが自己嫌悪《けんお》に苛《さいな》まれながら口を開く。

「……きっと最低の先輩だ、わたし……リタちゃんから見たら……」

「ガイがいない時に俺と一緒にいるからか？　……穿《うが》って見ればそう映るかもしれないが、こちらにはこちらで切実な都合がある。他から文句を言われる筋合いもない」

きっぱりとそう告げながら再び手を差し出す。後輩を前にしたカティの気持ちを慮《おもんぱか》って一旦手を離していた。が、リタが去った今、もうその必要はない。

「行こう、カティ。……俺はガイから君を任された。その事実には誇りこそあれ、後ろめたく思う部分は一切ない。もしガイの代わりに甘えてもらえるのなら——それはむしろ、彼を尊敬する俺にとって光栄なことだ」

微笑《ほほえ》みを前にしたカティが息を詰まらせて俯《うつむ》き、顔を上げられないままそっと彼の手を取り直す。そうして再び手を繋《つな》いで歩き始める。目的の研究室に着くまで、その手が離れることは決してなかった。

来訪を告げたふたりが速やかに部屋の中へと通されると、前に応対してくれた上級生に加えて、六人ほどの研究室のメンバーがそこには待ち受けていた。資料の並んだ机を挟んだ一番奥の位置から、先日の上級生が微笑《ほほえ》んで告げる。

「来たね、ふたりとも。――ようこそウチの研究室へ。こんなに早く決断してもらえるとは思わなくてね。とても嬉《うれ》しいよ」

まず改めて歓迎の意思を表し、それからひとりずつメンバーを紹介していく。オリバーとカティも名乗り返しながら全員と順番に握手を交わした。そうして最初の顔合わせが済んだところで、資料の載った机の前にふたつ並んだ椅子が後輩ふたりに示される。

「本来なら歓迎を兼ねて親睦会のひとつくらい開いてもいいんだが、先日の様子を見ると、おそらく君たちは何より『学び』を優先するだろうと思ってね。こちらでもそのつもりで準備しておいた。今日からさっそく座学に頭まで浸《つ》かってもらうことになるが、それで構わないだろうか？」

「は――はい！　わたしもぜひ、そうしたいです！」

知識に飢えたカティが飛び付くように着席し、オリバーもその隣に腰を下ろす。溢《あふ》れんばかりの意欲が見て取れる反応に上級生がにこりと笑う。

「実に頼もしい。……異界生命そのものの危険性はもちろんだが、この分野ではその関連物を取り扱うための資格と許可が複雑に入り組んでいる。ひと通り把握してもらわなければそもそもスタートラインに立たせてあげられないが、かといってこの段階で時間を浪費させたくもない。――なので必然、結構な詰め込み教育になる」

そう言って他のメンバーたちに目配せすると、彼らによって運ばれてきた大きな木箱がふたりの左右に置かれる。杖《つえ》を振って蓋が開かれると、中には集中薬の瓶がぎっしりと詰まっていた。う、とオリバーが思わず声を漏らす。覚悟を決めろと言われているに等しい光景だ。

「集中薬のお代わりは無料だ。大抵の研究室に付き物の特典で、さほどありがたいものでもないけどね。……では始めるが、理解が追い付かなくなったら言ってくれ。それまではノンストップで教え続ける。ひとつ安心して欲しいのは――このカリキュラムを仕上げるために、僕自身もここ三日ほど徹夜だということさ」

静かな笑顔に迫力を宿して上級生が告げる。――果たしてそれから夜遅くまで、オリバーとカティは本当の詰め込み教育の何たるかを知ることになった。

一方。同じ校舎の一角で、ガイもまた新たな分野の習得に取り組んでいた。

「……ッ……！」

閉め切った薄暗い部屋の中、目の前の依代へとガイが呪詛《じゅそ》を通す。呪詛《じゅそ》は原則として生体への伝染を好むものだが、魔法的に細工した人形の類であればそれを「生きている」と誤認させることが可能だ。蝕《むしば》まれて朽ち果てるまでの時間は長くないため受け皿としては機能しないが、呪詛《じゅそ》の扱いの練習台には事足りる。生物を相手に行うほうがより実践的ではあるにせよ――己の技術の向上のためにそれを延々と繰り返すことは、今のガイの性格では許容しかねた。

「……どうっすか、こんなもんで。媒介と経路変えながらひと通り。……一応言われた通りっすけど」

「……ふむ……」

課題をこなしたガイが手を止めて振り返る。その背後で朽ち果てていく依代を眺めながら、呪術の代行教師であるゼルマが腕を組んで唸《うな》る。

「……非凡だな、やはり。躓《つまず》くだろうと思った工程がほとんど障害になっていない。一応言っておくと、君がこの一週間でやってのけたのは平均的な呪者の卵ならひと月を要する修練だ。私も有望な弟子を数多く見てきたが――このレベルはそう多くないぞ」

「あんま大袈裟《おおげさ》におだてないでください。調子に乗りたくもねぇんで」

ガイがため息交じりに賞賛を受け流す。どこかよそよそしい反応を楽しむようにゼルマが微《ほほ》笑《え》む。

「その自制も悪くない。が――どうにもまだ、呪者そのものに対する心理的な抵抗が根強いようだな。……やはり嫌かね？　呪いを抱えて生きるのは」

「好むヤツがいたら教えて欲しいっすよむしろ。おれが今教わってんのは呪詛《こいつ》が強力な武器になることを知ってるからで、それ以上でも以下でもないんで。……逆に訊《き》きますけど、あるんすか？　他に使い道」

思ったところをガイが率直にぶつける。堪《たま》らずゼルマが声を上げて笑った。

「清々《すがすが》しいまでに遠慮がないな君は。あれかね、熱心に誘われると逆に引くタイプかね？」

「どうすかね。ただ、ダヴィド先生は『自分でよく考えろ』って言ってくれましたんで」

「彼らしい話だ。が、些《いささ》か放任に過ぎるとも感じる。悩める生徒に対して然《しか》るべき導きというものもあると思うぞ。私は」

語りながら部屋に置かれた机の奥へと回り込み、改めてガイのほうへ向き直ったゼルマがそこに両腕を突いて寄りかかる。その仕草のひとつひとつに目を惹《ひ》くものがあり、だからこそガイはこの教師へ簡単に心を許さず、あえて好感を持たれようともしていなかった。――あのバルディアと同様、彼女もまた紛れもない呪者なのだから。

「呪詛《じゅそ》が本質的に命を蝕《むしば》むものでしかないのは事実だ。が――だからこそ、呪者はこの世界に絶対的に必要とされる。そんな危ないものを管理できる人間がいないと困るだろう？　公共への益という面では他の魔法使いよりも余程分かりやすいと私は思っているよ。ただこうして呪われて生きているだけで人の世のためになる――そんな風に言い換えることさえ出来るのだから」

瞼《まぶた》を閉じたゼルマが至極穏やかに述べる。その内容は呪詛《じゅそ》の性質に照らせば自明であるまでも、呪者本人が口にするのはガイにとっては少々新鮮だった。――思い返すと、バルディアは余りそういった語り方をしない。あくまで己こそ怨嗟《えんさ》と絶望の化身であるかのように振る舞い、その在り方によって救われる者についての言及は無きに等しい。ガイが眉根を寄せて俯《うつむ》いた。

――今の話を踏まえて振り返れば、それは何とも痛ましいことではないかと。

「その観点で言えば、バルディアなどはもはや救世主とすら呼んで差し支えない。あれが抱える呪詛《じゅそ》が全て放置されたままであったなら、いったい世界にどれほどの犠牲が出ていたことか。どうしようもなくひねくれた後輩ではあるが、私は常に尊敬しているよ。あんなものを抱えながら性根が捩れ果てる程度で人の形を保っていられる――それが如何《いか》に得難《えがた》いことか」

「…………」

ガイが重く黙り込む。自分の言葉が少なからず響いているのをその様子に見て取り、ゼルマはいかにも上機嫌に笑う。

「君は素直だ。今の話を聞くだけでも呪者に対する見方はずいぶん変わったのではないか？……まぁ、それくらいは私に教えを受ける対価と思って受け入れたまえ。最終的には君自身の判断を尊重する点では私もダヴィド先生と同じなのだから。君のほうでうっかり誑《たぶら》かされなければ済むだけの話さ。

さて、今日のレッスンはここまで。次は三日後に来なさい。その時はもう少し熱心に誑《たぶら》かしてやろう」

そう告げて課題をこなした教え子を解放する。ガイもまた一礼して踵《きびす》を返《かえ》し、今後も通い続ける呪者の領域を後にした。

廊下に出てからも、ガイの頭ではゼルマの語った内容が回り続けていた。それが相手の目論《もくろ》見《み》通りだと分かっていても止められない。呪者の振る舞いにはひとつひとつに意味がある。ガイは今まさにそれを見て学んでいるところなのだから。

「……油断ならねぇんだよな、あの人も。ったく、呪者ってのはどいつもこいつも――」

がりがりと頭を掻《か》きながらガイが呟《つぶや》く。と同時に、その肩が左右からがっしりと組まれた。

「――は？」

「待っていたぞ、ガイ」

「茶会の誘いだ。まさか断らねぇよな？」

ふたつの顔にそっくりの悪い笑みを浮かべたバルテ姉弟がそこにいた。きょとんとするガイの前に、ふたりに続いてもうひとりの生徒がとぼとぼと歩み出る。口元に乾ききった自嘲を浮かべたマックリーである。

「……だそうよ。さっさと付いて来て。……私はもう、諦めたから」

姉弟に案内されるまま廊下を進んでいくと、やがてその足取りは扉を抜けて校舎の外へと至った。意外に思ったガイがすでに数度目になる問いを投げかける。

「──外かよ、茶会って。いったいどこでやるつもりだ？」

「すぐに分かる。──そら、もう見えて来たぞ」

答えたレリアの視線の先、校庭の一角にそれはあった。芝地の上に滑らかな赤い布が敷かれ、招待されたと見える数人の生徒たちがそこへ直接腰を下ろしている。同じ場のいちばん奥にガイの友人の姿があった。目の前の鉄瓶で湯を沸かしながら、日の国《ヤマツ》の着物に身を包んだその人物が笑顔で声を上げる。

「──おお、ガイ！　貴殿もやっと来られたか！」

「ナナオ……!?　おまえもいんのか!?　いや、どういう集まりだこれ──」

困惑が増す一方のガイの視線が、続けてナナオの正面に座る生徒を捉える。背を向けていたその人物が首だけで振り向き、不機嫌そうな横目で彼を見返した。独特の剣呑《けんのん》な雰囲気と圧を

持つ同学年の女生徒。決闘リーグの終盤で脳裏に刻まれたその姿は紛れもなく、

「――ヴァロワ⁉」

「……なに～。文句あるの～、なんか～」

名前を呼ばれた純粋《ピュア》クーツの名手、ユルシュル＝ヴァロワが牽制《けんせい》するように声を飛ばす。呆《ぼう》然《ぜん》と立ち尽くすガイにバルテ姉弟が笑って説明を添える。

「東方風《エイジア》の茶会だそうだぜ。悪くない趣向だろ？」

「前々からユルシュル様が誘われていてな、そこに我々も便乗させてもらった。好都合にもヒビヤの主催だ、これならお前を呼んだところでレストンも文句は付けられん」

「……意外としたたかだな、おまえら。いやまぁ付き合うけどよ……」

ようやく相手の企てを理解したガイが促されるまま茶会に加わる。布が敷かれた地面に椅子なしで座るのは茶会というよりハイキングでの昼食じみていたが、もともとアウトドアを好む性格の彼にとってはそれも悪くない。茶請けの菓子は陶器の皿に載って目の前に置かれ、肝心の茶はどうやらナナオが手ずから一杯一杯用意してくれている。そちらは気長に待とうと思いつつ、ガイは同じ場所に円座を酌《く》んで座ったレリア、ギー、マックリーの三人に向き直った。

「つーか、まずは詫《わ》びねぇとな。……この前はダチが手荒い真似《まね》して悪かった。おれも先にぶっ倒れちまってろくに止められなかったしよ……」

「気にするな、あれは我々の迂闊《うかつ》が過ぎた。レストンに対しても特に反発は抱いていない。引

き抜きに聴こえかねない言動をしてしまったのは確かなのでな」

「いや、めちゃくちゃ気にして欲しいんだけど。私だけうなじぶっ刺されてんだけどあいつのゴーレムに」

「もう根に持つなよ、ちゃんと綺麗《きれい》に治してやったろ。ありゃ別に俺か姉ちゃんが同じ目に遭ってもおかしくなかった。単に壁際《かべぎわ》にいたお前の運がピカイチ悪かっただけで」

「それで納得できる奴《やつ》がいたら連れて来て欲しいわよッ！」

憤懣《ふんまん》冷めやらぬマックリーが青空の下で叫ぶ。ナナオと対面で向き合うヴァロワの耳にもそれが届き、彼女は不満を滲《にじ》ませて口を曲げる。

「……うるさくて落ち着かない～。風で草っ切れも飛んでくるし～。なんで屋内じゃダメなの～？」

「別に駄目ではござらんが、趣《おもむ》きが変わり申す。賑《にぎ》やかな場もそれはそれで宜《よろ》しくござろう」

悠然と答えながらナナオが茶を立てる。温めた茶碗《ちゃわん》に抹茶を入れ、適温の湯を注ぎ、湿らせた茶筅《ちゃせん》で素早く混ぜる。淀《よど》みのない所作でそれを続けながら、彼女は差し向かいのヴァロワを改めて眺める。不満を述べる言葉とは裏腹に、彼女は膝を畳んでとても行儀良くそこに正座していた。この座り方は連合《ユニオン》の国々にはない文化なので、それだけで彼女が予備知識を頭に入れてきたことが分かる。感謝を覚えつつナナオがそこに言及した。

「正座が凜《りん》として美しくござるな、貴殿は。此方《こちら》の流儀に合わせて頂き忝《かたじけな》い。……が、どうか今少し力を抜いて寛《くつろ》がれよ。元来の茶の湯には諸々《もろもろ》作法もござるが、それらは拙者もうろ覚え。しきたりも正解も、咎《とが》められる誤りも、この場には何ひとつあり申さん」

そう言われたヴァロワが逆に戸惑って眉根を寄せる。この手のセレモニーについても彼女は幼少期に祖母から作法を叩《たた》き込まれており、形だけでも場のルールに沿って振る舞おうとするのはもはや意識以前の本能だ。が、目の前の相手はそれを気にするなという。そうなるとヴァロワにはこの場でどう振る舞えば良いのか皆目分からず――そんな彼女の前へ、ナナオが点《た》て終わった茶の器を静かに置く。

「召し上がれよ。但し、結構なお手前で――などとは申してくれるな。美味《うま》ければ美味《うま》い、不味《まず》ければ不味《まず》いと。思ったまま忌憚《きたん》なき感想を」

促されたヴァロワがおずおずと茶杯を両手で持ち上げる。中身は滑らかに泡立った緑色の液体が容量の三割ほど。とっさに事前に仕入れた作法に則《のっと》って横に三度回そうとしかけたが、そうした形ばかりの礼儀を相手が望んでいないことは察していた。なのでそのまま口に含む。舌に広がる異国の味わいを感じ、ゆっくりと飲み下し――解釈の間をしばし経て、口を開く。

「……苦い～……。……けど～、思ったよりは飲みやすいね～。空気を含ませてるから口当たりがいいのかな～……？　……ミルクがなくても～、こういう方法もあるんだ～……」

「おお、そこまで伝わってござるか。拙者は逆に、牛の乳を茶に混ぜるこちらのやり方に驚き申した。されど馴染《なじ》んでしまえば期するところは似通ったもの。であれば、乳を入れるほうが余程手早いやも知れぬが――」

　語りながら、ナナオが続けてガイたち四人のための茶を点《た》てている。単に同じものを用意するだけが目的なら、その手順は少しも効率的ではない。呪文なり魔法道具なりを用いれば遥《はる》かに早く済む話だ。が、ナナオはあくまで一杯一杯を丁寧に用意し、それを運ぶのにさえ自らの足でガイたちの間を回っていく。全員分を供し終えたナナオがヴァロワの前に戻り、再び差し向かいに座す。

「――さりとて、この手間にもそれはそれで意味があり申す。……貴殿には既に伝わってござろう？」

「……まぁ〜、それはね〜。目の前で一から丁寧に淹《い》れてもらったら〜、自然とこっちも味わって飲もうって気にはなるし〜。……これ〜、お茶請け〜？」

「左様。楊枝《ようじ》で切るも良し、しち面倒なら手摑《てづか》みも良し。お好きに召し上がられよ」

　言われたヴァロワが皿に載った小ぶりな菓子へ手を伸ばす。セオドールの土産の小豆からナナオが手ずから餡《あん》を練って拵《こしら》えた金鍔《きんつば》だ。手にした楊枝《ようじ》で触れてみるとさほど固くもなく、だからそのまま四分の一ほどを切り分けて尖端《せんたん》で刺し、口に運ぶ。――思ったよりもかなり濃厚で甘い。それだけでは持て余すところだが、ふと思い立ったヴァロワが茶のほうを再び口に含む。すると苦みと甘みが舌の上で丁度良く折り合って調和し、なるほどと彼女は腑《ふ》に落とす。茶と茶請け、そのふたつが揃《そろ》って初めて成り立つものなのだ。

「……脚〜、崩してもいい〜？」

「随意に。何となれば大の字に寝そべっても構い申さぬ」

律義《りちぎ》な確認へとナナオが大らかに答える。それで正座を解いたヴァロワが寛《くつろ》いだ姿勢で莫蓙《ござ》に座り直し、そこからふと頭上に広がる青空を眺める。作法に気を取られていた時には気付かなかった解放感が全身を満たしていき——彼女は自然とそれを口にする。

「……こういうものか〜……」

「おや。何やら感じるところが？」

「……漠然とだけど〜、君の茶会の主旨《コンセプト》がね〜……。……肩の力が抜けてくると〜、周りがうるさいのは割とどうでも良くなって〜……風もまぁ〜、今の季節だったら心地好いし〜……。……それに〜……日の光と〜草と〜……土の匂い〜……」

目を細めてそれらに感じ入る。——かつて閉じ込められた地下の一室。あの場所で狂おしい程に思い焦がれ、いつか小さな友人と共にそれを味わうのだと誓い、そして遂《つい》に叶《かな》わなかったもの。だが——あの時から欠けてしまった彼女の心は、それをまだ心地好いと感じられている。

最後に自分の分の茶を点《た》てたナナオが、その杯を手にじっとヴァロワの顔を眺める。血風吹き荒れる闘技台の上で垣間見《かいまみ》た相手の背景。目の前で無防備に寛《くつろ》ぐ姿から、彼女はそれを改めて見て取る。

「切ない目をしておられる。……やはりでござったな。閉め切った茶室などより、貴殿はこちらを好まれると感じており申した。

……思うに、久しく遠ざけられた時期がござるか。この天の下、己が両足で地を踏みしめ立つ――生きとし生ける者のおよそ全てに許された、その根本の営みすら」

解けた心の奥に透かし見る痛ましき過去。ヴァロワの瞳が見上げていた空からナナオへと舞い戻り――その頰を、静かに涙が伝う。

「**覆《こ》いて隠《べ》せ**」

淀《よど》みなく杖《つえ》を抜いたナナオが呪文を唱え、ヴァロワと茶会に訪れた他の客との間に目隠しの暗幕を引く。その優しい気遣いの中――堰《せき》を切ったように溢《あふ》れ出《で》る涙を袖で拭いながら、ヴァロワが震える声で問い返す。

「……なんで分かるの～？　……君は～……」

「一度本気で剣を交えた間柄故。……涙《それ》は好きなだけ流していかれて構わぬ。貴殿の中にずっと溜《た》まっていたものでござろうからな」

答えたナナオが微笑《ほほえ》んで目を伏せ、自分の茶を静かに口に含む。そうしたふたりのやり取りは、暗幕を隔てた反対側からはもはや朧《おぼろ》な影でしか見えない。が、それが引かれる直前までの光景を、常に主の様子に気を払っていたバルテ姉弟はしっかりと見届けていた。ギーが呆然《ぼうぜん》と口を開く。

「……信じられねぇ。おい姉ちゃん、あれ――」

「声を抑えろ愚弟。無粋な雑音で邪魔をするな。……大事な時間だ、ユルシュル様にとって」

姉のレリアがそれを諫《いさ》める。その顔に感謝と入り混じる形で深い自省が滲《にじ》む。

「つくづく我々が弟子入りしたいほどだな、ヒビヤには。……精神を直結した我々を差し置いて、何故《なぜ》ああもユルシュル様の心に寄り添えるのか。……いや、むしろ逆か。何故《なぜ》我々にはあれが出来ないのか……そう恥じ入るべきところか、ここは……」

「あんま気にすんなよ。おれの目から見たってあいつは特別だ、真似《まね》しようったって出来るもんじゃねぇ。……じっくり距離縮めてくしかねぇんじゃねぇか。互いの頭繋《つな》ぐみたいな強引な方法じゃなくて、もっと普通のやり方でよ……」

レリアに向かってそう口にしながら、ガイが茶請けの金鍔《きんつば》を手摑《てづか》みで齧《かじ》る。追いかけて茶をぐいと飲み干し、それから彼は改めて姉弟に向き直る。

「一方的に世話になってばっかりも何だし、少しはおれにも相談に乗らせろよ。……ヴァロワとはちゃんと交流出来てんのか？　校舎戻ってからは、その……おまえらもだいぶ安定したように見えるけどよ……」

事情のデリケートさを踏まえて慎重にそう尋ねる。彼の言葉のニュアンスに含まれた理解を鋭敏に察して、表情をぎしりと固めたレリアが弟へ顔を向ける。

「……おい、ギー……」

「悪ぃ姉ちゃん、話した。……あの時は俺、だいぶ自棄《やけ》になっててさ……」

「へ？　何？　何の話？」

ギーの返答にレリアが痛恨の面持ちで頭を抱え、話に付いていけないマックリーが戸惑って声を上げる。まさか一から説明するわけにもいかず、その困惑はひとまず棚上げにしてレリアがどうにか口を開く。

「……今すぐ穴を掘って埋まりたいが、思えば今さら体面を気にしても詮無いことか。何よりガイ、他ならぬ恩人のおまえからの提案だ。恥を忍んで甘えさせてもらう。

……現状から言えば、答えはイエスだ。ユルシュル様が我々を遠ざけることはなくなった。むしろ頻繁に傍《そば》に置いてくれるようになってな。……ありがたいことだ、本当に……」

「そこで泣いちゃ話が進まねぇだろ姉ちゃん。今後どうするかを話さねぇとよ」

情緒の揺れ動く姉の肩に手を置いてギーが言う。ガイが慌ててそこに言葉を重ねる。

「あー、無理に難しく考えんなよ。流れに任せときゃいい感じに運ぶならそれで構わねぇんだ別に。……ただ、この前に言われたことで、おれのほうにも思うところがあってよ。ってのも──色々自分《てめえ》で決められるおれよりよっぽど動きづらいだろ、お前らの立場って」

「いや、だから何の話って」

「まぁな。が、それは従者の宿命というものだ。……お前には理解し難《がた》いかもしれんが、我々は生まれた時から主を傍《そば》で支えるべくして在る。その関係すら破綻している状態は率直に言って生き地獄だったが、お前たちのおかげで元に……いや、以前よりもずっと良《い》いところまで上向けられた。それで満足する気もないが——まぁ当面は心配無用だ。愚かな弟も変わらずいてくれることだしな」

「へいへい、どこまでもお供しますよ賢い姉ちゃん。——なぁ、見ろよこれ。弱ってる間は可愛《かわい》げもあんのに、元気になると途端に威張り出すんだぜ。双子が産まれた順番なんてほとんど誤差なのによ」

「そのわずかな誤差が命運を分けた。せいぜい悔やむがいい弟よ。この世に生を享《う》けるその時、今少しだけ急げなかった己の怠慢をな」

話す間に調子を取り戻したレリアがいつもの軽口を弟と交わす。その様子に安堵《あんど》しかけたガイの隣で、ふいににっこりと笑ったマックリーが腰から杖《つえ》を抜いて掲げる。

「……**爆ぜて瞬**《フラル》」

「待てこらマックリー！　流しちまって悪かったたって！　だからその杖《つえ》しまえ！」

「ねぇ、聞きなさいあんたたち。私はね、無視するのは全然いいけど、されるのは壁一面のスラッグの群れの次に大嫌いなの。次やったら周り全部吹っ飛ばして帰るわよマジで」

怒りで逆に平板になった声でマックリーが言い放ち、周りも慌ててそんな彼女の機嫌を取りにかかる。その賑《にぎ》やかなやり取りを暗幕越しにも感じ取りながら、今なお涙を流し続けるヴァロワのためにナナオが二杯目の茶を点《た》てていく。……これを飲み終える頃には、彼女もきっと気付くだろう。見上げれば空は何も変わらず広がり、その下の大地を思うさま走り抜ける自由が、今の自分には確《しか》とあるのだと。

「――うむ。佳《よ》い日和にござるな――」

満たされた心地でナナオが呟《つぶや》く。ひとつの傷付いた心に寄り添い癒《いや》しながら――そうして、彼女の茶会は穏やかに続いていく。


およそ処理能力の限界に迫る圧縮学習を六時間以上続けたところで、「ここで一旦整理しないと逆効果になる」と悟ったオリバーが自らそれを申し出た。その提案には教師役の上級生もにっこり笑って頷《うなず》き、直後に椅子から立ち上がったところで眩暈《めまい》に駆られて盛大にすっ転び、半ば失神状態で他のメンバーに支えられて研究室を後にした。準備期間があった分だけ疲労の溜《た》まり方は向こうが上だったのだ。

「……輸送は許可を持つ一名を含めた四人以上の魔法使いの監視のもとで行う。……これで間違いないか？　カティ……」

「……待って。そこに別の規制が絡《から》んでくるかもしれない。類例はこの中だと……」

かくして、オリバーとカティ以外にはひとりの見守り役のみを残して静かになった研究室の中。これまで教わった内容を正しく頭に染《し》み込ませるために、ふたりは資料の山と向かい合って延々と復習に勤《いそ》しんでいた。オリバーも日頃から知識は仕入れる方だが、これほどの情報量を一日の間に摂取する荒行は久しぶりだ。ひとりなら苦痛も覚えただろうが、隣にカティがいることでそれは不思議なほど感じなかった。熱心に学ぶ彼女の姿を眺めるのがオリバーはずっと好きで、それに遅れたくないと思うと何処からか気力も湧いてくるのだった。自然、机の端には空になった集中薬の瓶が山と積まれた。

結果、互いの集中力よりも先に時間の制約のほうが訪れた。午前零時を指した時計の針を横目でちらりと窺《うかが》い、そこでオリバーは広げていた資料のファイルをぱたんと閉じる。

「……さすがにいい時間だな。カティ、今日はこの辺りにしておこう。秘密基地でシェラたちも待ってるはずだ」

「……え、もうそんなに経《た》ってる？　……うわ、本当！　明日の準備しないと……！」

言われたカティが時計を見て驚き、跳び上がるように席を立って資料の後片付けを始める。オリバーも一緒になって手早くそれを済ませ、見守り役の上級生に礼を述べた上で足早に研究室を後にした。今夜は寮ではなく秘密基地で一緒に過ごす約束だ。「侵蝕《しんしょく》」の気配が滲《にじ》む廊下をもはや恐れずふたりが駆けていく。

「座学が始まってからはだいぶ調子が戻ってきたな。……やはり君の集中力には感服するよ。途中からは俺のほうが付いていくのに必死だった」

「そ、そんなことないよ！　わたしは突っ走ってどんどん先のこと知ろうとしちゃうから、オリバーが振り返って全体像をまとめてくれるのすごく助かるし……！」

「そうか？　だとすれば研究者としての相性がいいのかもしれないな、俺たちは。……ふむ。シナジーが見込めると先輩が言っていたのもそういうことか……？」

見学の時に言われたことを思い出しながらオリバーが呟《つぶや》く。その横顔を見ていると堪《たま》らない気持ちが胸に湧き上がり――迷宮の入り口の絵画を前に並んで立ち止まったところで、カティはぽつりと口を開く。

「……あのね……」

「ん？」

「……今さらだけど。研究室、オリバーが一緒に入ってくれて、ほんと良かった。……今日は、たぶん……わたしだけだったら、あのまま朝まで没頭しちゃってたと思う……」

学習中の自分を思い出しながらそう明かす。悪癖だと自覚していながらも、彼女には自分でそれが止められない。夢中になる何かの前では痛みも時間も吹き飛んで消える。ピートにも似たような傾向はあるが、特定分野におけるカティのそれは更に激しい。魔獣に片腕を食い千切られた状態で止血だけを済ませ、そのまま観察を続けたことも一度ならずある程に。

「……それに。異界関連の資料を読んでる間、ずっと安心感があったの。ひとりで学んでると内容に吸い込まれそうになるんだけど、オリバーやガイみたいな信頼してる誰かが隣にいてくれると、それが引き止められるっていうか……。ご、ごめん。甘えてるし変だよね、こんなの――」

恥ずかしさに駆られたカティの言葉尻が引っ込む。が、オリバーはきっぱりと首を横に振った。その顔に深い安堵《あんど》と喜びを浮かべて。

「何も変じゃない。むしろ、俺にもその役割が出来ていることにほっとした。……そうか、それでいいのか。ガイがいない間は、俺が君の錨《いかり》になればいいんだな……」

微笑《ほほえ》んでそう呟《つぶや》く。まるでそれが嬉《うれ》しくて堪《たま》らないというように。その表情を見た瞬間——カティの中で膨らんでいたあらゆる感情が、一線を大きく越えて振り切れた。主の同意を待たずに動き出そうとする手足。それに瀬戸際《せとぎわ》の理性でどうにか「待った」をかけ、

「……オリバー！」

声を張り上げて相手の名前を呼ぶ。突然の行動にオリバーが目を丸くし、そんな彼の前で、カティは続く言葉を絞り出す。それすら待ちかねる自分を必死に押し止めながら。

「……ハ……ハグ、させて……。……お願い……」

「……？　あ、あぁ——」

ささやかな要求に戸惑いながらもオリバーが両腕を広げて応える。ほぼ同時にカティがそこへ抱き着いた。全身で感じる彼の体温、彼の匂い、彼の感触。それはずっと彼女の傍《そば》にありながら決して迂闊《うかつ》には触れられなかったもの。たまに流れてくるおこぼれだけが享受を許され、それを荒地に降る雨のようにずっとずっと待ち焦がれていたもの。

「……ごめん……。……ごめんね……」

「何を謝るんだ？　俺たちの間ではフリーハグの慣わしだろう。普段から君は遠慮し過ぎなんだ」

　そう伝えながらくしゃくしゃと相手の髪をかき混ぜる。普段のオリバーならハグの時にもカティにはしない。だが、ガイが何度言っても止めないそれに、彼女がずっと憎からず身を委ねていたことを彼は知っている。だから今だけは慎んで写し取る。ガイの代わりなのだからと。

「――――」

　そんな気兼ねのない親愛の表明は、しかし今に限って恐ろしく強力にカティの理性を溶かす。恐ろしい思考がふと浮かぶ。――彼なら、何を求めても応じてくれるのではないか。それが隣人の掘った井戸から無断で水を酌《く》み上げるに等しい無法であっても、あるいは皆が愛する澄み渡った泉に土足で飛び込みがぶがぶと水を啜《すす》るが如《ごと》き蛮行であっても。目の前の彼ならばそれを丸ごと受け入れてくれるのではないかと。

「……はーっ、……はーっ……」

「……大丈夫か？　カティ、呼吸が……」

　狂おしい。その衝動に、その渇望《かつぼう》に、実行まで残り半歩以下のところで踏《ふ》み止《とど》まっているに過ぎない自分が悍《おぞ》ましい。憧憬も慕情も劣情も余すところなく融《と》け込んだその切望には、輪をかけて性質の悪い魔法使いとしての本能までが含まれると分かる。今抱いている相手を断じて手放すなと、何を差し置いてもそれを手に入れろと彼女ではない彼女が叫ぶ。決して逃してはならない。それはお前にとって絶対的に必要なものであるのだと。

　このままでは押し流される。吹き飛ぶ手前の理性が発したその警鐘に反射で応じて、カティはとっさに頰の肉を噛《か》みしめる。痛みと血の味で正気に活を入れる荒療治、もはや決闘リーグの時のヴァロワと大きく変わらぬ暴挙。だが、それが功を奏する。激痛に気が散った一瞬を突いて抱擁を解き、心を狂わせる体温から必死で身を離す。――口から血を流すようなヘマはしない。全て余さず胃《い》の腑《ふ》に飲み下した上で、カティは全身全霊でもって皮一枚の微笑《ほほえ》みを浮かべてのける。

「……ありがとね。もう、大丈夫。――行こっか！　秘密基地でみんな待ってるよ！」

　そう告げて身をひるがえしたカティが絵画の中へと跳び込む。その振る舞いにひどい危うさを感じ取りながら、オリバーは不安に駆られてその後を追う。

　迷宮に入ってからは幸い何事もなく、ふたりは最短経路で秘密基地へと辿《たど》り着《つ》いた。すでにナナオ、ピート、シェラの三人は揃《そろ》っており、研究室で粘っていたオリバーとカティの到着がもっとも遅れた形だ。入り口で友人を迎え入れたシェラが柔らかな微笑《ほほえ》みを浮かべる。

「お帰りなさい、ふたりとも。……揃《そろ》いましたわね、これで」

　ガイ以外は、という言葉を彼女が吞《の》み込んだことがオリバーにも分かった。身をひるがえしてお茶の用意を始めるその姿には、ただ彼らの疲れを労《ねぎら》おうとする親愛ばかりが見て取れる。

「この所忙《せわ》しないですが、明日の準備を済ませたら少しでも寛《くつろ》ぎましょう。もちろんいつでも就寝してくれて構いませんわ。ベッドメイクは入念に済ませてありますから」

「ああ、ありがとうシェラ。甘えさせてもらうよ」

微笑《ほほえ》み返したオリバーが、そのまま隣のカティへ視線を向ける。迷宮を進んでいる間はオリバーが口を挟む暇もないほどひっきりなしに喋《しゃべ》り続けていた彼女だが、いざ秘密基地に着くとその多弁はすっかりなりを潜めていた。今も様子は明らかにおかしい。入り口を抜けたところに無言で立ち尽くしたまま、彼女は何をするでもなくぼんやりと中空を見つめている。

「む――」「おい。どうした、オマエ」

友人の異変に気付いたナナオとピートがそれぞれの手作業を打ち切って立ち上がる。ほぼ同時にお茶の準備を中断したシェラが、そのまま早足でカティのもとへ駆け寄る。

「カティ、大丈夫ですか。少し様子が……」

「……え？　だ、大丈夫だよ、別に……」

問われたカティがふわふわと首を横に振る。自分の状態が分かっていない反応だと一目で確信し、シェラは迷わずその手を摑《つか》む。

「そうは思えませんわ、少し診させてください。……さ、こちらに来て」

友人の手を引いて部屋を奥へと歩き出す。されるがままに付いて行くばかりのカティの姿を、オリバーたちは同じ不安を胸に抱きながら見送る。

寝室に場所を移してベッドにカティを座らせると、シェラはさっそく彼女の診察に取り掛かった。さっきの応答に多少の違和感を見て取っており、シェラはまずそれを確認する。

「口の中を切っていますのね？　開けて見せてください、さぁ」

言われたカティが少し躊躇《ためら》ってからおずおずと口を開く。すると案の定、向かって右側の頬の内側に広い範囲での裂傷が見て取れた。魔法使いの治癒力もあって出血はすでに止まっていたが、一目で分かるその傷の由来にシェラが眉根を寄せる。

「これは……自分で噛《か》みましたわね？　それも余程強く。何故《なぜ》そんなことを……」

訝《いぶか》しみながらも杖《つえ》を抜き、ひとまず傷へ治癒を施す。それはあっという間に済んだが、視線が定まらず茫洋《ぼうよう》としたカティの状態は依然同じだった。根本の原因は他にあるものと判断し、シェラが全身の診察へ取り掛かっていく。

「……ふむ？　魔力循環に多少の加速と乱れがあり、心拍がやや早く、瞳孔も開き気味。……何でしょうね、これは。何らかの症状というよりも、単に興奮状態が収まらなくなっているように見えますが……」

自分の見立てを口にしながらシェラが首を傾《かし》げる。ぼんやりとその声を聞いているカティに、彼女は少し考えて問いかける。

「原因に心当たりはありますか？　例えば、ここ最近で摂取した魔法薬などは？」

「……薬……研究室で集中薬、がぶ飲みしたから……それかも……」

「研究室で？　……ああ、なるほど。上級生が使うものは成分が強いですし、効果を高めるためのアレンジが加わっていることも多いですものね。大量摂取となれば体に変調が出るのも頷《うなず》けますが……」

　原因らしき点に当たりを付けたものの、それだけでは現状に説明にまったく足りない。常備系の魔法薬の摂《と》り過ぎによる不調は仲間内でこれまで何度もあったが、こうした形で症状が出た記憶は遡ってもシェラにはとんと見当たらない。研究室で用意していた薬が余程強いものであった可能性もあるが、それなら同行していたオリバーに何の変調もないのが解《げ》せない。対抗薬や瀉血《しゃけつ》といった対処はひとまず脇に置いて、シェラは他にも探りを入れていく。

「……それだけにしては、ひどく辛《つら》そうです。身体症状はそう激しく出ていませんから、どうもあなたの精神状態にも関わっていそうですわね。……何か強い刺激でもありましたか？　良《よ》し悪《あ》しのいずれにしても、特定の方向に感情が強く揺さぶられるような……」

　直感に従って精神面の分析に移る。それを聞いたカティがびくりと肩を揺らし、それから長く迷った末にぼそぼそと打ち明ける。

「……さっきまで……ずっと、オリバーと一緒で……最後に、ハグしてもらって……」

「……あぁ……」

得心のいったシェラが目を閉じて頷《うなず》く。それで完全にピースが揃《そろ》った。——集中薬の過剰摂取は単なる下地。その興奮状態にオリバーとの密な接触という刺激が加わり、ひとたび過剰に励起した神経が元に戻らなくなってしまったのだろう。最近の精神的な不安定さも自己制御の機能不全となってそこに拍車をかける。即《すなわ》ち——今の茫洋《ぼうよう》とした状態は興奮と疲弊で板挟みの神経がもたらすもの。そう診断を下したシェラが相手を優しく抱きすくめる。

「理解しましたわ。……ごめんなさい、無神経なことを訊《き》いて。

……しかし、このままだと、今夜はまともに眠れそうにありませんわね。明日も早いのでしょう？　呪文や魔法薬で無理やり眠らせたところで体への負担が大きいですし……」

原因が分かったところで今度は懸念《けねん》がシェラの頭に浮かぶ。対抗薬にせよ瀉血《しゃけつ》にせよ、すでに神経が励起してしまっている今のカティに対してはさしたる効果が見込めない。呪文による昏倒《こんとう》は気絶と変わらないのだから論外だ。こうした症状に対して有効な方法は何か——その候補を頭に浮かべていったシェラが、ふとひとつの思い付きに至る。

「……ふむ……」

悪くない。むしろ最適解と言って差し支えない。カティの復調が望める上、自分の目的を後押しする形にもなって一石二鳥——そう確信したシェラがすぐさま発想を実行に移す。カティの抱擁を解いて立ち上がり、彼女は変わらず穏やかな声で友人へと告げる。

「ひとつ考えがあります。……そこで少し待っていてくださいませ、カティ」

「………？」

ぼんやりと頷《うなず》いたカティが部屋を出ていくシェラを見送る。友人が何を考え、何を思い付いたのか。そこに少しの予想も立たないまま。


静かにドアを開けて寝室から出てきたシェラ。その姿を目にした三人が一斉に立ち上がった。

「――どうだ、シェラ。カティの様子は――」

「オリバー、ナナオ。少しこちらへ」

答えに代えて、ふたつ目の寝室のドアの前に立ったシェラが手招きする。着替えや就寝時に利用されることが多い男性用の寝室だ。オリバーとナナオが顔を見合わせてそこへ足を運び、ふたりを部屋に入れたところでシェラがピートへと目配せする。それでおおよそ想像を付けた彼からわずかな頷《うなず》きが返った。見届けたシェラがドアを閉じ、そのまま呼んだふたりに向き直る。

「まず、カティの状態についてですが。……ただでさえ精神的に不安定なところに集中薬の大量摂取が加わって、一時的に神経の興奮が収まらない状態にあります。……とはいえ、それ自体はさほど深刻なものでもありません。おそらく一晩も経《た》てば体のほうで対応して平常に戻るでしょう。が——そうなると今夜、カティは一睡もせず過ごすことになります」

診察の結果をそう述べる。たちまちオリバーの顔に苦いものが浮かんだ。一夜漬けの友として魔法使いの間では馴染《なじ》み深い集中薬だが、今のカティの状態を踏まえれば多量を安易に使わせるべきではなかった——そんな彼の後悔を手に取るように把握しながら、シェラは冷静に言葉を続ける。

「疲労の残った体で無理をしては回復も遅れ、それを補うために再び魔法薬を用いる悪循環に陥る可能性が否《いな》めません。……よって、可能な限り速やかにあの状態を解消して休ませたい。それは分かってもらえますわね？」

「うむ。無論」

「あ、ああ。勿論《もちろん》だが……」

即答したナナオの隣で、少しの緊張を覚えながらオリバーが頷《うなず》く。何かの前置きとして彼女がそれを言っているのが彼にも分かり、それは同時に、前置きなしには受け止め難い話がこれから始まることの予兆でもある。オリバーの感情の機微を慎重に窺《うかが》いつつ、シェラが話を先に進める。

「そこであなたの手当て《ヒーリング》です、オリバー。カティの体に負担をかけたくない現状、過剰に昂《たかぶ》った神経を癒《いや》すのにそれ以上の手段はないでしょう。……ただ、いつものやり方だと今の彼女には効果が薄いことが懸念《けねん》されます。よって少々強めのアプローチを推奨しますわ」

シェラの言い回しを受けて、オリバーの背筋に言いようのない寒気が走る。……妙な想像をしていると自分でも思う。そういう意味であって欲しくないと心から願う。どうか馬鹿な思い違いであってくれと胸の内で懇願しながら、彼は確認のために友人へ問う。

「……それは……どういう意味で言っているんだ？　シェラ……」

「一度達してもらうのが望ましい。有り体に言えばそういうことです」

予想のど真ん中を貫く返答がオリバーを襲う。とっさに理解が及ばずきょとんとするナナオの隣で、眩暈《めまい》に駆られたオリバーの体が横へと数歩流れる。

「……俺に……彼女を愛撫《あいぶ》しろと……？」

「それがナナオを一緒に呼んだ理由です。あたくしもさすがに双方の許可が要ると思いましたから。……どうですか？　ナナオ。オリバーがカティにそのような処置を行うことに対して、あなたの思う所を率直に聞かせてくださいませ」

その問いに至って、ナナオもまたシェラの意図するところを理解した。あなただけに許された特権をカティにも分け与えて良いか――そのような意味の問いかけであると彼女は把握した。その横顔を見つめて、どうか嫌がってくれとオリバーは願った。が――ほんの数秒の逡巡《しゅんじゅん》を経て、ナナオは穏やかに微笑《ほほえ》んでしまった。

「――異存など何も。拒む理由がござらぬ。それでカティが安らぐのであれば」

「――っ――」

オリバーの心臓がどくんと跳ねる。逃げ道がひとつ失われたことを理解する。ナナオの返答を受けたシェラが頷《うなず》いて彼に向き直る。

「承りましたわ。――ナナオの許可は下りました。後はあなたの意思ひとつです、オリバー」

逃げられない問いが回ってくる。手足の感覚が薄れ、口から熱風でも吹き込んだかのように一瞬にして喉が渇き切る。回らない頭で必死に言葉を選び、彼はそれをたどたどしく口にする。

「……聞いてくれ、シェラ。……俺は、ガイからカティのことを任されている……」

「承知していますわ。だからこそ、彼女の状態を良好に保つことはあなたの役目でもある。違いますか？」

「……違わない、それ自体は。だが――取るべき手段とそうでない手段がある。ガイが戻って来た時に胸を張って彼女を返すために。……君もそれが分かっているから、今こうしているんだろう⁉」

もはや抑えようもなく声を荒らげる。単なる反発を超えた強い抵抗と憤《いきどお》りが顔に表れる。怯《ひる》まずそれと対峙《たいじ》した上で、なおも揺るがぬ冷静さのままシェラは頷《うなず》く。

「勿論《もちろん》ですわ。その上で――これは取るべき手段の内である、とあたくしは考えます。同時に、あたくしたちの間ではそれが許容されるとも」

そもそもの話になりますが。……ガイがこれまで、何故《なぜ》あんなにも甲斐甲斐《かいがい》しくカティの面倒を見ていたか分かりますか？　友として彼女を愛するから――その点はもちろん揺るがぬ前提として、オリバー、あなたの負担を減らすためです。カティがあなたに求め過ぎないように、その上でカティもまた不安定にならないように。誰に頼まれるでもないまま、彼はずっとその役割を受け持ってきました」

ぐ、とオリバーの息が詰まる。そこに否定の余地がないことを彼もまた知っている。気楽に自然体で振る舞っているようで、ガイはいつも自分の負担を念頭に置いて行動していた。肩代わり出来るものを進んで持とうとしてくれていた。その最たるものがカティの見守りであったことは疑問の余地がない。本来ならそれは自分の役割だった。少数派の思想を持ってキンバリーに入学してきた彼女の在り方を肯定し、その背中を押すと最初に伝えた立場なのだから。だが――ナナオとピートに意識の多くを割いた結果、常に彼女を隣で見守り支えるだけのキャパは自分に残らなかった。それをずっとガイが受け持ってくれたのだ。誰に何を言われるまでもなく、自分の役割はそこにあると思い決めて。

「あたくしが肩代わり出来るものならとっくにそうしています。けれど――仮にあたくしが手当て《ヒーリング》を施したところで、今のカティの状態をさらに悪化させるだけでしょう。それは断じて同性だからという理由ではありません。あたくしがあなたでもガイでもないからです。この処置が可能な関係性をカティと育んで来ているのは剣花団の中であなたたちふたりだけ。だからこそ、一方が欠けている今は残るあなたが受け持つ他にない。事の全てにおいて筋は通っていると思いませんか？」

およそ容赦のない正論がオリバーの身動きを封じていく。同時に、これは最初から一方的な詰将棋《チエスプロブレム》であると彼は理解する。詰みに至るまでの筋道はすでに確定しており、解く側のシェラが打つ手を誤らない限り結末が変わることはない。そして無論のこと、彼女はそれを精査の上で盤石に準備してきている。

「重ねて言えば、これは今回に限った話でもありません。ガイが戻るまではカティの動揺が続くでしょうし、同じような処置が必要になるケースもじゅうぶんに考えられます。その度に議論していては埒《らち》が明きませんし、ここで一括して方針を決めておきましょう。今やるなら今後もやる、今やらないなら今後もやらない。――あなたはどちらを選びますか？　オリバー」

詰《チエックメイト》みの問いを突き付ける。言葉を尽くした上で相手の意思に選択を委ねる、それは至ってフェアな態度であるように傍目《はため》には映る。が――実態が真逆であることをシェラもまた自覚している。何故《なぜ》ならオリバーはこれに決してノーと言えない。自分が嫌だからという理由ひとつでは、彼にはどうあっても友人の深刻な苦痛を見過ごせないからだ。

それは心の奥底に根差した自己憎悪《ぞうお》より導かれるオリバー＝ホーンの本質。その具体的な謂《いわ》れまでは無論シェラも知らない。しかし、彼がそういう人間であることは友として良く知っている。故に彼女はガイへの義理立てを持ち出し、彼という城の外堀のみを丁寧に埋めた。本丸《キープ》に至っては攻め落とす必要すらない。そこには最初から抵抗の備えなど存在しないのだから。

あらゆる反論を封じられたオリバーが呆然《ぼうぜん》と立ち尽くす。その肩に後ろから手を置いて、ナナオが静かに口を開く。

「――オリバー。共に参ろう」

「……ナナ、オ……？」

「その場に拙者も同席致す。……そら、これまでもたまにやってござろう？　拙者がカティを後ろから捕まえ、そこに貴殿がハグをする。要はあれと同じことにござる。……そうでもしなければ、遠慮しいのカティは貴殿に何ひとつ求められぬ故」

絶句する相手を前にナナオが言う。……無論、今のオリバーの心境は彼女にも凡《おおよ》そ分かっている。だが同時に、今のカティの辛《つら》さも彼女にはまた分かってしまう。友人が願いを満たす機会をずっと奪い続けているもの――それが他ならぬ自分の存在であることに、入学時から時を経た今のナナオはもはや自覚がある。

それは決して正しいことではないと、彼女は信ずる。何故《なぜ》なら、ナナオの奥底にもまた揺るがぬ業がある。想《おも》い人との逢瀬《おうせ》を幾度となく繰り返しながら、その心地好さに耽《ふけ》り浮かれる心の片隅で、常に愛《いと》しき相手との命を賭《と》した斬り合いを切望し続ける――自分がそんな人でなしであると心底から弁《わきま》えている。故に彼女は決して望まない。そのような分際から、友の切なる慕情を蔑《ないがし》ろにしようなどとは。

ひたすらに皮肉であった。どちらか一方でも尋常《まとも》であれば、このような提案は話し合う余地もなく蹴られていた。が――今この場における限りは、残酷な奇跡のようにふたつ並んだ魂の歪《ゆが》みがシェラの提案を肯定する。故にこれは詰み《チェックメイト》である。シェラが——否、ミシェーラ＝マクファーレンという魔女がその策謀の中に思い描いた通りの。

「いいアイディアだと思いますわ。ナナオが近くで容認の姿勢を示してくれれば、カティの側でも処置を受ける心理的な抵抗が薄れるでしょう。……もしするのなら、出来る限り早く。そうしなければカティが眠れる時間がどんどん減っていきますから」

勝利した魔女が合理を盾に行動を急《せ》かす。それに抗《あらが》う言葉もすでに尽き、目配せを寄越したナナオに力なく頷《うなず》くほかになく、オリバーは彼女と共に歩き始める。そうして部屋からの去り際——ひとりその場に残る友人へ、彼は最後の棘《とげ》のように問いかける。

「……これは本当に正解か？　シェラ……」

「疑う余地なく。——あたくしの名にかけて、それだけは保証します」

一点の曇りもない笑顔でシェラは答えた。最初に出会った頃のミリガンのそれに似ていた。どこまでも魔法使いらしい表情《かお》だと——乾き切った心の中で、オリバーは思った。

もうひとつの寝室で待っていたカティのもとに、やがてふたりの友人が連れ立って訪れた。茫洋《ぼうよう》とした意識の中で相手がまとった重い雰囲気にも気付かぬまま、彼女は目の前の姿に問いかける。

「……あれ？　オリバーと、ナナオ……？　どうしたの、ふたりとも……シェラは……？」

「……カティ。辛《つら》い状態の時に済まないが、これからする話をよく聞いてくれ」

　カティの前で膝を屈《かが》めながらオリバーが口を開く。俯《うつむ》いたまま目は合わせない。それだけのことすら、今の彼には恐ろしい。

「ガイの不在による心の動揺に集中薬の大量摂取が加わって、今の君は神経の興奮が収まらない状態にある。原因を踏まえると呪文や魔法薬では対処し辛《づら》く、手当て《ヒーリング》での処置がもっとも有効であるという結論に至った。……君が受け入れるなら、これから俺がそれを施そうと思う」

　淡々とした説明が頭に染《し》みるのには時間がかかった。聞いた言葉を頭の中でぼんやり反芻《はんすう》していたカティだが、理解し始めたところから急激に鼓動が高鳴り出し、彼女は顔を伏せたままのオリバーに問いかける。

「……オリバーが、わたしに……？　……え、それって……せ、背中とか……？」

「その辺りを中心に、可能な限りデリケートゾーンには触れずに済ませるつもりでいる。……ただ、結果そのものはどこを触った場合でも一緒だ。心身の興奮を一度天井まで導いた上で鎮静化させる。……つまりは、そういう意味で達してもらう」

　続く言葉の理解には更なる時間を要した。達するって、何が何処《どこ》にだろう――と恐ろしく鈍い思考が頭を巡ったりもした。だが、そのまま無理解を続けられるほど彼女は幼くなかった。文脈を踏まえて言い回しの意図するところに解釈が及んでしまった。一瞬体が固まり、それから彼女は堪えかねたように笑い出した。

「……あ、あはは……！　そっか、これ夢だ……！　……おかしいと思ったんだ……オリバーがそんな話してるのに、隣にナナオが立ってるわけないし……」

「夢でなくここにござるぞ、カティ。……相すまぬ。辛《つら》い想《おも》いをさせ申したな」

カティの隣に並んでベッドに腰を下ろしながらナナオが言う。その腕がぎゅうと自分を抱き寄せ、彼女が制服に焚《た》き染《し》めた香の匂いまでを鼻に感じるに及んで、カティはそれが疑う余地のない現実であることを確認する。笑顔のまま再び表情を固めて、彼女は震える声で問い直す。

「……じょ、冗談だよね……。……夢じゃないなら、何かのサプライズで……ちょ、ちょっと意地悪じゃないかな？　これ、わたしが頷《うなず》いたら終わり？　みんなにからかわれるの……？」

「そんな下衆《げす》な真似《まね》をする友人を君はひとりだって持っていない。……急《せ》かすつもりは決してない、ゆっくり時間をかけて選んでくれ。先に言っておくと、一晩も置けば今の状態は自然に回復する。今夜は眠れずに過ごすだろうが、あえてそちらを選んでくれても当然構わない。……その場合は俺も朝まで付き合おう。この提案の詫《わ》びを兼ねて、な」

オリバーが硬い声で告げる。が――どうかそちらを選んで欲しい、とは間違っても言わない。そうすれば相手に我慢を選ばせてしまうことは分かり切っているから。余りにも真剣な彼の口調にカティの切迫感が膨れ上がる。望めばそれを受けられてしまう自分の立場を、彼女はここで初めて実感し始める。

「……ね、眠れないのは困るなー、あはは……明日も早いし……。……け、けど、ねぇ……？　だからって……」

「もう良《い》い、カティ。それ以上我慢をされるな」

なおも冗談めかして誤魔化そうとする友人を、ナナオが腕の力を強めて胸に抱き寄せる。その姿が余りにも哀《かな》しく、いっそ泣きたい程に痛ましい。熱を帯びた体を抱き締めながらナナオは思う。――このような人でなしの友のために、今までいったいどれほどの我慢を重ねてきたのかと。

「ずっと前に伝えるべきでござった。……オリバーは、拙者のものではござらん。拙者にそれを求める権利など元よりなく、まして貴殿から奪うことも望まぬ。……故に……」

「……ひゃっ……!?」

ふいにナナオの指先がカティの脇腹をなぞる。普段のような悪戯《いたずら》のそれではなく、明らかに甘い意図を含んだ閨《ねや》の指使いで。刺激にぞくぞくと震えるカティの耳元で、その心の砦《とりで》を崩す最後の一撃のようにナナオが囁《ささや》く。

「……拙者も含めて、今少しの戯《たわむ》れ合いを。貴殿がそれで宜《よろ》しければ」

カティの頭が感情と思考で飽和する。状況が余りにも理解を超えていて、我慢の限界はそれ以前のとっくの昔に超えている。もう何も考えずに流れに身を委ねたいとすら思う。だって周りには怖いものは何もない。自分を想《おも》い、気遣い、癒《いや》そうとしてくれる大切な友人しかそこにはいない。これから何をされるにしろ、その結果について何の心配も要らない。そのことだけは絶対的に保証されている。

一方で、絶対にダメだと叫ぶ心が同時に存在する。それには実に様々な理由がある。――ガイにあれだけ甘えておきながら、彼がいなくなった途端にオリバーへさんざん甘え倒して、あまつさえ劣情の処理まで任せるのか。そんな恥知らずはガイが戻って来た時にどんな顔で彼を迎えるつもりなのか。そもそも何故《なぜ》お前はこんなにも節操がない。少しはひとりだけで耐えられないのか。単に一晩我慢するだけのことがどうして出来ないのか。

また心の別の場所が呟《つぶや》く。――じゃあ、できるの、と。

ここで断って、そこから一晩耐えるの。触ってもらえなかったオリバーに寄り添われながら、ナナオに隣で慰められながら、もし触ってもらっていたらどんな感じだったか想像しながら夜の間ずっと過ごすの。それとも無理を言って寝室にひとりで籠もるの。頭まで被《かぶ》った布団《ふとん》の中で一睡も出来ないまま同じことを想像して朝までじっと待つの。すぐ隣の部屋でオリバーが寝ていることを意識しながら？　その寝顔と吐息と体温を想像しながら？　今からでもお願いしたら触ってくれないかなんて、どうせ自分には出来もしないことを考えながら……？

できない。

一晩なんて、もたない。そんなのは、気が狂う。

「……ぁ………」

答えに至る。際限なく膨れ上がる衝動ではなく、それに押されて瀕死《ひんし》の理性のほうが先に結論を出す。最初からどうしようもなく勘違いしていたことに気付く。何をどうするもない。そんな段階はとっくに過ぎていた。単にもう無理なのだと悟ってしまう。

無理すんなよ――と、心のどこかでガイが言う。腰に手を当てて呆《あき》れた顔で。兄のように自分に寄り添って慈《いつく》しんでくれる、カティが知っている通りの彼のままで。

目に涙が滲《にじ》む。それが自分の都合のいい妄想なのか、彼なら本当にそう言ってくれるのか。

――カティにはもう、分からない。

「………触って……くだ、さい……」

「――分かった」

オリバーが鋼のように承諾する。同時に杖《つえ》を抜きドアに向かって遮音の結界を展開。抱擁を維持したままカティの背後に回ったナナオと目配せし、その瞬間から精密な機械のように動き始める。――どうするかはもう決めている。そのやり方もまた、彼の手は知りすぎるほどに知っている。

「――チャンスだと思ったのは分かるけど。よくすぐに実行するな、オマエ」

ふいにピートが声を上げる。カティへの処置を待つ間、リビングに戻ったシェラはそこで彼とふたりで過ごしていた。まるでオリバーたちと交わしたやり取りをすでに把握しているかのような言い方にシェラが眉をひそめ、そこにピートが指先に留まった蟬《せみ》ほどのサイズの小型ゴーレムを示してみせる。察したシェラが大きなため息を吐いた。

「……止めませんか？　友人の会話をゴーレムで盗み聞くのは。そんなことまでしなくても、ちゃんと後で内容は報告すると分かっているでしょうに」

「別にそれでも良かったけど、ちょっとオマエが心配でな。聴いてみたら案の定だった」

手元の本のページを捲《めく》りながらピートがそう口にする。抜いた杖《つえ》で念のために寝室のほうへ遮音の膜を張りつつ、シェラが立ち上がり腕を組んで彼を見つめる。

「……何もおかしなことはないでしょう？　あたくしの基本的なスタンスはピート、あなたと同じ。剣花団の中での繫《つな》がりをひとつでも増やし、強め、この集まりを不変のものにすること。今回はそのために有効な機会だと見なし、だからこそ速やかに実行したまでです」

そう告げたシェラが自分の胸に手を当てる。穏やかな微笑《ほほえ》みがその口元に浮かぶ。

「オリバーとナナオが結び付き、カティとガイが結び付く。……いずれも喜ばしいことですわ。けれど、双方の組み合わせが独立して成り立つようではまだまだ足りません。それだけではオリバーとナナオはいずれ斬り合って共に果てるかもしれませんし、カティとガイは一緒に魔に呑《の》まれるかもしれない。だからこそ——各々《おのおの》を結ぶ鎖は多ければ多いほど良《い》いのです。相手の重複はこの際何の問題にもなりません」

何ら憚《はばか》ることなくシェラは言い切る。ひとりの人間につきひとりの相手、そんなルールは所詮普通人のものに過ぎないと。魔法使いの考え方はそうではなく、よって自分たち剣花団も縛られる必要はないのだと。前々から自らも支持するその思想にピートが軽く頷《うなず》く。

「ボクのほうもその考え方でやってはいるよ。……ただ、覚悟はしとけよ、オマエ」

「……というと？」

「やっぱり自覚がないんだな。……薄々分かっちゃいたけど、切羽詰まってくるとボクよりもその辺りがよっぽど曖昧だオマエは。生まれを考えればそれで当然なんだろうけどな」

ため息交じりに言ったピートが閉じた本をソファの横に置いて立ち上がる。そうしてシェラに向き直り、まっすぐ目を見つめて語りかける。それはまるで諭すように。

「いいか、よく聞けよ。オマエは今回、友人じゃなくて魔法使いのやり方でオリバーにあの行為をさせてる。アイツの意思を理詰めで強引に捻じ伏せる形で。結果がどうこうよりもその過程のほうがこの際は問題だ。……ボクもこの前に実感したばかりで、ぜんぜん威張れることじゃないけどな」

自分の失敗を思い出したピートが苦い表情を浮かべる。それを聞いたシェラが多少の気まずさを覚えて目を逸《そ》らす。

「……そうでもしなければ、オリバーとカティをこれ以上強く結び付けることは出来ません。双方ともあんなにも惹《ひ》かれ合っているのに、どうしようもなく互いを求めることに遠慮があります。多少強引でも、その線引きを越えさせないと……」

「分かるさ。フリーハグくらいじゃ出来なかったんだもんな、それは。……魔法使いの集団の中で関係が重複するのは割と当たり前らしいし、スキンシップの習慣を強化していけばその方向で馴《な》らしていける。そんな感じでオマエは楽観してたんだろ？」

　過去を振り返って相手の思惑を指摘する。シェラが相手を睨《にら》み返して反論する。

「それにも一定の効果はあったでしょう？　日常的なハグを経て手当て《ヒーリング》へ、その手当て《ヒーリング》でさらに接触のハードルが下がったところでより先の行為へ。先のあたくしの説得もその下地がなければ実行はしていません。あれを促す上で、今はすでに無理のない段階にある――あくまでもそう判断しての前進です。断じて逸《はや》ってはいませんわ」

「言ってることは分かるけどな。……オリバーは手強《てごわ》いぞ。アイツにはアイツの拘《こだわ》りがある」

　肩をすくめてピートが言う。自分と同じで、おそらくシェラにも実感するまでは分からないと悟ってもいる。だから彼の側でも心の準備をしておく。事が彼女の想定を外れた時、そこへ速やかに適切なフォローを加えるために。

「今回のやり方はそれを無視し過ぎてるきらいがある。……覚悟しとけってのはそういうことだ。まぁ待ってろ、杞憂《きゆう》かどうかはすぐに分かるさ」

　そう伝えてソファに座り直し、読書に戻る。話に納得がいかないままシェラもひとまず椅子に座り直し、冷めてしまった紅茶を口に含む。

「……ひゃぁっ……！」

カティが最初の嬌声《きょうせい》を上げる。まだ何も始めてはいない。ただ伸ばした指先がほんの少し脇腹に触れただけ。

それだけでも今の彼女には劇的な刺激となる。まるで破裂寸前まで張り詰めた風船のようだとオリバーは思う。故に処置にも繊細を期す。これを弾《はじ》けさせずに中身だけを抜くのは、彼の技術を以《もっ》てしてもそう容易《たやす》いことではない。

「……んんっ……！　あっ……はぁっ……くふぅっ……！」

シャツ越しに皮膚を浅く撫《な》でるところから始める。まず少しずつ感覚を馴《な》らして、その上であえて効果の薄いところから微量の魔力を流し始める。細い腰の後ろにも手を回し、脇腹から背中へと徐々に処置の範囲を広げていく。前面はまだ触らない。疲弊した体に負担がかからないように細心の注意を払いながら、無理なく緩やかに快感の層を積もらせていく。

「……愛《う》い。そういう声で鳴くのでござるな、カティは……」

「っ……耳元で囁《ささや》かないで、ナナオ……！　あたま、へんになるっ……」

ナナオが別角度からの援護を寄越す。こんな時まで息が合う――その事実にどんな感慨を持つべきなのかオリバーには分からない。だから考えずに手だけを動かす。自責に溺れてのた打ち回るのは後でもいい。今はただ目の前の友人を癒《いや》さなければならない。その目的すら果たせず終わるのなら、そんな役立たずはもはや外道以下の畜生と蔑むことすら生温《なまぬる》い。

「……泣いてる、の……？　……オリバー……」

思いがけない声が耳を打つ。何を言われているのか一瞬分からず、ぽたりと腕に落ちた感触で、オリバーはやっと自分が涙を流していることに気付く。それで思わず自嘲が零《こぼ》れそうになる。――いったい何を分不相応に上等なものを流しているのか。それともこれはゴーレムの中を流れる潤滑油や冷却液と同じ類だろうか。だとすれば、いよいよ自分はどこか壊れて穴が空いてしまったのかもしれない。

「――気にしないでくれ。……俺も……頭がどうにか、してるんだろう……」

答えて処置を先に進める。もう衣服のクッションを挟む必要もないと判断し、ボタンを外したシャツの内側へ両手を滑り込ませる。――今に始まったことでもない。自分がいつまで正気だったかと思い返せば、それは母の魂を初めて宿したあの夜が最後だろう。そこから辿《たど》った道はずっとこの心と同じように捩《ねじ》れ歪《ゆが》んで、だから今こうなってしまっているのもきっと必然なのだろう。母の時と同じで、今が境目。カティともガイとも、純粋に彼らの良き友でいられた時間は今夜を最後に過ぎ去った。

「……ぁ……ぁ……、……ぅあぁぁ……！」

脇腹から背中への刺激で下地を作り終えたところで、これまで触って来なかった体の前面へと手を回す。スカートへと上から指を差し入れ、そのまま下腹部をなぞっていった指先がショーツの端に触れる。その内側を攻めるには及ばない。が――ここからが処置の勘所。右の指で子宮を強めに圧迫し思い切って魔力を注ぎ、同時に左の指先で激しく臍《へそ》の中を掻《か》き回《まわ》す。

「…………～～～～～～～～ッッッッッッッ!!!!!!!!」

堰《せき》を切った快感の波がカティの全身を電流のように駆け抜ける。が、一度達させただけではまだ終わらない。さらに秒単位で適切な間を置いて子宮と臍《へそ》への刺激を繰り返す。入念な下準備から導かれる連続の峰へとカティを至らせる。

跳ねた体をナナオが全身で柔らかく受け止め、十数秒に及ぶ緊張を経てカティの体が一気に脱力する。完璧に仕上げたことを実感したオリバーが向けた視線の先で、腕の中でくたりとしたカティへと、背後のナナオが優しく囁《ささや》きかけていた。

「至ったようでござるな。……如何《いかが》でござった？　カティ……」

「――――………」

返答はない。絶頂の余韻で茫漠《ぼうばく》としたまま、カティの意識は今なお恍惚《こうこつ》の中を遠く彷徨《さまよ》っている。どんな反応にも勝って処置の完遂を証明する光景だった。神経の異常は綺麗《きれい》に解消され、意識がはっきりする頃には生まれ変わったように気分が改善しているだろう。……あるいは、それはこのまま一晩ぐっすり眠って目覚めた後かもしれないが。

処置のために服の中へ差し入れていた両手を戻して、オリバーが立ち上がる。途端に鉛を背負うような疲労感がどっと全身に押し寄せ、それに押し潰されそうになりながら彼は口を開く。

「……俺のほうの処置は終わった。……すまないが、ナナオ。後は……」

「承知致した。……事が済み次第参る故。どうか努めて頭を空にして待たれよ、オリバー」

ナナオの気遣いに無言で背を向けて歩き出し、そのまま這《は》い出《で》るように部屋を後にする。ドアを開けて現れたオリバーの姿を、シェラとピートが即座に立ち上がって迎える。

「……終わったんだな。お疲れ様」

「どうなりましたか？　カティの状態は」

ふたりが当然の問いを投げかける。それでも視線を伏せたまま、彼はぼそりと答える。

「快復したよ。……君の望み通りに、な」

シェラに向かって短くそう告げ、オリバーはもうひとつの寝室へとまっすぐに歩き出す。今は言葉のひとつも交わしたくはない。無言でそう告げる彼の背中へと、それでも咄嗟《とっさ》にシェラが追いすがる。

「待ってくださいオリバー。少し話を――」

「触れるなッ！」

全力の拒絶がそこに返る。初めて経験するその激しさにシェラがびくりと身を固め、その間にドアを潜ったオリバーの背中が寝室へと消える。伸ばした手を宙に泳がせたまま立ち尽くすシェラに、ピートがため息をついて歩み寄る。事はまさしく彼が危惧した通りになった。

「……相当頭に来てたな、あれは。……大丈夫か？　シェラ……」

「……大丈夫な、ものですか……」

止《や》めどなく溢《あふ》れる涙がシェラの頬を伝い落ち、ピートは何も言わずにその体を抱き締める。

気付けば当たり前の結果だけがそこにあった。彼女は自ら目論《もくろ》んだ通りに魔法使いとして勝利し――その代償に、ひとりの友を深く傷付けた。

第四章

異説《ディセント》

〈大賢者〉ロッド＝ファーカーの赴任から時が経《た》ち、その恐れ知らずな振る舞いが知れ渡るにつれて、生徒たちの間にもまた徐々に波紋が広がっていた。当初はおおよそ奇異の視線でファーカーを見ていた彼らの中から、その行動に賛同する者が現れ始めたのである。

「――だからよ！　二層の地下まで場所が広がった時点で、ありゃ元々教師のほうの仕事だって言ってんだ！　学校側でも把握してない場所に生徒だけで突っ込ませんのはいくら何でも馬鹿げてんだろうが！　マジで深層から何が出て来てもおかしくないんだぜ⁉」

「魔法使いの戦場ってのは元々そういうもんでしょうが！　未知に突っ込む気概もない奴《やつ》がどの面下げてキンバリー生名乗ってるわけ⁉　教師に引率されながら安心安全なツアーを楽しみたいってんなら、そんな腑抜《ふぬ》けは今からでもフェザーストンに転校したらどうなのよ！」

友誼《ゆうぎ》の間に喧々囂々《けんけんごうごう》の議論が響き渡る。それも一か所ではなく数か所から。大部屋の壁際《かべぎわ》からその様子を眺めながら、この日も可憐《かれん》な女装姿の学生統括ティム＝リントンが腕を組んで鼻を鳴らす。

「――白熱してんな。教師どもを批判してるほう、あれが噂《うわさ》のファーカー派ってやつか」

「ああ、三年生以下を中心にこのところ急激に増えているようだよ。自衛に自信が持てない下級生たちの多くにとって、先のMr《ミスター》．ロンバルディの一件はショッキングだったようでね。完全な未知のフィールドの捜索まで生徒任せというのは如何《いかが》なものか、助けに行ってくれた〈大賢者〉の行動がむしろ正しいのでは。そもそも従来のキンバリーのやり方は色々おかしいんじゃないか――彼らの主張をまとめるとそんなところさ」

隣に立つミリガンが肩をすくめる。彼女らのスタンスからすると、校内の現状は非常に悩ましい。

「その意見自体は『迷宮内に秩序を』という我々の方針とも少なからず一致する。ただ、あのMr《ミスター》．ファーカーが神輿《みこし》に担《かつ》がれているのが何とも困りものでね。こちらも表立って支持するには本人の振る舞いが何かと挑発的に過ぎる。せっかくテッド先生やダスティン先生を通して教師側との意思疎通も図れてきたところだというのに」

「……まぁ、どんなに盛り上がったところでファーカーの首が落ちりゃそれで終《しま》いだからな。でなくてもあいつは一時出向の臨時教員に過ぎねぇんだし、時期が来りゃ自然とキンバリーからいなくなる。それを踏まえりゃ、ああいう騒ぎ方は賢くねぇって誰でも分かるはずだが――その冷静さを奪っちまうのが〈大賢者〉の魅了ってことか」

相手の厄介さを再確認したティムが警戒を込めて呟《つぶや》き、それで下級生たちの様子見を切り上げて踵《きびす》を返《かえ》す。

「そんなもんとズブズブになるのは間違っても御免だ。……生徒会はこれまで通りファーカーから距離を置き続ける。上手《うま》く利用できる時にはせいぜい利用させてもらうとして、キッチリ連携取るなら素直にテッド先生やダスティン先生のほうだ。どうせあっちも〈大賢者〉には手を焼いてんだろうけどな」

「同感だね。校長の失脚を狙う異端狩り本部の思惑も気になるけど、それこそ私たち生徒には手を出せない領域の話だ。そちらは先生方にお任せして、我々は粛々と校内及び迷宮の保安に当たるとしよう」

彼と並んでミリガンも歩き出す。方針を決めた上で尚《なお》も拭い去れない懸念《けねん》に、先を行くティムが眉根を寄せる。

「ファーカーがこれ以上跳ね回らねぇならそれでいいんだけどな。……どうもありゃ、まだまだ暴れたがってる気がしてならねぇ」


時間を遡って早朝の校舎。いつもとは一風変わった理由から、剣花団の面々は迷宮に繋《つな》がる絵画の前に並んでいた。

「――では、参りましょう。目的地は三層の最奥《さいおう》『図書館前広場』。道程はすでに慣れたものでしょうが、油断してはなりませんわよ。本番は着いた後の授業のほうですわ」

シェラがそう注意して絵画の中へ身を躍らせる。闇を潜《くぐ》り抜《ぬ》けた後、着地を待たずして周辺状況をチェック。差し迫った脅威がないことを確認した上で、後を追ってきた仲間たちに向き直る。

「先頭は一旦あたくしとオリバーで。ピート、あなたはカティと共に隊列の中央に。……ナナオ。申し訳ありませんが、ひとまず殿をお願い出来ますか？」

「うむ。任されよ」

ナナオが微笑《ほほえ》んで了承する。意図を酌《く》んでくれていると一目で分かるその返答にシェラが感謝を込めて微笑《ほほえ》んだ。そうして自分で指示した通りの順番で隊列を組み、もはや勝手知ったる迷宮一層の通路を足早に駆け抜けていく。しばらく無言で進んだところで、頃合いを見計らったシェラが隣のオリバーへ視線をやる。

「……四年生にもなると、迷宮での授業はもう当たり前になりますのね。現地集合というのがいかにもキンバリーらしい。そう思いませんこと？」

「ああ。そうだな」

ひどく素っ気ない声が返り、それきり何の会話も続かない。昨夜の出来事を踏まえて予想していたはずの反応に、それでもシェラは胸の内が搔《か》き乱《みだ》されるのを抑えかねた。彼にこんな冷たい対応をされたことは、入学まで遡ってもシェラには一度もない。

「……その、オリバー。今さら身勝手と思われるでしょうが――どうか詫《わ》びさせて頂けませんか、昨日のことについて。あなたの心境への配慮が余りにも足りていませんでしたわ。けれど、どうか釈明を聞いてくださいませ。あたくしにも考えがあって——」

「何を詫《わ》びる？　俺も承知で行ったことで、君には何の負い目もないだろう。謝られる謂《いわ》れがどこにもないし、事後の俺の態度が引っ掛かっているなら気にせず忘れてくれ。あれは半ば八つ当たりだ」

弁明に被《かぶ》さったオリバーの言葉がそれを封じる。予想を上回る態度の厳しさにシェラが息を呑《の》み、それでもどうにか食い下がろうとする。

「……な、半ばということは、少なくとも半分については違うのでしょう？　そこにあたくしの過失があったはずですわ。その点についてどうか話を……」

「無い。もういいな。話はこれで終わりだ、シェラ」

「……っ……！」

何の挽回《ばんかい》も許されないまま一方的に会話を打ち切られる。やむなく口を閉ざして進み続けるシェラの背中に、それを背後から見守っていたピートが小さくため息をつく。

「……見てられないな。アイツももう少し時間を置けばいいのに。昨日の今日じゃ何を言っても弾《はじ》かれるって分かるだろ……」

呟《つぶや》くピートの隣でカティが唇を噛《か》む。昨夜のオリバーの処置によって体調こそ万全に回復した彼女だが、その心の整理は未《いま》だに付いておらず、今も目の前の光景にひどく心が痛む。両者に摩擦が生じた原因は他ならぬ自分にあるのだから。

「……あんなに焦《あせ》ってるシェラ、初めて見る……」

「オマエまで落ち込み出すなよ、カティ。ここが迷宮だってこと忘れるな。……一応言っとくと、あれは純粋にシェラのやらかしだからな。オマエが気にすることは何もない」

ピートが強い声で断言する。そのフォローは無論カティにとっては有難《ありがた》く、同時に情けなくもある。……昨日からもうずっと、優しい友人たちのケアなしには一時でも過ごせていない。これ以上の迷惑は掛けられないと思いながらも、それを脱する試みでの空回りも自分はまた繰り返して来ている。もう何も打つ手がない――そんな苦悩のどん詰まりで立ち尽くしている彼女の心境を慎重に察しながら、ピートはまた違った方向へも意識を向ける。

「――おい。ナナオ」

「――む」

隊列後方のナナオが軽く眉を上げる。ピートに呼ばれたが、それは声によってではない。彼女に限定して放たれた魔力波での呼びかけだ。すぐ傍《そば》のカティには悟らせないまま、ピートはさらに同じ形で背後の友人へ語りかける。

「これは純粋な質問で、責める気は全くないことは先に言っておく。その上で――昨日のあれ、なんで止めなかった？　オマエならオリバーの反応も予想してたはず。単にカティの復調を優先しただけじゃないはずだ」

彼が昨夜からずっと抱いていた疑問だった。シェラの提案はオリバーを絡《から》め取る上で有効だったが、それを蹴るカードもナナオはまた持ち合わせていたはずなのだ。あの場で彼女がオリバーの心境への配慮を求めていればシェラも深追いは出来なかった。が、それが為《な》されぬまま事は実行された。ナナオの性格を踏まえると、ピートにはそれが解《げ》せない。

しばしの間を置いてナナオが応答する。その長い逡巡《しゅんじゅん》もまた、彼女にとっては珍しいこと。

「……諸々《もろもろ》準備が必要。この所、拙者もそう考えてござってな」

「準備？　……どういう意味だ？」

「己が何処《どこ》ぞで野垂れた時への。その際、カティへ速やかにオリバーを引き渡すための」

返った答えにピートが目を丸くする。同時に伝わってもいた。それが短絡的な思い付きなどではなく、長い熟慮を経て彼女の中で定まった方針であることが。

「此処《ここ》ではいつそうなるとも知れぬ。貴殿も分かってござろう、ピート。……無論、徒《いたずら》にこの命を投げ出す気はござらん。それは貴殿らと確《しか》と約束致した。

が──拙者は武人故、同時にこうも決めてござる。その時を迎えるのがいつであれ、己の順番を後には回さぬと。……貴殿らの誰ひとり、拙者より先には死なせぬと」

「…………」

通路を走り続けながらピートが沈黙する。反論したいが、その決意はどうしようもなく彼女らしい。彼が言葉を選んでいる間に、ナナオは続けて自分の意思を述べる。

「さすれば必然、拙者がくたばる時にはオリバーを遺《のこ》して逝《ゆ》くことになり申す。その際は何の気兼ねもなくカティに添って頂きたい。……昨日のあれは、その一歩となろう。拙者なりにそう考えて行った次第」

「……なるほどな。ああ、やっと腑《ふ》に落ちた」

ため息のニュアンスを交えてピートが言う。発端こそ違うが、ある意味でシェラに似通った思惑がナナオの側にもあったのだ。自分が死んだ後に備えてオリバーとカティの距離を縮めておきたい。それは遅かれ早かれ訪れる未来だと彼女は確信している。だから昨夜はあの提案に乗った。軋轢《あつれき》が生じることとは承知で、それが後々のふたりのためになると信じて。

「……責める気はないって最初に言ったな。あれは取り消しだ。オマエには後で思いっ切り説教するから覚悟しとけ。……それと――」

「む？」

ナナオが首をかしげる。思いを明かせばピートに諫《いさ》められることは想像していた彼女だが、まだ他にも話があるのかと。無論、ある。ただし、それはナナオではなくピートの側に。ナナオはまだ知らない。友に対する負い目という意味では、今の彼がシェラ以上に重いものを背負っていることを。

「切腹の作法、今度教えろ。……近々必要になりそうだからな」

「何と!?」

思いも寄らない求めに、ナナオが思わず魔力波ではなく生の声で反応を示してしまう。怪訝《けげん》に思ったカティが振り向きかけるが、その意識を再び引っ張る形でピートが口を開く。

「この先にはガイもいる。辛気臭い顔見せてアイツに心配かけるなよ。……その分、ボクにはいくら頼ってもいいんだから」

内緒話の誤魔化しを兼ねてはいても、その内容は紛れもなく友への優しさ。カティの目にじわりと涙が滲《にじ》み、彼女はすぐにそれを拭って前を向く。——こんな状態でガイとまともに話は出来ないと自覚している。だとしても、少しでもマシな姿で彼の前に立ちたいから。


かつてピートを助けに行く時にも渡った大沼を越えて三層の終わりに辿《たど》り着《つ》くと、そこにはすでに大勢の同学年たちが屯《たむろ》していた。人数からして三分の二ほどが集まってきた頃合いのようで、携行食を齧《かじ》ったり水分を摂《と》ったりと、授業の始まりまで思い思いの形で休息を取っている。場を取り仕切るファーカーの姿も一番奥にすでにあったが、今はその隣に何故《なぜ》かセオドールまでもが立っている。互いの間を流れる微妙な空気からして、妙なことをさせないための監視役だろうか——とオリバーは推測する。

五人がそこに加わって待機していると、彼らから十分ほど遅れてガイも姿を現した。彼のほうはヴァロワをリーダーとする五人パーティーに加わっており、先日からの流れかバルテ姉弟とマックリーもそこに同行している。軽く手を上げてガイに挨拶しながら、思わず反応が気になってピートのほうを窺《うかが》うオリバーだが、彼は軽く鼻を鳴らしたきり何も言わない。少なくとも向こうに文句を付ける気はないようなので、オリバーは軽くほっとした。

さらに二十分ほどの間に同学年のほぼ全員が集まった。それを見て取った〈大賢者〉が微笑《ほほえ》んで教え子たちのほうへ進み出る。

「ちゃんと全員時間通りに集まったようだね。さすがは四年生、ここまで潜るくらいはとっくに朝飯前ってところかな。

――さて。そんなわけで、今回の授業はこの『図書館前広場』を利用して行う。四層『深みの大図書館』の禁書から記録を再現して、その内容を君たちに見て学んでもらう形だ。ただ見ているだけじゃ退屈だろうから実習も適宜挟んでいく。僕がいる以上は全員の生還を保証するけど、それなりの緊張感をもって臨むようにね」

そう告げたファーカーの左手には一冊の分厚い本が握られている。オリバーが以前に来た時には門番を務める死神《リーパー》によって禁書の内容が再現されていたが、今の話を聞く限りだと、今回はファーカーの意思によって同じことが行われるようだ。迷宮が有する機能に関しては教師たちに一定の使用権限が与えられており、この場の利用についても同じことが言える。これから起こることを想像しながら、オリバーが仲間たちに目配せして身構えた。

「では始めよう。――『フォルセックの町並み』」

ファーカーの声を皮切りに、その手の本から飛び出した数十枚のページが渦を描いて宙を舞う。同時に周囲の景色が急激に移り変わり、気が付けばオリバーたちは何処《どこ》とも知れない素朴な町の中に立っていた。道沿いの商店での小売りや牛車を用いた荷の運搬、さらには共有らしき井戸での水汲《みずく》みと、それぞれの生活に勤《いそ》しむ普通人たち。牧歌的なその姿を眺めて、ガイに同行していたギーとマックリーが訝《いぶか》しげに声を上げる。

「……町？」「何よ、ずいぶん長閑《のどか》ね」

「油断するな。いつ空に『門』が開いてもおかしくはない」

レリアが杖剣《じょうけん》を構えたまま注意を促す。他の生徒たちもほぼ全員が臨戦態勢のままであり、その様子を見たファーカーがくすりと微笑《ほほえ》む。

「いい心掛けだね。けど、この章ではまだ警戒しなくていいよ。僕の授業だと前置きなしでいきなり戦わせたりはしない。ちゃんと順序を踏んで説明していくからさ。

まず、この光景は大歴ゼロ年からさらに遡ること八百年ほど前のもの。今の連合《ユニオン》に直接繋《つな》がる歴史が紡《つむ》がれ始める前の時期だね。国を跨《また》いだ魔法使い同士の繋《つな》がりはまだ希薄で、その多くは普通人と共に『村付き』や『町付き』として暮らしていた。まぁ素朴なものさ。多くは支配階級というよりも導き役、相談役に近い立場だったようだよ」

過去の中を歩きながら〈大賢者〉が語り始める。同時に景色が流れて同じ町の一角が映し出され、そこに怪我《けが》を負った普通人に治癒を施す古代の魔法使いらしき老人の姿が現れる。現代でもままある光景だが、支配階級としての立場が強い昨今と比べて、双方の距離感はずいぶん近いようにオリバーには感じられた。旧《ふる》き良き時代、あるいはそう語る者もいるかもしれない。

「そして、当然だけどこの頃から異端も存在した。社会に弾《はじ》かれて居場所が得られず、その苦しみから『外』に救い求める人間はいつだっている。どの時代も例外じゃなくて、中心となってその脅威に対処するのもやはり魔法使いだった。といっても頭数が少なかったから、この頃は普通人の兵もずいぶん活躍したようだけどね」

　再び風景が大きく移り変わる。平和な町並みに替わって、剣や槍《やり》を手にした兵士たちが鬨《とき》の声《こえ》と共にそれを振るう戦場の光景が現れる。戦っているのは異端と思《おぼ》しき人間にコボルド、ゴブリンといった亜人種を加えた集団だ。指揮官の魔法使いは隊列の後方で杖《つえ》を手に指揮を執り、戦局の要所となる場所とタイミングを選んで大威力の魔法を叩《たた》き付《つ》ける。現代とは大きく異なる戦場の風景に少なからぬ生徒たちが眉をひそめ、それを目敏《めざと》く見て取ったファーカーが声を上げる。

「いま疑問に思っただろう？　そんなもので、どうにかなったのかと。少数の魔法使いと他多数を占める普通人の兵士――君たちの認識として、異端は決してその程度の戦力で対処出来るものではないはずだ。時には一流の魔法使いが湯水のように命を使ってでも侵攻を食い止めることがあるほどで、その戦場に普通人の出る幕なんてものはない。君たちはずっとそう教えられてきたはずだし、確かに現代においてそれは何も間違っていない」

〈大賢者〉の言葉に生徒たちも内心で頷《うなず》き、目の前の光景を重ねて訝《いぶか》しむ。体を張って異端の勢力と争う兵士たちの姿とは裏腹に、なんて呑気《のんき》な戦場だろうという感慨を誰もが抱く。異形の魔獣が雪崩を打って押し寄せるわけでもなく、空に開いた『門』から果たして生物であるかさえ判然としない脅威が雨霰《あめあられ》と降り注ぐわけでもない。見て取れる異端らしさは体の一部が変異した人間や亜人種たちの姿くらいで、それなら確かにこの程度の戦力でもどうにかなる。相応の苦労はあるにせよ人間同士の戦争と基本は変わらず、わざわざ異端狩りなどという専門職を打ち立てるまでもない。

「けど、遡れば確かにこんな時代もあった。この時期、今よりも遥《はる》かに少ない魔法使いの力で世界は無事に守られていた。さて——それは何故《なぜ》だと思う？　量より質の理屈で、彼らのひとりひとりが物凄《ものすご》く強かったからかな？

　いやいや、そんなことはない。確かに失伝した魔法技術ってのは沢山あるけどね、それでも純粋な戦力の面では古代の彼らよりも現代の僕たちのほうが遥《はる》かに上だよ。技術の発展というのはそれを学ぶ人間の数が増えれば増えるほど速まるものだ。血《ち》腥《なまぐさ》い歴史の中で積み重ねてきた戦いの分だけ今の僕たちは強くなっている。それは疑いようがない」

　自《おの》ずと生じるであろう疑問に対してファーカーが答え始める。古代の魔法を過大評価する手合いはしばしばおり、その言説も限られた部分においては正しい場合があるが、だとしても「歴史の積み重ねと人口規模に応じて魔法技術もまた発展していく」という全体の傾向に疑いはない。長い時の中に生じて消えた古代文明のどれを取っても、その総合的な勢力は現代の連《ユニ》合《オン》に遠く及ばないというのが常識的な見方だ。そこに異論を唱える類の言説もなくは無いにせよ、それらは魔法界においても眉唾である。

「じゃあ、どうして昔の彼らには世界を守れていたんだろうか？　──答えはひとつ。異端の脅威が、今よりもずっと小規模だったからさ」

ファーカーの声がシンプルな解答を示す。それは目の前の光景とも矛盾なく一致する。昔の異端は現代ほどの脅威ではなく、故に少ない魔法使いでも対処が間に合ったのだと。

「付け加えると、これは異端に限った話でもない。異界から定期的に訪れる『渡り』ですらこの頃は今と比べ物にならないほど僅かだった。それもほとんどは小規模で、人里に大きな被害をもたらすほどの『何か』が渡ってくるなんてのは極めて稀《まれ》だっただろう。

……実に不思議だと思わないかい？　現代と比べて遥《はる》かに戦力が乏しかったこの時期、仮に今の勢いで攻められていたなら世界はひとたまりもなかった。なのに──これじゃまるで、異界の側が僕らの成長を待ってくれていたかのようだ」

にやりと笑ってファーカーが言う。やはり怖い、とオリバーは思った。話の先が概《おおむ》ね分かっていてすら、その語りには無条件で引き込まれる。

「もちろん実際は違う。この時期の異界は侵攻を控えていたわけじゃなくて、大きく攻めて来られない理由があった。条件が整ってなかったと言い換えてもいいね。今はそれが満たされている、だから侵攻がこんなにも激しいのさ。

では、その条件とは？　古代よりも遥《はる》かに多くの脅威が今この世界に招かれる要因。それは一体何なのだろう？」

続く言説は生徒の多くが予想している。が――そこから先で、〈大賢者〉は完全に逸脱した。

「――祈り、の数だ。社会から弾《はじ》かれ疎外され、『外』に救いを求める人間が増えれば増えるほど、彼らの『祈り』もまた積み重なる。目に見えないその堆積こそが、この世界と異界を繋《つな》げる『門』の形成を促す。だから古代では今のように大きな侵攻が起こらなかった。何しろ人口規模が現代よりも遥《はる》かに小さいからね、異端の数だって一定ライン以上は増えようがない。

もちろん社会の安定の度合いによっても数字は上下するのだけど、優れた治世の下であれば異端が生まれないか――というと、そんな単純な話でもない。だってそういう時には人口も増えるからね。比率と総数はしっかり分けて考える必要があるわけだ」

「――な――」「ちょ、それは」

「お待ちを。Mr《ミスター》．ファーカー」

生徒たちが驚愕《きょうがく》を顔に浮かべる中でオルブライトが手を挙げる。その表情はいつになく険しい。一介の生徒ではなく、それは異端狩りの長を父に持つ名門の嫡子としての顔だ。

「不勉強故の誤解であれば恐縮ですが、どうも定説から大きく外れた内容を語っておられるように感じます。……古代と比べて異界の脅威が現代に多く到来するのは、当時と比べてこの世界と他の世界の『距離《レンジ》』そのものが接近していることが原因であり、その動きもまた異界の神々が抱く侵略の意思によって生じている。つまりは向こうから近付いて来ている――天文学においては、そのように説明されるのが常識のはずですが」

「うん、一般的にはそうだね。つまりはそれが嘘っぱちってことさ。今の社会を肯定するために都合よくでっち上げられた馬鹿馬鹿しい作り話だ」

憚《はばか》らずファーカーが言ってのける。オルブライトの表情がさらに険しさを増し、生徒たちの間にざわめきが広がる。そんな不穏な空気の中で〈大賢者〉はふと背後を振り返り、そこに無言で佇《たたず》む同僚へ問いかける。

「僕はこのまま話を続けるよ。いいのかい？　マクファーレン君。他でもない君が黙らせなくて」

「……好きにすればいいさ。必要な内容さえ押さえていれば、余った時間で何を教えるかは各教員の判断に委ねられるのがキンバリーの常。あなたはその時間を無意味な与太話に使う、ただそれだけだ」

セオドールが目を閉じて淡々と答える。一見して意にも介さない態度に見える。が――この状況ではそうするしかない、とオリバーには分かる。今ファーカーの発言を止めにかかれば逆にその言葉の説得力を増してしまう。「隠された不都合な真実」という印象を自分の行動で補強するわけにはいかない以上、セオドールは黙って見過ごすしかない。

予測済みの返答を得たところでファーカーが教え子たちへ視線を戻す。――その放言を止められる何者も、もはやこの場にはいない。

「許しも得られたところで話を戻そう。──馬鹿馬鹿しいとは言ったけど、君たちが信じ込んでしまうのも無理はないんだよ。なにせこの証明は中々厄介でね。こちらから招いているのか、向こうから近付いて来ているのか──困ったことに、どちらでも同じ事象に対して説明が付くと言えば付く。過去には激しく議論された時期もあって、その頃には『招来説』と『接近説』の対立と呼ばれていた。そして様々な経緯があって前者は否定され、今となっては掘り起こして再検討する者も少ない。真実が闇に葬《ほうむ》られてしまった悲しい過去だよ」

嘆かわしげにファーカーが肩を竦《すく》める。およそキンバリーで語られることが有り得ないはずの内容を、〈大賢者〉はそのまま平然と語り続ける。

「まぁしかし、認め難《がた》いのも分かるさ。これはつまり、今の世界を脅《おびや》かす最大の要因である異端《グノーシス》の増加──それが魔法社会そのものの自家中毒から生じているという不都合な事実を意味するんだからね。……際限なく人を産み増やし、それを食わせるために大量の亜人種を奴隷化し酷使し搾取《さくしゅ》し、社会的弱者への救済なんて一顧だにせず見捨てて放置し。その犠牲の全てを燃料として火にくべながら、より大きな成果を求めて魔道の探求にひたすら明け暮れる──そんな社会で異端《グノーシス》が増えるのは誰の目にも必然だ。苦境の中で積もり積もった彼らの『祈り』がより多くの、そしてより大きな『門』を異界との間に開いてしまうのもね」

そう結論した上で杖《つえ》を抜き、呪文を唱える。伴って生徒たちの周囲の空中にいくつものグラフが浮かび上がる。斜め上に伸びていく棒線の横と下に、一定間隔で数字が付されたそれが。

「招来説と接近説の真偽に話を戻そう。ひとたび数値化した記録に照らし合わせれば、どちらが正しいかなんてのは火を見るよりも明らかだ。──年間に起こる異端による事件の数、開く『門』の数と大きさ、いずれも連合《ユニオン》の発展及び人口規模の拡大と正比例している。どうだい、君たちだってこちらのほうがよっぽど腑《ふ》に落ちるだろう？　『異界の神々の意思』なんて測りようもないものに説明を委ねるよりはさ」

　自ら用意した根拠と共に理解を促す。グラフを前に困惑する生徒たちの中から、今度はアンドリューズが高々と手を挙げる。相手が教員だろうと〈大賢者〉だろうと、その発言を鵜呑《うの》みにするような大人しさはキンバリー生と無縁だ。

「畏れながら、Mr《ミスター》．ファーカー。あなたが用意したそのグラフに恣意的な加工がないとはそれこそ誰にも証明出来ません。……というより、最初からあなたの独自情報ですね？　それは。僕の知る数字とはいくつかの点で明白な違いがありますので」

「お、さすがだねMr《ミスター》．アンドリューズ。化かされないための予備知識はしっかり仕入れてると見える。──うん、確かにその通りだ。僕が用意したこのグラフは異端狩りの公式発表における数値と大きく食い違う。それも当然でね、彼らのほうでしっかり数字を操作している。誰かが『招来説』を蒸し返す根拠にならないように、それはもう入念かつ徹底的にね」

　ファーカーが苦笑を浮かべて返答する。その反論も予測していたアンドリューズに驚きはない。が、〈大賢者〉の舌はまだ止まらない。

「このグラフに用いた数字は、僕が独自の情報網から集計したもの。具体的には連合《ユニオン》全土に広がる弟子たちの繋《つな》がりからだね。よって僕自身でいくらでも捻《ね》じ曲《ま》げられる、と言われればその通り。けど——そうでもしなければ、正しい情報なんて得られようがないだろう？　何しろ今の社会にあっては困るモノなんだから。どこの発表も当てには出来ない。僕が信頼を置く子たちが走り回って得た情報以外は」

「一理あるとしておきます。……が、我々がそれを信頼するに足る根拠は？」

一歩も退かずにアンドリューズが問う。答えを待つまでもなく、相手の主張はどこまで行っても世迷言《よまいごと》だと言外に示す。教え子の揺るがぬ心を見て取ったファーカーがふむと唸《うな》る。

「君にはまだ追加が要りそうだね。けど——全員がそうかな？」

言いながら教え子たちの顔を見渡す。それでアンドリューズもハッとして周りを眺めた。

——ファーカーは世にも稀《まれ》な両極往来者《リバーシ》の大魔法使いであり、その演説もまた単なる言葉の並びなどでは有り得ない。内容云々《うんぬん》以前に、「ファーカーが語っている」という事実だけで異常なまでの力を帯びる。

一年の時に味わった苦い経験をバネに、今日までひときわ心の鍛えを重ねてきたアンドリューズは揺さぶられなかった。が、全ての生徒に同じだけの防備はない。アンドリューズから見て取れる範囲だけでも数人が目に見えて心を奪われていた。それで速やかにファーカーの傀儡《かいらい》と化すわけではないにせよ、そのための大きな一歩を刻まれたことは明白。視線を前に戻して睨《にら》み付《つ》けるアンドリューズの剣幕を前に、〈大賢者〉は余裕綽々《よゆうしゃくしゃく》で微笑《ほほえ》んでかぶりを振ってみせる。

「そう目くじら立てなくても、別に今すぐ信じろとは言わないよ。あくまで僕の主張として頭の片隅にでも留《と》めておいてくれたら結構さ。……第一、僕が招来説の支持者だからって、ここから先の授業内容が大きく変わったりはしない。残念なことに——それは君たちが異端と戦わなくていいという結論には繋《つな》がらないからだ」

そう告げて、左手の本を再び持ち上げる。空気の変化を感じ取った生徒たちが慌てて警戒の構えを取り直した。——相手の言葉にばかり気を取られてはいられない。ここはもはやいつだって戦場に成り得るのだから。

「じゃあ始めようか。第一課題——『ゲシェレに降った怪岩』」

彼らの準備を見て取ったファーカーが、それと同時に本来の授業へと突入する。周囲の光景が三度移り変わり、またしても時代と場所を異にする街並みが生徒たちを包み込んだ。旧《ふる》い記録中の普通人たちが一斉に頭上を見上げる。黒々と開いていく「門」をそこに見て取った生徒たちが血相を変え、その視線の先の暗黒から、数にして五十をゆうに超える不可解な多面体が降り注ぐ。

「圧に覚えがあるだろう？　君たちが去年遭遇した『渡り』と同じく、これらもかつて律する《ウラニス》天の下《シャガ》から訪れたもの。来年に同界の『大接近』が迫った今、真っ先に対処を学ぶべきはこの類だろうからね。張り切って取り組みなさい」

ファーカーの声が開戦を告げる。同時に四年生たちが速やかに前衛と後衛に分かれ、後者はさらに区画を分担した上で地面に魔法陣を描いて結界を構築、先の「渡り」での体験を踏まえた防衛の構えを取る。その様子に〈大賢者〉が微笑《ほほえ》んで頷《うなず》く。

「うんうん、いいね。侵蝕《しんしょく》のリスクを念頭に置いた立ち回りは間違ってない。ただ、守ってばかりだと動きがどんどん制限されるよ？　向こうはまず領域を広げにかかってることを忘れちゃいけない」

その忠告は彼らも先刻承知。火力に自信のある生徒たちが前に出る中、これまでなら後衛に回っていたガイも積極的にその列へ加わる。彼らの眼前で多面体たちがダイスのように転がり、その一面によって判を押された地面が次々と変質。隣り合う「面」と繋《つな》がる形で瞬《またた》く間に組み上がり同一の立体を形成した。

複製《コピー》を増やしている――そう理解して怖気《おぞけ》立《だ》ちながら、ガイが器化植物《ツールプラント》の種を撒《ま》いてその呪根を広範囲に這《は》わせていく。地面を覆う茨じみた根に絡《から》め取られた多面体たちの動きが次々と鈍り始める。呪詛《じゅそ》の力とガイの魔法干渉がある分、それらは素の地面ほど容易《たやす》くは「侵蝕《しんしょく》」出来ない。足止めされた多面体たちに他の生徒たちの呪文がすかさず降り注ぐ。

「へぇ、応用が利《き》くねMr《ミスター》．グリーンウッド。これほど異質な相手だと、今の君じゃまだ適切な媒介を見繕って『呪う』のは難しい。けど、呪詛《じゅそ》を帯びた器化植物《ツールプラント》で攻撃する分には普段と何も変わらないわけだ。相手を選ばないのは実に頼もしいよ」

ファーカーが呑気《のんき》な評価を口にするが、その間にも呪文の集中砲火を抜けてきた多面体の群れが複製を増やしながら四年生たちの陣へと迫る。前の「渡り」の時もそうだったように、律する天の下の眷属《ウラニスシャガ》《けんぞく》は「形を損なう」タイプのダメージに対して軒並み高い耐性を持つ。それを再確認した上で呪文を選択する生徒たちだが、

「**斬り断て《ぐらでぃお》！**」

その中から飛び出したナナオによる呪文居合の一閃《いっせん》が、先行する五体をひとまとめに両断してのける。背後の生徒たちが苦笑した。これぱかりは相性もへったくれもなく、純粋に彼女の並外れた魔法出力と切断呪文の切れ味によって為《な》せる技だ。一目でそれと分かる規格外の振る舞いに、彼女を眺めたファーカーが腕を組んで鼻を鳴らす。

「君は何の戸惑いもなさそうだね、Ms.《ミズ》ヒビヤ。相手が何だろうとやることは同じって感じだ。……そういう子には他の子も勇気付けられるし、未知に対する恐れが薄らぐ。前線で喜ばれる人材だと評しておくよ。誰かを思い出してちょっとイラッとするけどさ」

どこか複雑な感情の籠もった言葉がオリバーの頭に引っ掛かる。が、そちらに注意を向けているような余裕はない。正面の群れとは別角度から迂回《うかい》してきた多面体たちを呪文で迎え撃ち、その間にピートが飛ばした小型ゴーレムが敵の近くで様々な音と光をかき鳴らす。一目でそれ

と分かる感覚器のない敵が何を感知して動いているのかを探る試みだ。その意図を理解したファーカーが言葉を挟む。

「Mr.《ミスター》レストン、ゴーレムで探るのはいいけど接触には気を付けなさい。使い魔越しでも場合によっては侵蝕《しんしょく》されるよ。遠隔操作《リモート》より自律《オート》を主体に使い、その上で捕まった個体とは経路《パス》の即切断を徹底。他の子たちも使い魔を扱うなら同様に配慮するように」

忠告を聞いたピートがすぐさまゴーレムの操作を切り替え、彼と同じように探りを入れていたミストラルもまた慌てて分身を引っ込めた。その間にも戦闘は続き、敵に接近を許さぬまま四年生たちの呪文が一方的に降り注ぐ。初動からの的確な対応が功を奏し、出鼻を押さえられた多面体たちにはもはや為《な》す術《すべ》がなかった。砕け散った破片を生徒たちの収束呪文が念入りに焼き溶かし、その決着を見届けたファーカーが腕を組んで微笑《ほほえ》む。

「殲滅《せんめつ》完了まで八分と少し。……ちょっと簡単過ぎたね、今のは。そうだったよ、君たちは結構やるんだった」

段階をいくつか飛ばしていこう。第二課題――『クアヌ港の落日』」

宣言を経て禁書のページが乱れ飛び、そこから再び周囲の光景が切り替わる。今度は海沿いの大きな港町。帆船の荷下ろしと積み込みを行う人々で溢《あふ》れ返ったその場所の上空に、前に輪を掛けて大きな「門」が黒々と開き始めた。即応して四年生たちが動き始める中、ファーカーは楽しげに告げる。

「今日の時点でやらせるつもりはなかったけど、たぶんこの辺りが今の君たちで対処しきれるギリギリだろうね。けど、安心しなさい。どうなっても僕がここにいるんだから」

無論、そんな保証を誰ひとり真に受けはしない。キンバリー生として心身に刻まれた心構えのまま、オリバーたちは立て続けの戦闘へと突入した。

何度もの窮地を挟みながら一時間弱に亘《わた》って戦い抜いた後。元の様子を取り戻した「図書館前広場」の中で、四年生たちは息も絶え絶えに全員が生き延びていた。負傷した生徒たちにはファーカーが速やかに治癒を施して回る。「侵蝕《しんしょく》」を受けてしまった者もいたが、ここでのそれはあくまで仮の再現であるため事後にまで影響は残らない。短い時間で処置が済むと、気が付けば生徒たちは誰もが心身共に無事な姿でそこに立っていた。

「――よく凌《しの》いだね。よし、授業はここまで。頑張った子たちにはご褒美《ほうび》をあげよう。たくさん動いてお腹《なか》が空いただろう？」

ファーカーが呪文を唱えて杖《つえ》を振ると、どこに用意してあったのか人数分の昼食のバスケットが生徒たちの目の前に現れる。彼らがこわごわ蓋を開けると、中身は色鮮やかな具材が挟まれた大きなバゲットサンドであり、表面にはソースで労《ねぎら》いのメッセージまで書いてあった。これまでの激しい戦いとのギャップに生徒たちが苦笑し、そうして緩んだ空気のまま全員が食事を始める。これまたキンバリーらしくない光景にオリバーたちが困惑していると、そこに自分のバスケットを手にした彼らの友人が訪れた。

「この場にメシまで用意してくれんのかよ。至れり尽くせりだな、こりゃ」

「――ガイ」

オリバーが息を呑《の》んで向き直る。同時に泣き出したい気持ちと這《は》いつくばって詫《わ》びたい気持ちが胸を突き上げるが、どちらも辛《かろ》うじて理性で抑え込む。それから全員で円座を組んで昼食を始める。久しぶりに味わう親しみの中、ガイはバゲットを取り出しつつ話の口火を切る。

「悪ぃな、戦ってる時に合流できなくて。今回はこっちのほうが危なっかしくてよ。マックリーなんてでっけぇ声で何度も『ぎゃー！』とか『もうだめ死ぬ！』とか叫んでてあ痛っ！」

後ろから飛んできた小石がガイの頭に当たって地面に落ちる。後頭部を押さえて彼が振り向くと、そこにはバルテ姉弟らと一緒に昼食を取っているマックリーの憤然とした横顔があった。まさか聞こえていたとは思わず、ガイは苦笑してオリバーたちに向き直る。

「地獄耳だなあいつ……。ま、そんなわけで昼メシくらい一緒に食おうぜ。そっちの様子も知りてぇしよ」

「あ、ああ。もちろんだ……」

呆気《あっけ》に取《と》られながらオリバーが辛《かろ》うじて頷《うなず》く。彼の知らないガイの交友関係がそこにあり、それは彼をひどく複雑な想《おも》いにさせる。そんなオリバーから他の面々に視線を移すガイだが、身を縮こまらせるようにしてピートの陰に隠れたカティの姿が真っ先に目に入った。彼女を中心に広がる何とも言えない雰囲気に眉を寄せつつ、ガイが再び口を開く。

「――辛気臭ぇな。なんかあったって全員の顔に書いてあんぞ。……あー、あれか。おれの作り置きのブラウニーでも取り合って喧嘩《けんか》したか？」

「ああ……いや、あれはちゃんと分けて食べたよ。全員でさんざん名残惜しみながら」

「オマエの菓子は無くなると替えが利《き》かなくて困るんだ。さっさと戻って来てまた焼け」

オリバーが苦笑して答え、ピートがそこに遠慮のない要求を加える。素っ気ない振る舞いに変わらぬ親愛を感じて目を細め、ガイが目を閉じて頷《うなず》く。

「少しずつ目途は立ってる、と思いてぇ。……長く待たせちまってすまねぇ」

「謝ることなど何も。……皆、いつもあなたを想《おも》って過ごしていますわ」

シェラがそこに心からの言葉を添える。ガイも微笑《ほほえ》み返し――それからついに、最初からいちばん様子のおかしい友人へと意識を向ける。

「……で？　おまえはどうしたんだよ、カティ。今日はピートの引っ付き虫か」

「気にするな。朝に変化の呪文で失敗したらしくてな。頬に立派な髭《ひげ》が生えてるから顔出すのが恥ずかしいのさ」

「……生えてないもん、そんなの……」

ピートの適当な出まかせを、彼の陰から顔を覗《のぞ》かせながらカティが否定する。応答があったことでひとまず安心しながらも、ガイは改めて久しぶりに話す仲間たちの様子を見渡す。カティに限らず、普段と違った空気は場の全員から見て取れた。その原因まではさすがに想像出来ないまま、彼は大きくため息をつく。

「……ほんと色々あったみてぇだな、おれがいねぇ間に。この場で深くは訊《き》かねぇけどよ」

「心配させてしまって申し訳ありませんわ、本当に。……しかし、話を逸《そ》らすわけではありませんが、あなたのほうも周りの様子が見違えます。Ms《ミズ》．ヴァロワとバルテ姉弟、それにMs《ミズ》．マックリーまで一緒とは。溶岩樹形の一件で縁が出来たのは分かりますが――」

「ああ、付き合ってみると気のいいやつらでよ。おれもひとりだとロクなこと考えねぇからありがてぇんだ。なぁ、アニー？」

「――おい弟、これ持ってて。あいつぶち転がしてくる」

「座れマックリー！　ガイ、おまえも遠くから雑に煽《あお》んな！」

杖《つえ》を抜いて立ち上がりかけたマックリーをギーが慌てて引き留め、同時にガイへと注意を飛ばす。さすがにふざけ過ぎたかと詫《わ》びの言葉を返す彼の様子を眺めながら、オリバーはぽつりと口を開く。

「すっかり馴染《なじ》んでいるんだな。……ほっとした。が――少し妬ましいよ、正直」

「何だよオリバー。おれがいねぇと寂しくて堪《たま》らねぇってか？」

腕を組んだガイが冗談めかして笑う。が、苦笑が返ると思った彼の予想に反して、オリバーは神妙にこくりと頷《うなず》いた。

「その通りだよ。……部屋から大きな灯《あか》りがひとつ消えたようで、今になって思い知っている。それがいかに日頃から俺の心を照らして、温めてくれていたかを――」

しみじみと告げられる言葉にガイの呼吸が止まる。涙を堪えて揺れるオリバーの瞳が、いつもの彼からは想像も出来ないほど弱々しいその姿が胸に深く突き刺さる。知らず腕が伸びかける。心を置き去りに体が無条件で相手の肩を抱こうとする。そんな自分に気付くと同時に、ガイは握りしめたこぶしを迷わず自らの頬へ打ち付けた。突然の行動にカティがぎょっとして立ち上がる。

「――ガイ⁉」

「……っぶねぇ……。今のはヤバかった……」

「何がですの⁉　すごい音がしましたわよ！　歯は折れていませんこと⁉」

シェラが慌てて治癒のために杖《つえ》を抜く。が、そんな彼女に背中を向けてガイが立ち上がる。半分も食べられなかったバゲットサンドをバスケットに放り込みながら。

「悪ぃな、おれのほうも怪しくなってきた。うっかり箍《たが》外れちまう前に離れるぜ。

――あー、けど。その前によ。**強く押されよ**《イクストルディーートル》」

去り際に杖《つえ》を抜いたガイがそこから呪文を放つ。何の警戒もしていなかったオリバーがそれを受け、ガイの意念《イメージ》に従って横ざまに吹き飛ぶ。

「――え？」

「オリバー！」

とっさの反応でシェラがその体を受け止める。彼女の腕に包まれ、背中にその体温を感じながら、オリバーがぽかんとしてガイを見返す。ふたりに横目を向けて彼が言葉を投げる。

「――ケンカしてんのはそこだろ。理由は知らねぇけど、んなもんさっさと仲直りしとけ。時間かけるだけ無駄だっつーの。最初から馬鹿みたいに気が合うんだからよ、おまえら」

置き土産のように言い残して立ち去っていく。何も言えないままその背中を見送るオリバーの体を、まるで離すまいとするようにシェラの両腕が抱き締める。

「――……っ……」

「……シェラ……」

微《かす》かな嗚咽《おえつ》が肩越しに伝わる。背後で彼女が泣いているのが分かり、オリバーは再び言葉を失う。その様子をナナオ、カティと並んでじっと見つめながら、ピートが静かに口を開く。

「ガイの言う通りだな。……許してやれとは言わない。せめて叱ってやれよ、オリバー。罰ならもうじゅうぶん済んでる。……オマエに冷たくされるより辛《つら》いことなんて、シェラには他にないんだから」

同じ立場だからこそ心底から言える、それは彼に為《な》し得た最良のフォロー。その言葉を受けてオリバーは沈黙し、背後から重ねて嗚咽《おえつ》が響く。彼女を泣かせて、自分はいったい何をやっているのか――そう省みたオリバーの中で、昨夜から止まっていた感情がようやく動き始める。

一層まで戻ったところで校舎へと向かうナナオたちを見送り、オリバーとシェラはふたりだけで秘密基地へ足を運んだ。午後一限の授業は参加出来ないかもしれないが、どちらも気にしない。それより優先すべきことが目の前にあるのは明らかだったから。

並んで無言で工房のリビングに入り、お茶の用意もないままソファに並んで腰かける。それからしばらく沈黙が流れる。適切と思える言葉がどうにも思い付かず、シェラは諦めてその心境をありのまま口にする。

「……その、オリバー。……何から話せば良いのか……」

「悩まなくていい。……代わりに、俺のほうから少し話させてもらえるか」

オリバーの側で先を引き取る。ここで彼女と何を話すか、彼のほうではすでに決めている。沈黙は単に心の準備のためだった。それを話すに当たって、彼には並々ならぬ覚悟が要る。

「君に打ち明けておきたいことがある。ただ、これについては……仲間内でも、他言は無用で頼みたい。まだナナオしか知らないことなんだ」

「――誰にも漏らしませんわ。我らの剣花に誓って」

シェラが胸に手を当てて即答する。彼女にとってそれが、この世の他のどんな契約よりも重い誓いであることをオリバーもまた知っている。故に信を置いて頷《うなず》き、ひとつ呼吸を挟む。

──全ては話せず、詳しく語る必要もない。ただ、要点だけを簡潔に。そう思い決めて口を開き、告げる。

「望まない性交を強いられたことがある。まだ幼い時期に、家の事情で。

重ねて──娘をひとり、その時に亡《な》くした」

「──！」

シェラの表情が猛烈な吹雪に晒《さら》されたように凍り付く。務めて声から感情を排しながら、オリバーは淡々とその先を続ける。

「性的な接触に抵抗があるのはそれが原因だ。二年の頃から避妊についてうるさく言ってきたのも同じ理由から。……友人の誰にも、似たような苦しみを味わって欲しくなかった。

その過去のせいで、いわゆる『魔法使いの性慣習』と俺は折り合いが悪い。たとえそこに合理があっても──いや、合理によって求められるからこそ、心と体がより強硬にそれを拒絶する。……昨夜の一件が重く響いたのは、つまりそういうことだ」

告白がそれで終わる。かつて起こった出来事を思えば余りにも短い要約だが、それでも伝えるべきは伝わったと相手の反応から見て取る。シェラは思慮深く的確な想像力に富む。故に今の話から思い描ける。詳しい事情を知らぬままでも──彼を襲ったその出来事の、およそ筆舌に尽くし難《がた》い哀《かな》しさと惨《むご》たらしさが。

「……何て、こと……」

苦悶《くもん》そのものの声がシェラの口から漏れ出す。その脳裏で昨夜の出来事の再解釈が為《な》される。一撃で反転する。魔女としての勝利は、友へ為《な》した最悪の残虐の記憶にすり替わる。

「……今、やっと、本当の意味で思い知りました。取り返しの付かない過《あやま》ちを犯したのだと。どれほど深く重く、いかに無惨《むざん》に残酷に、あなたを傷付けたのかを……」

「重く受け止めすぎないでくれ。傷は元々あったものだ。君はただ、それを知らないまま引《ひ》っ掻《か》いてしまったに過ぎない……」

「――無知など！　このような話で何の釈明《いいわけ》になると……！」

絶叫しかけたシェラの声が途切れる。感情任せが許される立場ではないと自覚し、思い留まる。そうして嵐の海のように波打つ心で必死に思考する。今何をすべきか。この手で傷付けた目の前の心に、自分はどのように向き合うべきかを。

「……いえ、それも違いますわね。こうして自分を責めることすらあなたを苦しめている。……時間を、どうか時間を下さいませ。己を楽にするためではなく、ただあなたを想《おも》って言葉を選ぶ時間を……」

そう請《こ》うた上で思考に沈む。果てしない難題であることは承知している。癒《いや》そうなどとは到底望めず、知った上で寄り添うことすら容易ではない。謝罪も慰めもきっと何ひとつ意味を成さない。では、何を言えば良いのか。それらの不可能を踏まえて自分に出来ることは何か。

程なく結論は出た。どう足掻《あが》こうが、ここから何かを上向けることは望めない。

ならば——自分もまた、降りていく他にない。彼が立つのと同じ底へと。

「……済みましたわ。考慮と……それに、覚悟が」

「——？」

重い声が告げる。それが何を意味するのかオリバーにはとっさに分からない。隣の彼にじっと目を向け、瞳と瞳を合わせ鏡のように映し合いながら——深淵《しんえん》に続く階段の一歩目を、シェラは下る。

「あたくしも打ち明けたいと思います。……長くなってしまいますが。これもどうか、他言は無用で頼めますか」

シェラが求める。少ない言葉とは裏腹に、もはや身を投げるに等しい覚悟でもって。

そこでオリバーも悟った。謝罪でも慰撫《いぶ》でもなく、彼女が企図するところが均衡《バランス》であると。即《すなわ》ち——自分が打ち明けた過去と同じだけの何かを、彼女もまた差し出そうとしているのだと。

「約束する。……俺たちの剣花に誓って」

相手と同じものに懸けて彼も誓約する。それに頷《うなず》き、シェラが語り始める。

それは十九年ほど昔。積み重ねた歴史においてはキンバリーにすら勝る旧家の中の旧家、マクファーレン本家の屋敷《やしき》で起こったこと。

「――ほほ、ほ。よもやよもや……この目で拝む日が来ようとは」

老齢の魔女が笑う。あらゆる魔法防護によって幾重にも守られ、大気中の精霊密度に至るまで管理された医務室の中で。産湯《うぶゆ》に浸《つ》かった生まれたての曾孫を眺め、生後すぐは尖《とが》った状態だったその耳が、徐々に丸みを帯びていく様子をじっと見届けながら。

「……紛れもないハーフエルフ。中でも稀《まれ》とされる可変型か。私ですら文献の記述以外ではこれまで一度も出会わなんだ。……その最初が産湯《うぶゆ》に浸《つ》かった赤子、それも我が血を引く子孫だとは……」

途方もない喜びと感慨を込めて魔女が呟《つぶや》く。産湯《うぶゆ》から引き上げた赤子の体を産婆が丁寧に拭っておくるみで包み、小さなその体を恭《うやうや》しく母親へと差し出す。処置台の上に憔悴《しょうすい》して横たわる、マクファーレンの家にエルフの血統をもたらした張本人である女性へと。

「大儀であった、ミシャクア殿。この子を産んだ其方《そち》がマクファーレンに――否、魔法界にもたらした功績は計り知れんぞ。或《ある》いはその結果も其方《そち》ならば己が目で見ることが――」

「少し黙れ、小娘」

一声に阻《はば》まれた魔女が口を噤《つぐ》む。そんな口の利《き》き方が許される人物は家中を見渡しても他にいないが、他でもない彼女――ミシャクアの言とあってはマクファーレンの長も黙る他ない。魔法使いとして生きた年月は相手のほうが上回るのだ。これが会議の場なら序列を盾に取るこ

とも出来ようが、我が子の出生の場にあっては彼女こそが最大の功労者。多少の無礼では咎《とが》め
る隙にもなりはしない。

「まったく、手こずらせてくれたな。そんなに私の腹は居心地が良かったか？　いくら何でも粘り過ぎだ。危うく掻《か》っ捌《さば》いて取り出すところだぞ」

腕の中で泣き喚《わめ》く我が子にミシャクアが微笑《ほほえ》んで囁《ささや》きかけ、それから傍《かたわ》らに向き直る。出産の最中もずっと無言でいた自分の夫へと。

「抱け、セオドール。先祖にはこちらで詫《わ》びてやる」

「…………ああ」

硬い面持ちで頷《うなず》き、セオドールがその腕に我が子を抱く。夫の表情に浮かんだ恐れにミシャクアが苦笑する。彼女の里に単身で突っ込んできた時でさえそんな顔は見せなかった。死への恐怖などとうに忘れ去った男だと知っている。だが――それを怯《おび》えさせるものが、今、腕の内にある。

「…………？」

赤子をじっと見つめていると、恐れに染まっていた目にじわりと涙が滲《にじ》む。その事実にセオドールは困惑する。これは何の涙かと訝《いぶか》しむ夫へ、ミシャクアは全て見透かしたように言ってのける。

「どうだ、愛《いと》しかろう？　予想に反して」

その指摘がセオドールの胸を詰まらせる。――子を持つのは、男にとってこれが初めてではない。彼の血を引く子供なら両手の指で余るほどいる。が――その全てを、セオドールは我が子として扱うことが許されない。彼らは血を分けた家の子であり、セオドールは最初からその父ではないのだから。

そんな繰り返しに、いつしか慣れてしまっていた。思い悩むことに倦《う》んで、憂うことすら忘れて――だから、きっと愛せないと思っていた。今さら自分の子供と呼べる相手が出来たところで、この心は冷たく止まったままではないのかと。この腕に抱いた小さな体に何の感情も抱けないという結果を、妻の懐妊を知ったその時から、男は何よりも恐れていた。

だが、違った。揺れるどころでは済まなかった。我が子を腕に抱いた瞬間から、これまで注げなかった感情の全てが堰《せき》を切って溢《あふ》れ出《で》た。この子を愛しても良い――ただその事実に止《と》めどなく涙が溢《あふ》れた。頬を伝って落ちた滴が赤子の顔を濡《ぬ》らしていく。その光景を静かに眺めて、ミシャクアは微笑《ほほえ》む。

「それで良い《い》。私を愛せぬ分はその子に注げ。……それが出来ない子たちの分もな。

名は？　考えておけと言ったな？」

宿題を出した教師のようにミシャクアが問う。震える腕に娘を抱いて、その顔をじっと見つめたまま、セオドールが答える。

「……ミシェーラ。……響きが、近いものを取った。君の名前と……」

「成程。お前にしては上出来だ」

にっと笑ったミシャクアが両腕を伸ばす。意を酌んだセオドールが頷き、そこにそっと赤子を渡す。抱き直した小さな体を見つめて、人の世に踏み出したエルフは我が子へと囁きかける。

「すまんな、ミシェーラ。酷《ひど》い世界にお前を産んだ。後に好きなだけこの母を恨んで良い。……が、私は愛している。それだけは譲らん」

胸に抱き寄せてそう告げる。どんな残酷な未来が待とうと、愛は確かに今ここにあるのだと。


エルフは世界律によって保障された長命種だが、成年に至るまでの成長速度は人と大差ない。ハーフエルフのミシェーラもそれは同じ。誕生から数年を経て物心付いた彼女は、およそ全ての子供がそうであるように、身の回りの様々な物事へ関心を向け始めた。

「──あたくしに兄妹《きょうだい》はいないのですか？　お父様」

ある日、そんな問いを彼女が口にしたことがあった。広いリビングの中、娘と同じソファに腰かけて寛《くつろ》いでいたセオドールは、そこで答えに困って微笑《ほほえ》んだ。

「……難しい質問だね、それは。いるとも言えるし、いないとも言える。君の場合は少し特別だから」

曖昧に答えて娘を抱き上げる。朝に整えたばかりの縦巻き髪《ロールヘア》がふさりと揺れる。どこか不安げなその表情を見つめて、セオドールは静かに問いかける。

「……寂しいかい？　兄や妹がいないと……」

「いいえ、ちっとも。お父様とお母様がいますから。

けれど――もし兄妹《きょうだい》がいたら、その子たちは寂しがってるかもしれない。ふと、そう思って」

無垢《むく》な優しさが男の胸を締め付ける。愛情と悲しみが同時に込み上げ、セオドールはぎゅうと娘を抱き締める。

「優しい子だ、シェラ。……僕の子には勿体《もったい》ないよ。つくづく」

「なぜですか？　お父様はこんなに優しいのに」

何も知らぬままシェラが微笑《ほほえ》む。ずっとその曇りのない笑顔で、何も知らないままでいて欲しいとセオドールは想《おも》う。それが儚《はかな》い願いだと誰よりも知りながら。


父母の愛情の下ですくすくと育ったシェラが八歳を迎えたその日に、曾祖母は頃合いと見て彼女を工房へ呼んだ。エルフの血を引く者――そしてマクファーレンの嫡子として生まれた曾孫に、その宿命を説いて聞かせるために。

「――ここに並ぶ名前が何であるか分かるか？　ミシェーラよ」

机に着かせたシェラに向けて、老齢の魔女が巻物を広げてみせた。そこにずらりと並んだ名前を目にしてシェラが首をかしげる。一見して彼女に分かるのは、それら全てがおそらく男性の名前だということくらいだ。

「それらはな、お前の胎《はら》の予約だ。いずれお前が子を成すやもしれん相手。この場でひと通り記憶しておけ。じきに全員と顔を合わせることにもなる」

余りにも過酷な定めを、裏腹に魔女は淡々と述べた。シェラはその言葉を考えた。自分の持ち合わせるささやかな知識に照らして。

「……婚約者、ということでしょうか？　この中の誰かが、あたくしの将来の夫になると――」

悩んだ末、もっとも妥当と思われる解釈をシェラが告げる。彼女の年齢からすればじゅうぶんに優れた理解力で、まともな家の娘であればそれが正解に成り得ただろう。が、曾祖母は笑って首を横に振った。ここはマクファーレンの屋敷であり、言うまでもなく「まとも」とはおよそ縁遠い場所だ。

「微笑《ほほえ》ましい勘違いだミシェーラよ。……生憎《あいにく》と、そのリストは伴侶の候補ではない。気に入った相手がいれば好きに囲えば良いがな。断れる者などそうはおらん。

もっと単純に、それらはお前が血を分ける相手だ。人の世にエルフの血統を広め、定着させるべくして選ばれた家々の子たち。無論相応の振るいにかけた上でな。例えばその中だと、アンドリューズの倅《せがれ》とはすでに会っておろう？」

　言われたシェラが先日顔を合わせた同い年の男の子の顔を思い浮かべる。――仲良くなりたくて色々と話しかけたのだが、大人たちの前で呪文比べをした後はずっと表情が硬かった。なぜそうだったのかは今でも分からないし、その彼といずれ子供を作るという話は更にピンと来ない。そんな彼女の理解を待たずに曾祖母は説明を続ける。

「極めて少数ながら、お前と同様のハーフエルフは歴史上にも存在した。が、それらの血統はいずれも現代まで維持されずに消失している。……そうなった理由はいくつもあるが、端的に言えば血を馴染《なじ》ませられなかった結果でな。エルフとまともに子を成せる人間は決して多くない。魔法的に高い素養がなければ互いの因子が正常に結び付かんからだ」

　その経緯まではシェラも知っている。魔法界が把握している限りにおいて、自分が現代に生存する唯一の「完全な」ハーフエルフであるという事実とも併せて。エルフと人間の間には容易に子が出来ず、出来たとしても生殖能力を始めとした体の機能に不備を持つ場合が多いとも。魔法的に高い素養を持つ人間との間ではそれが緩和する傾向があり、セオドールはその条件を満たしてミシャクアとの間に彼女という子供を生み出した。自分にも同じことが求められるのだとシェラは理解する。となれば、このリストの名前の数が持つ意味もまた。

「凡百の旧家なら血を囲い込み、それらと同じ轍《てつ》を踏むところだろう。が――マクファーレンは違う。過去の失敗を重く踏まえ、血の独占を自ら戒め、お前の胎《はら》を積極的に貸し出す方針を決めている。故にお前も理解し、備えよ。そのリストにある全員と子を成すつもりでな」

何も取り繕わずに魔女は言い切った。自らの曾孫に向けて、失敗に備えて数を打て、と。そのために有望な相手との間でひとりでも多くの子を孕《はら》めと。一生に産める子供の数が少ない純血のエルフに対して、人間の利点を引き継いだハーフエルフにはその問題がない。よってお前は打ってつけの母体であると憚《はばか》らずに告げてのけた。

理屈は通っている。論理はどこも破綻していない。故に、彼女なりの理解の上でシェラは頷《うなず》いた。その過酷さを想像するには、この時の彼女は余りにも幼すぎたから。

が、幼いながらも懸念《けねん》することはあった。――察するに、目の前のリストに載っている相手は名だたる名家の子息ばかり。全員で成功とはいかないまでも子を成せる可能性は高い。となれば自分は両手の指で余る数の夫と子供を持つことになる。魔法使いに一夫一妻のルールは無いにせよ、それは余りにも極端が過ぎないかと。

「分かりました、おばあ様。けれど――だとすると、ひとつ気になることが」

「何だ？　言うてみよ」

「こんなに沢山相手がいると、あたくしひとりではとても全員を愛し切れません。きっと子供たちにも寂しい思いをさせてしまいます。それはどうすれば良いのでしょうか？」

どこまでも無垢な疑問に魔女が目を細め、それから失笑する。目の前の曾孫ではなく、彼女に教育を施した両親に対して。――育て方の甘さが過ぎる。優しさや思い遣りなど下手に身に付けさせたところで、後で本人が苦しむだけと分かろうに。

「まだ分かっておらんようだな、ミシェーラよ。……この話ではな、最初から情愛など問題にしておらん。そんな些細《ささい》な点は各々《おのおの》の家でどうにでもなろうし、更に言えばどうでも良《い》い。エルフの血を人の世に定着させる——その一事の大きさに比べれば取るに足らない。

実感が持てぬなら父の生き方を参考にせよ。男女の違いはあろうが、あれはお前にとっての先達だ。……見て学べば自《おの》ずと知れよう。お前がこの先どのように振る舞うべきかが、な」

曾祖母の言葉に戸惑いながらもシェラが頷く。頭に浮かべる大好きな父の姿が、今聞いた内容と少しも重ならないまま。

曾祖母の速やかな手配によって、機会は間を置かずに訪れた。前日に重い表情の父から同行を告げられ、シェラはセオドールと一緒にとある旧家の屋敷《やしき》へと足を運んだ。それがどういった意味の訪問であるかは曖昧なまま。

「——驚きましたわ。まさか噂《うわさ》の御息女を連れて来られるなんて」

調度の細部に至るまで贅《ぜい》を凝らしたきらびやかな応接間の中、シェラは父と共にひとりの魔女と向き合っていた。強めに焚《た》きしめられた香が不快でないまでも鼻を突き、目の前のテーブルに置かれたハーブティーとタルトまでもが過剰なまでに甘い芳香を放つ。慣れない空間だとシェラは思った。単なる歓迎とは違った意図を、その正体が分からないまでも彼女なりに感じ取っていたから。

「そのつもりはなかったんだけど、うるさがたの婆様《ばば》に捻じ込まれてね。……賢い子だから手間は掛けさせない。社会見学ということで受け入れてくれ」

「勿論《もちろん》賓客として歓迎しますわ。教育として適切かどうかは保証しかねますけれど。……ふふ、可愛《かわい》らしい子。きっと知識はあるんでしょうけど、まだ何も分かっていないのが分かる。……いったい何年振りかしらね？　この家にこんなあどけない顔の子が来るなんて」

シェラを見つめて魔女が妖艶に笑う。微笑み返そうとは少しも思えないその笑顔を不思議に思いながら、お茶に口を付けたシェラがその味わいに眉を顰めそうになる。セオドールが無言で彼女の手からカップを取り上げてテーブルに戻した。媚薬に等しい調合のハーブティーなど娘に飲ませたくはない。

自分の分のお茶で唇を湿らせて、魔女はじっと親子を眺める。この客をどのように遇したものかと検討するように。少しの間を置いて、彼女は率直な確認を口にした。

「……ありのままを見せる形でよろしいのね？　社会見学ということは」

「節度は弁《わきま》えてくれ。予《あらかじ》め伝えてある通り、今日は長居をするつもりもない」

「あら残念、入念に準備してありますのに。……まぁ、さすがに寝室まで連れ込むわけにも参りませんか」

そう言って立ち上がった魔女がテーブルを回り込み、セオドールを挟んだシェラの反対側に座り直す。その位置関係に戸惑う彼女の前で、魔女は馴れ馴れしくセオドールの首筋を手で撫で上げ——続けて躊躇いなく唇を寄せる。その間にセオドールは微動だにしない。目を丸くするシェラの前で長い口付けを終えて身を離し、魔女は妖しく笑う。

「それでは暫《しば》しの語らいを。……長居しないのなら、せめてお酒くらいは付き合って頂けますわね？」

告げた魔女が腰から抜いた杖《つえ》を振ると、部屋の奥の棚から酒瓶と酒器の一式が浮かび上がる。グラスがテーブルの上に三脚並び、自らコルクを抜いた蒸留酒がうち二脚に注がれ、残る一脚はせめてもの気遣いか赤葡萄《ぶどう》の果汁で満たされる。同時に仮面じみた笑みを浮かべて魔女と談笑を始めた父の姿を、シェラは遠い異国の光景のように眺め続ける——。


シェラにとっては奇怪極まる小一時間が過ぎ去り、夕方頃になって場を切り上げたセオドールと共に彼女は屋敷《やしき》を出た。色々と訊《き》きたいことがあり過ぎて逆に言葉が出て来ない。そのまま無言で歩いていくうちに、敷地《しきち》の正門でひとりの男性と出くわした。

「——」

セオドールよりひと回り年上らしきその男性は、彼を見るなり露骨に眉根を寄せた。その反応は無視して、セオドールが淡々と挨拶を述べる。

「――こんばんは、Mr.《ミスター》ウォルポール。帰りしなの挨拶になって申し訳ないね」

「……構わん。もとより顔を合わせたくもない。泊まっていかんだけ僥倖《ぎょうこう》だ」

答えた男が足早にふたりの隣を通り過ぎる。が、そうしてすれ違った直後――足を止めて背を向けたまま、男はセオドールへ向かって憎悪《ぞうお》の滲《にじ》む声を放つ。

「用が済んだならさっさと帰るがいい。……今日の妻はどんな顔で媚《こび》を売った？　マクファーレンの種馬めが」

シェラの顔色が変わる。表現の意味は解《げ》さないまでも、それが聞くに堪えない罵詈《ばり》雑言であることは声色から読み取れる。振り向きかけた彼女の手を引いてセオドールが足を速める。自分が罵倒されたことよりも、それで娘の耳を汚すほうが余程耐えかねるというように。

屋敷《やしき》が丘に隠れて見えなくなるところまで歩いていって、ふたりはそこでやっと足を止めた。無表情のまま立ち尽くす父へ顔を向けて、シェラは口を開く。

「……お父様。今の方は……」

「すまない、シェラ。先に口を浄《きよ》めさせてくれるかい」

言葉を遮ってセオドールが言い、懐《ふところ》から取り出した魔法薬の小瓶で手早く唇と口内をすすぐ。そうしなければもはや、まとわりついた不快感に耐えかねるとでもいうように。

その姿を見つめて、シェラは隣でじっと待つ。やがて空になった小瓶を懐《ふところ》に収めると、セオドールが真顔で娘に向き直る。

「……君の想像している通りだよ。先に会った女性は僕がいずれ血を分けることになる相手で、今の男性はその夫。事自体はまだ先の話だけど、それまでにも色々と段取りがあってね。なにせ面倒なんだ、家と家の付き合いというものは」

疲れを滲《にじ》ませてセオドールが告げる。すでに察していたその内容を受けて、シェラがさっきまでの時間を思い返す。——脇で見ていただけの自分ですら快適とは程遠かった。なら、当の父はどれほどの不快に耐えていたのだろうと想像する。続けて――その姿を、自分の未来に重ねる。

「……つまり。あたくしもいずれは、今日のお父様のように？」

「わざわざ君に足を運ばせたりはしないよ。僕自身はフットワークの軽さが売りだから今日出向いたけど、マクファーレンの家格を踏まえれば本来は向こうに来させるのが筋さ。愛想《あいそ》を良くして機嫌を取る必要はないし、それはむしろ相手の仕事に当たる。……気が向かなければ、君のほうは黙ってお茶でも飲んでいればいい」

乾いた声でセオドールが言う。無論、そんなことは何の慰めにもなりはしないと彼も知っている。目の前の相手をぞんざいに扱う、あるいは魅了することを楽しめるタイプなら話は別にせよ、彼も彼の娘もそんな気質とは程遠い。が、だからといって血の責任から逃げられはしない。

立場が違うだけで、その意味では先の女性も同じだ。彼女の務めは可能な限りセオドールを籠絡《ろうらく》して自家の利益を引き出すことで、それは彼女自身の気持ちとは何ら関わりがない。慣れてはいたろうが、楽しんでいたかは分からない。あるいはとっくに区別などないかもしれない。魔法使いとして完成するとはそういうことだとセオドールも理解している。状況によっては自分自身がそのように振る舞えることも。

セオドールが体の向きを変え、小高い丘の中腹から遠く夕焼けに染まった普通人たちの町並み眺める。自然とシェラの視線も重なる。その光景が美しいことがせめてもの救いだと男は思った。娘と共に過ごす掛け替えのない時間を、ただ不愉快な記憶だけで埋めずに済んだから。

「僕がこうしているのは一種の懲罰《ペナルティ》でもあってね。過去の大きなやらかしから、他家に血を分ける務めを他の親族よりも多く課されている。……お婆様《ばば》は今でもお怒りなんだよ、僕に。そのやらかしの結果に君という奇跡が産まれて、それでもまだ収まらない程にね」

瞳に茜色《あかねいろ》を映したセオドールがぽつぽつと語る。父と母の馴《な》れ初《そ》めが決して穏やかではなかった、その事実はシェラも断片的に知っている。が、詳しく聞き出そうと思ったことはない。彼女にとってそれは何も重要ではなかった。父と母がいて、そのふたりが自分を愛してくれているのだから。

だが、長く蟠《わだかま》っている疑問も胸の内にあった。今がその機会と感じて、彼女はそれを口にする。

「……ふたつ、訊《き》きたいことがあります。お父様」

「——なんだい？　言ってごらん」

「先ほどの女性がお好きでないのは分かります。マクファーレンのお務めとして今日の場があったことも。けれど——ならお父様は、お母様のことも愛しておられないのですか？」

父の顔を見上げ、瞳を涙で揺らしてシェラが問う。セオドールが目を細めた。驚きはない。いずれ避けられない問いだろうと、ずっと前から彼も予想していたから。

「難しい質問だね、それも。……実力も性格も尊敬しているし、パートナーとして気が合わないわけじゃない。ただ——君に言うのと同じくらいの確信をもって彼女に『愛している』と伝えられるかというと、僕にはひどく難しい。彼女とは、それに背を向けた先で出会ったから」

一言で答えられる問いでは有り得ない。今の自分には理解し切れない複雑さをそこに察して、それが出来る賢さ故にシェラは押し黙る。ここで問い詰めてもただ父を苦しませるだけだと。だから、苦労して想《おも》いを胸に仕舞い直す。「愛していない」と答えられなかっただけで今は満足だと自分に言い聞かせる。そんな彼女の胸中をセオドールも察して、だからこそ際限なく自分に絶望する。——なぜ応えてやれないのだろう。今日の始まりから今この瞬間に至るまで、娘は何ひとつ我儘《わがまま》を言っていないのに。

「……分かりました。……なら、もうひとつ……」

感情を収めて顔を上げたシェラが再び父を見つめる。その視線に、次は何を問われるのかと

セオドールは恐れる。同じような絶望が今重なれば、今度こそ自分は自分であることに耐えられないかもしれないと思って。が、

「……煙草《たばこ》を、嗜《たしな》みたいのではありませんか？　お父様……」

結果は余りにも意外な問いだった。数秒ぽかんとした後、胸に込み上げた気恥ずかしさで苦笑が浮かぶ。

「……驚いたな。君の前で吸ったことはなかったのに」

「たまに残り香を感じることがありましたから。……そういう時のお父様は、いつもどこか辛《つら》そうに見えました」

悲しげに父を見つめてシェラが言う。今にも泣き出しそうなその顔を見ていられず、セオドールは娘を抱き締めた。逃避に等しい抱擁《ハグ》だと自覚しながら。

「――気遣いには及ばないよ。だって今は君が目の前にいるんだからね。こうしてハグすれば嫌な気持ちなんてどこかへ吹き飛んでいく。……煙草《あれ》は、それが出来ない時に仕方なく吸うのさ」

胸中とは裏腹に、男の口は滑らかに気休めの言葉を紡ぐ。が、それで話を終わらせるわけにはいかなかった。自分のことは今どうでもいい。それに気遣われるほどの価値は元よりない。だから――今は、目の前の娘のことを。

「――シェラ。愛《いと》しい僕の娘」

「はい」

呼ばれたシェラが静かに応じる。それで彼女が察したことをセオドールも察した。大切な話が今から始まるのだと。最低の父と自覚して、男はそれを告げる。

「賢い君なら、もう分かってると思う。恋も愛も、そして家族も——自分には何ひとつ尋常《まとも》な形で許されないことが」

「……はい」

シェラが重く頷《うなず》く。不満はおろか弱音のひとつもない、その事実が逆にセオドールを苦しめる。——こんなにも敏《さと》く優しい子を、自分はこれから地獄に突き落とす。人の幸せから遠ざかるばかりの魔道へ背中を押して踏み出させる。その事実はどうあっても変わらない。だから——せめて。その険しき道中を照らす灯《あか》りに、彼女が恵まれるように。

「望むなら、良き友を。……それだけは、僕たちにも許されたものだ。……それだけは……」

震える声で、かつて自分にもあった灯《ともしび》を伝える。その言葉はシェラの心に深く深く刻まれ、彼女の愛の行き先をそこに指し示す。血の価値に依《よ》らぬ関係を、ただ人として心を預けられる間柄を。それを許してくれる愛《いと》しき友を——どうしようもなく、彼女は未来に求める。

「──以上が、今のあたくしの成り立ちとなります」

語り終えたシェラが細く長く息を吐く。そんな彼女を、オリバーは声もなく見つめる。

シェラは思う。友に明かす時が来るとは夢にも思わなかった、遥《はる》かな深みに横たわる自らの過去。だが、それだけが今後も彼の友であるための唯一の手段であったと。これを語らないことには、もう二度と彼とまっすぐ目を合わせることは出来なかったのだと。

「……あなたの過去は、言わばあたくしの未来。多くの面で似通っていながら、しかし決定的な部分で似て非なる。それがそのまま、現在《いま》における互いの違いに繋《つな》がっているとも読み解けるでしょう。

端的に言えば、あたくしは適応してしまった。けれど──あなたは今でも拒み、抗《あらが》っている。

……そういうことなのでしょうね、これは」

掠《かす》れた声でそう語る。……そう。同じ深みで向き合ったからこそ、互いの違いもまた見て取れる。

彼にとっての過去は、今なお血を流し続ける傷だ。が──自分はもはや、それを傷として見《み》做《な》せない。損なわれた形のまま成り立った心は最初からそういう生き物であるかのように振る舞う。それは同時に自分が彼を傷付けてしまった理由でもあるのだろう。分かっていなかったのだ。自分と同じ形を求めることは、彼に二度目の致命傷を負わせるに等しいのだと。

「ひとつ、腑《ふ》に落ちました。……あなたにこんなにも惹《ひ》かれるのは、同じ深みにいるという親近感ばかりが理由ではなかった。それだけならば他の旧家出身の生徒にも同様のことが言えます。だから、答えは——その深みにあって尚《なお》、あなたが必死に踏《ふ》み止《とど》まっているから。……あたくしが自覚すらなく擲《う》ち棄《す》てたものを、今も大切にその胸に抱えているから……」

それが尊いと、シェラは思う。希望などと到底呼べはしまい。彼が胸に抱くものは、きっと二度と息を吹き返さぬ亡骸《なきがら》だ。もはや何の応答もないと、そう知りながら語りかけて愛し続けるばかりの屍《しかばね》だ。

だからこそ、彼女は願う。その姿を丸ごと抱き締めたいのだと。

「抱擁《ハグ》を——宜《よろ》しいですか、オリバー。……あたくしにまだ、その資格があるのなら」

腕を広げて問いかける。オリバーが頷《うなず》いて身を寄せ、そっと体を重ねる。それでいちばん大きな欠落が埋まったようにシェラは思う。失えない。こんなに大切なものを、彼女は二度と手放したくはない。

「……愛おしい……」

呟《つぶや》きに応えて、オリバーが震える強く体を抱き返す。少しの隙間も残さぬように、そこに冷たい風が吹き込まぬように。束《つか》の間《ま》でも彼女が満たされるまで——彼はずっと、そうしている。

待たせ過ぎている。先の授業で目にしたオリバーの姿を思い出すにつけ、ガイはひしひしと

それを痛感する。

余りにも状況を楽観していた。あんなに弱々しい友人の姿を見たのは過去に遡っても一度きり。原因不明の深刻なスランプに陥っていた二年の一時期だけだというのに。

「「「「アハハハハハッ！」」」」

「――ッ……！」

薄暗い呪者の工房の中、鋏《はさみ》や剃刀《かみそり》を手に次々とガイへ襲い掛かるゼルマの呪い人形《ビスクドール》たち。甲高い笑い声に少女趣味の造形が相まって実に不気味なそれらを、自らの器化植物《ツールプラント》で拵《こしら》えた呪木人形を駆使してガイが迎え撃つ。

使い魔を介したシンプルな連戦訓練だが、これが存外に難しい。ゼルマの手になる自動人形《オートマタ》も無論手強《てごわ》いが、それに輪を掛けて厄介なのは呪詛《じゅそ》保存則の存在。敵の人形を倒すに従って、ガイの操る呪木人形にはその分の呪詛《じゅそ》が溜《た》まっていくのだ。

「……チ……！」

ただでさえ呪いで駆動する使い魔の使役は困難なのに、異質な呪詛《じゅそ》がそこに加わることで暴走のリスクがさらに高まる。人形自体の呪詛《じゅそ》許容量も踏まえながらガイの側で適宜呪いを引き取り、それを体内で制御しながら戦わせ続けなければならない。暴走させた時点でお終《しま》いだが、呪詛《じゅそ》を引き取り過ぎると今度は人形のほうの戦力が足りなくなる。呪いという諸刃《もろは》の刃を用いて戦う行為、その本質理解が問われる課題である――が、

「……足踏みしてられっか！」

意を決したガイが呪木人形の一体を囮《おとり》に差し出す。敵の人形たちがそれに気を取られた隙に、もう一体のガイの使い魔が束ねた両腕をこん棒と化して薙《な》ぎ払《はら》う。二体の敵が一気に打ち砕かれ、残り一体は囮《おとり》の呪木人形を剃刀《かみそり》で切り刻んだ上で向き直った。が――そこで呪詛《じゅそ》の過剰流入によって動きが鈍り、それを予想していたガイがすかさず追撃を仕掛ける。呪木人形に体ごと突撃させ、それで押し倒した敵を抱き抱えるように拘束。さらに全身から急速に生やした根で敵人形の全身を蝕《むしば》んでいく。

「アハハハハハ！　アハハ、アハ！　アハハ、ハ――」

侵入した呪根に内部構造を破壊され、ほどなく動くための仕組みを失った人形が高笑いを止めて崩れ落ちる。同時に使い魔が受け取った呪いを、それが暴走に繋《つな》がる前にガイの側ですぐさま回収。猛烈な不快感をも拒まず受け入れながら、呪詛《じゅそ》を宥《なだ》めて落ち着かせ――それが済んだところで盛大に息を吐く。傍《かたわ》らで読書しながら待っていたゼルマが驚いて顔を上げた。

「なんと、もう終えたのか？　まだ昼過ぎだぞ。一日掛かりの課題だったはずだったのだが」

「ハァ、ハァ……時間かけてられねぇんで！　さっさと次の課題頼みます、ゼルマ先生！」

達成の勢いのまま向き直ってガイが次を求める。その剣幕にゼルマが腕を組んで嘆息する。

「まったく素晴らしいやる気だな。――が、残念ながらそれは無理だ」

「は!?　何でですか！　まだまだいけますよおれは！」

「それは見れば分かるが、与える課題のほうがない。言っていなかったが今のが修了試験だ」

教師の言葉がとっさに理解出来ずにガイが硬直する。その反応に苦笑しつつゼルマが続けた。

「知識と技術、心構えの全てにおいて、今の君は呪者として成立している。呪術の名門ヴァールブルクの名に懸けて保証しよう。……いやはや、早いとは思ったがひと月余りでここに達するとはな。バルディアの執心も大いに頷《うなず》けるというものだ」

納得の面持ちで呟《つぶや》くゼルマを前に、ガイの頭が徐々に言われたことを理解し始める。これから急ぎ足で向かおうとしていた場所、そこに自分は今すでに立っているのだと気付く。

「……修了……？　……じゃあ、これで……」

「呪詛《じゅそ》を抱えながら日常を過ごす準備は最低限出来た、と考えて差し支えない。伝染らないようにどうすべきか、伝染った時にどうすべきか——どちらも軒並み頭と体で憶《おぼ》えただろう？　基本的にはそれを欠かさず実行するだけだ。もちろん呪者になる前とまったく同じとはいかんが、友人との交流もそれなりに取り戻せる。好きなだけ感謝してくれて構わんぞ？」

冗談めかしてゼルマが言い、ガイが涙目でそこに向き直る。——これでやっと仲間のもとに帰れる。触れてやれなくても、抱き締めることが叶《かな》わずとも、寄り添って話を聞くことが出来る。その実感と共に感謝がこみ上げ、彼はそれを表した。

「——ありがとうございました……！」

「うむ、素直で実によろしい。……しかしながら、順調に進み過ぎた分だけこちらの誑《たぶら》かしが半端《はんぱ》に終わってしまったのは心残りだ。もっとべったり私に懐《なつ》かせて、あわよくばバルディアから掠《かす》め取《と》ってやろうとまで思っていたのだが……。

だがまぁ、それもまた君の並々ならぬ自制心の成し遂げるところ。ひとりの将来有望な呪者を世に生み出した事実のみで今は満足するとしよう。……そのやり甲斐《がい》の礼というわけでもないが。修了記念にひとつ、君に大きめのプレゼントがある」

そう言ったゼルマが杖《つえ》を振ると部屋の扉が開き、間もなくそこから三人の男女が入ってくる。全員の顔にガイは見覚えがあった。卒業後に職員としてキンバリーに残った三人の先輩たちだ。

「……グウィン先輩、シャノン先輩……それに、リヴァーモア先輩……？」

「うむ。今日の課題はいささか高難度だったこともあり、呪詛《じゅそ》の暴走への備えも兼ねて隣の部屋で待機してもらっていた。……君は実に運がいいぞ、ガイ君。このレベルの慰霊者が複数、それも教員未満の職員レベルで揃《そろ》っている学校など連合《ユニオン》全土を探しても他にはない。重ね重ねキンバリーに入学した自分の判断を褒めたまえ。

とはいえ、彼らも暇な身ではないからな。早速始めてくれ。……君たちの慰撫《いぶ》なら、このレベルの呪詛《じゅそ》でも一週間程度は鎮《しず》めておけるはずだ」

「承知」

頷《うなず》いたグウィンが愛用のヴィオラを構え、リヴァーモアが部屋に備え付けのピアノの前に座る。椅子に座らされたガイへとシャノンが歩み寄り、その肩にそっと触れる。

「触れる、ね、ガイくん。……安心して……寛《くつろ》いでいて、ね」

「え、あ……」

ガイが戸惑っている間に演奏が始まる。その音色に心を奪われたガイが動きを止め、そこにゼルマが語りかける。

「返事はしなくとも構わん、そのまま聞け。――先日にダヴィド先生から相談があってな。君の才能を踏まえるとこの二択は余りに酷だ。今少しだけでも多くの猶予を与えられないか、と。そう言われれば、私も無下には出来ん。バルディアの直弟子がやったことの後始末に彼の手を借りた以上、それは代行の私にとっても小さからぬ借りなのでな。……加えて、君にロンバルディと同じ轍《てつ》を踏ませたくない思いは私も同じ」

優しい旋律と共に、ガイと領域を重ねたシャノンが彼の中の呪詛《じゅそ》を慰撫《いぶ》する。余りの心地好さに自然と脱力したガイの耳に、続けてゼルマの声が滑り込む。

「具体的な段取りはこうだ。――今後の君は月に二度、欠かさず彼らに慰霊を施してもらう。それによって君が抱える呪詛《じゅそ》は鎮《しず》められ一時的に不活性化し、その効果が続く間は呪者になる前とさほど変わらない生活が送れる。……まぁ、少々変わった二足の草鞋《わらじ》さ。これで月の半分は気兼ねなく友人と触れ合えるし、魔法植物の世話も手ずから行える。どちらについても半端《はんぱ》者の誹《そし》りは免《まぬが》れないかもしれんが――その程度は君も喜んで呑《の》むだろう？」

ガイが呆然《ぼうぜん》とそれを聞く。すぐには信じられない彼の心境を察して、ゼルマはそこに説得力を持たせてやる。

「重ねて言っておくと、これはキンバリーでも異例の特別扱いだ。まずもって君の才能への期待の表れであり――さらに言えば、溶岩樹形から遭難者全員を連れて生還してくれた君への教員《われ》からの報酬でもある。あそこで死なれていると今の状況では少々厄介だった。校長を批判する材料を外様《とざま》にますます与えてしまうのでな。ふふ――前に言っただろう？　呪者はただ生きているだけで偉いのだと。君もまたその例に漏れなかったというわけだ」

お得意のユーモアを効かせて呪者が微笑《ほほえ》む。それでようやくガイの中に少しずつ実感が湧いてくる。その間も演奏は優しく続いたまま。

「皮肉なものだな。君に呪詛《じゅそ》を呑《の》ませたのはロンバルディだが、そのロンバルディを『お迎え』した功績もあって君は今この待遇が受けられている。或《ある》いは別のきっかけでも君は呪者に成り得たかもしれんが――その上で日常を半分取り戻せる流れとなると、他にはまず有り得なかっただろう。敵であり兄弟子でもあった相手から、それと知らぬまま君は多くを受け取っていたわけだ。

……まったく。つくづく大した区別もないと思わんか、呪いと祝福の間に。なべて世ではどちらも入り組み絡《から》み合《あ》って因果を成す。それらを丸ごと呑《の》み込んだ上で――さて、君は何処《どこ》に繋《つな》がるのだろうな？」

ガイの目からつぅ、と涙が伝う。ゼルマが身をひるがえして歩き出す。

「無粋な雑音はここまでだ。身の内の呪詛《じゅそ》と共に、しばし妙なる楽の音に浸りたまえ〈呪樹《イビルツリー》〉。……その異名も謹んで預かっておきなさい。それもまた君への呪いであり――きっと、同じだけの祝福なのだから」

最後にそう告げたゼルマが部屋を去る。優しい旋律以外の全てが意識から消え去り――ただじっと、ガイはその音色に抱かれている。

エピローグ

ゼルマの計らいで職員三者による慰霊が施された日の夜。朗報を受けた剣花団の面々と共に、ガイは本来の自分の居場所へと帰還を果たした。

「──あー……」

呪文で開いた入り口を潜ったところで足を止め、部屋の中を見渡す。座り慣れたソファ、一夜漬けの度に本を広げたテーブル、目を瞑《つぶ》っていても勝手が分かる調理場。鉱石ランプの心地好い灯《あか》り、カティが焚《た》いた香の匂いに至るまで、空間を織り成す全てが肌に馴染《なじ》んで感じられる。それも当然だ。一年の頃から本当に多くの時間を過ごしてきた場所なのだから。

「……何年も離れてた気がするぜ。実際は二か月も経《た》ってねぇのによ」

「ふん、体感の話か。ならボクはもっと長く待ったぞ」

ガイの隣を通り抜けたピートが向き直って主張する。その隣に並んだナナオとシェラが微笑《ほほえ》んで口を開く。

「一日千秋の意味が身に染《し》みてござる。……よく帰られた、ガイ」

「……ええ。……ちゃんと戻って来てくれましたわ。あたくしたちのところへ……」

シェラの目にじわりと涙が滲《にじ》む。ガイが苦笑して肩をすくめる。

「当たり前だっつーの。おまえら放ってどっか行くとでも思ったのかよ？　どこの知らねぇガイくんだよそんな薄情なやつ」

「……考えなかったって言えるか？　それ、一度も」

ふいにじっと目を合わせてピートが問う。ガイが胸を張ってその視線を受け止め、答える。

「――ああ、言える。マジで一度もな。……理屈としてはまぁ、そういう選択もあるってのは把握してたけどよ。それで決めるもんでもねぇだろ、こういうのは」

言いながら、先日のバルテ姉弟とマックリーとの会話を思い出す。……剣花団から離れている間、彼らには大いに世話になったとガイは思う。その縁は今後も大事に保っていきたいとも。が、居場所をそちらに移そうとはついに一度も思わず――それがそのまま彼の答えだ。

返答を聞いたピートが微笑《ほほえ》んでガイに歩み寄る。安心しきった無防備な表情を浮かべて、目の前の胸にぎゅっと顔を押し付ける。

「ならいい。……撫《な》でろよ、頭。今だけは特別に許してやる」

「へいへい。ったく、すっかり甘え上手になりやがって」

ガイが鼻を鳴らしてわしゃわしゃと相手の髪をかき混ぜる。ピートが満足するまでしばらくそれを続けてから、彼はおもむろに背後を振り向く。閉じた入り口の前。隣のオリバーとも微妙な距離を置いて、最初からずっと黙り込んだままのカティへと。

「もう来いよ、カティ。……何があったのかは知らねぇし、訊《き》かねぇ。何があったとしても関係ねぇ。おれはずっとそう決めてんだけどよ。おまえは？」

呼ばれたカティがびくりと肩を震わせる。自分では踏み出せない彼女へとナナオが静かに歩み寄り、その手を取ってゆっくりとガイのほうへ導く。もはや逃げ隠れ出来ない距離で相手と目が合った瞬間、彼女の中で何かが決壊する。

「……ううう～～～……！」

呻《うめ》きながら目の前の胸に抱き着き、ぐいぐいと顔を押し付ける。ガイの両腕がその背中をすっぽり包み込んで強く、強く抱き締める。互いにずっと切望しながら出来なかったこと。久しぶりに感じる体温の愛《いと》しさに、堪え切れなかった嗚咽《おえつ》が互いの口から漏れる。

「……あったけぇな、おまえは。……前からこんなに温《ぬく》かったか？　なぁ……」

芯まで温まる感覚に包まれながらガイが呟《つぶや》く。いつまでも続けたい気持ちに駆られるが、それでも二分ほどで名残惜しくも腕を解く。今はそうしなければならなかった。この場でいちばん凍えている人間――それは自分でもカティでもないと知っていたから。

最後にありったけの愛情を込めてカティの頭をくしゃくしゃと撫《な》で回《まわ》し、それからガイが体の向きを変える。必死に整えた表情でオリバーがそこに向き合う。友人の帰還を相応《ふさわ》しい笑顔で迎えろと自分に言い聞かせ、あらゆる葛藤を胸に押し込めながら。

「……おかえり、ガイ。俺も、本当に待って――」

「作り笑い剝がせ、その前に。見てらんねぇよ」

みなまで言わせずガイが一蹴する。ただそれだけで心を覆った仮面が崩れ落ちる。偽りの笑顔が見る影もなく引《ひ》き攣《つ》って歪《ゆが》み、紡《つむ》ぐ言葉を失った唇が弱々しく震える。

「……っ……、……、……ッ……！」

「あーあー、あー！」

見かねたガイが有無を言わさず相手を掻《か》き抱《いだ》く。何の抵抗もなく腕に収まった体は氷のように冷え切っている。自分の体温と合わせてそれを溶かすように、ガイが囁《ささや》く。

「……もう、全部許した。分かるかよ？　おれは全部許したんだ。『何を』とか知らねぇ。ひとっかけらも関係ねぇ。おれは『おまえを』全部許したんだから」

染《し》み込ませるように口にする。それは断じて安請け合いではない。実のところ――友人たちの間で何があったかについて、ガイにはおおよそ想像が付いている。彼が緩衝材になることで辛《かろ》うじて保たれていたオリバーとカティの繊細な距離感、それが長期の不在によっていよいよ破綻を来たしたのだろうと。それ故の罪悪感にふたりが苦しんでいることも。

だから、何よりも先にそれを拭い去りたい。しばらく背中をさすって宥《なだ》めてから、ガイは相手の頬に手を添えてそっと持ち上げる。涙でぐしゃぐしゃになった顔が目と鼻の先に現れる。

――それを見た瞬間に、ガイの中で全てが氷解する。

「……あぁ――」

確信に至る。つまるところ自分は、この涙を止めてやりたくて戻ってきたのだと。

同時に思い知る。カティに対する自分の好意が少しも純粋ではないことを。この手で彼女に触れる時、より深いところで想《おも》う相手が他にいるのだから。

「……いかれてんなぁ、おれも……」

指先で相手の涙を拭いながら、自嘲と共にガイが呟《つぶや》く。どうしようもなく屈折した関係に嵌《はま》り込んだ自分にほとほと呆《あき》れ、一方でそれこそ剣花団の一員としての資格でもあろうと開き直る。――まともであろうとは望むまい。ここまで来てしまった自分たちにとって、それはもう余りにも手遅れに過ぎるのだから。

ぎゅう――とひときわ強くオリバーを抱き締め、相手の嗚咽《おえつ》が止《や》んだのを確認してから体を放す。納得と覚悟、その両方がガイの中で一時《いちどき》に済んでいた。故に考えることはもうなく、彼はいっそ清々《すがすが》しい気持ちで普段通りの自分を始める。まずは棚に歩み寄って戸を開き、いつも菓子を収めているスペースを確認。

「備蓄は――すっからかんだよな、当然。ケーキどころかクッキーもビスケットも無しと。よし、片っ端から作んぞ。カティ、ボサッとしてんな。おまえも手伝え」

「あ――う、うん！」

呼ばれたカティが我に返ってガイのほうへ駆け寄る。その瞬間からいつもの時間が流れ始めたのを全員が感じ取って動き出す。ピートが椅子に座って本を開き、シェラがお湯を沸かして人数分の茶器をテーブルに並べていき――ナナオに寄り添われたオリバーもまた、彼女と並んでソファに腰かける。

「……そっかぁ……」

杖を振ってボウルに材料を注ぎながらカティが呟く。 隣で同じ工程に取り組みながら、ガイも口を開く。

「どした。おまえもなんか腑《ふ》に落ちたか」

「……うん。なんか、すっと……」

静かに頷《うなず》く。手を動かしたまま横目を相手へ向けて、カティは今しがたの得心を口にする。

「……わたしと同じなんだね。ガイも……」

「…………」

言われたガイが目を細める。――頷《うなず》くまでもなく、それこそが自分とカティの絆《きずな》だ。

同じ相手を余りにも愛している。同じ相手にどうしようもなく囚《とら》われている。……だったらもう、そこに生じる感情は互いの器に分け合ったほうがいい。ピートの忠告を思い出し、今後は自分もそうしようとガイもやっと素直に思える。兄妹《きょうだい》にも恋人にもなり切れない不格好なこの関係に、今日からはめでたく同胞という名前が付いたのだから。

「……粉、ちゃんと三種類混ぜろよ。手ぇ抜くと風味がぜんぜん違《ちげ》ぇぞ」

「うん。憶《おぼ》えてるよ、ぜんぶ。……何度もいっしょに作ったもん」

微笑《ほほえ》んだカティが淀《よど》みなく調理を進め、阿吽《あうん》の呼吸でガイがそこに動きを合わせる。久しく実現していなかった共同作業をソファから並んで眺めながら、肩を抱いたオリバーへと、ナナオが囁《ささや》きかける。

「見えてござるか、オリバー。……貴殿は何も喪《うしな》ってござらぬ」

「……ああ……全部、ここにある……」

涙声で応えてオリバーが頷《うなず》く。シェラが茶葉に注いだお湯から温かな湯気が立ち昇り、ピートの手が本のページを捲《めく》る音が一定のペースで響く。そうして気が付けば、以前と何も変わらない秘密基地の光景がそこにある——。


「——そうか、彼は戻ったか。……気を揉《も》ませたな」

ガイの帰還の翌日。迷宮一層の隠し工房を訪れたオリバーは、同じテーブルを囲む従兄《あに》と従姉《あね》に身辺の状況を報告していた。聴き終えたグウィンの顔に申し訳なさが浮かぶ。

「呪詛《じゅそ》を鎮《しず》める処置自体はもっと早くから行えた。が、根本的な解決にならない以上、彼自身が呪詛《じゅそ》の扱いを覚えるまでは控えるべきだと思ってな。ゼルマ先生とも相談の上、あのような形にさせてもらった」

「ああ、本人からも聞いたよ。今後は月に二度ずつ世話になると。……本当にありがとう、従兄《にい》さん、従姉《ねえ》さん。リヴァーモア先輩にも直接感謝を伝えるつもりだ」

この場にいないもうひとりの功労者にオリバーが言及する。その名前を聞いたグウィンが、彼にしては珍しく愉快げに口元を緩める。

「ふ。本人は喜んでいた様子だぞ、むしろ。……あれはどうも、お前に対する借りを相当に大きく見積もっているようでな。今回の件でもまだ返し切れたとは思っていまい。折を見てせいぜい無理難題をふっかけてやれ」

従兄《あに》の意地悪な言い方にオリバーが苦笑する。彼の今日の気分を察したシャノンが紅茶にミルクを注いでやりながら、そこに柔らかく言葉を添える。

「サイラスのピアノ、すごく優しい、よ。……わたし、あれ、大好き」

素朴な感想にオリバーも同意を込めて頷《うなず》く。リヴァーモアの慰霊演奏は彼もまた死霊《しりょう》の王国で耳にしており、慈悲深く繊細なその旋律に驚かされた記憶は今も鮮やかだ。その時こそ本人の人柄とのギャップに多少混乱させられたが——あの一件の顚末《てんまつ》、ひいては今の校舎での振る舞いを見た今は、もはや疑問にも思わない。故に信頼してガイを預けられる。

話が一段落したところで、それを他へ移す前にグウィンがしばし間を置く。続く話題が何であるかもオリバーは自《おの》ずと察していた。ここしばらくの会合で、それに言及せず終わった例《ためし》はない。

「……校内が今の状況だと、お前の身辺が落ち着いたのはまだしも幸いだ。……何しろファーカーの振る舞いが事あるごとに予想を超えてくる。今度は授業で招来説を唱え出しただと？

もはや大胆を通り越して狂気の沙汰だ。キンバリーでそれを主張する意味が分からないわけでもあるまいに……」

目頭を手で押さえてグウィンがため息を吐く。その心境を余さず理解した上で、オリバーは見過ごせない一点を告げる。

「だが、内容は真実だ。……俺たちはそれを知っている」

グウィンとシャノンが共に押し黙る。再びの静寂の中でオリバーが紅茶に口を付け、ふとそこで背後にかすかな気配を感じ取る。――すぐに分かった。それに気付けるのは、彼女が察して欲しいと思っている時だと。

「――テレサの顔が見たいな」

オリバーがぽつりと呟《つぶや》く。数秒と置かず少女が隣に現れ、その場に跪《ひざまず》く。

「――ここにおります。我が君主《マイロード》」

「うん、ありがとう。……ほら、これをお食べ。今日のはとりわけ口溶けがいいから」

テーブルの上のクッキーを指しつつオリバーが隣の椅子を引いて勧める。すぐに応じて腰を下ろすテレサだが、好むはずの菓子には手を伸ばさない。その横顔を眺めたオリバーがすぐに察して口を開く。

「話しづらいことがあるという顔だ。……君の身辺だと、Ms《ミズ》．アップルトンの関係か？」

「――！」

一発で的中された本人が驚愕《きょうがく》に目を見開く。オリバーが微笑《ほほえ》み、シャノンが追加で淹《い》れたテレサの分のお茶に壺《つぼ》からすくった砂糖を注ぎ入れる。クッキーに手を付けないなら、こちらは甘い方が良《い》いだろうと。

「分かるさ。俺たち以外で君が頭を悩ませる相手は多くない。その中でも特に最近の行動が目立っていたのが彼女だ。……俺も少し前に顔を合わせたが、その時の雰囲気から察するところがあったよ。——ガイを俺たちから引き離したい。いや、奪いたいんだな、彼女は」

把握している要素を組み立てて推測を口にする。テレサが無言のままでいることで確認も事足りて、その胸の内にあったであろう葛藤へとオリバーは言及する。

「それを報告しなければ俺への不義に当たり、報告すれば友人への裏切りになる。……その板挟みでずっと思い悩んでいた。違うか？」

「……なぜ……」

「君が傍《そば》にいない間も、君のことを考えているから。……膝の上においで」

椅子に座ったまま横を向き、両腕を開いてテレサを招く。吸い寄せられるように席を立った彼女がそのまま膝の上に跨《また》がる。そうして間近で互いの目を合わせながら、オリバーは穏やかに語り続ける。

「……結論から言えば。その件に対して、俺は基本口を出さない。剣花団の外に彼を好ましく思う人間が現れるのは自然なことで、それは何もガイに限ったことじゃない。人が人を好いて求める……その当たり前の営みを禁じる気は、俺にはない」

「…………」

「もちろん、彼女が余程過激な手段に出るなら話はまた別だ。度を越した魅了《チャーム》や邪魔な相手の排除といったような。……けど、今の時点でそこまでは心配していない。これから彼女と直接向き合うガイを、これまでの付き合いで把握したMs《ミズ》.アップルトン自身の人柄を信頼している。……さらに言えば、彼女の傍《そば》にいる友人たちへの期待も」

最後のひとつが自分を含むと気付いたテレサが無言で考え込む。その姿を微笑《ほほえ》ましく見つめながら、オリバーがそこに助言を添える。

「特別に思い悩まなくていい。ただ、君なりに彼女を慮《おもんぱか》ってやれ。相談に乗るのもいいし、愚痴を聞くのもいい。その内容を俺に逐一報告したりもしなくていい。……君が良き友であれば、それだけで彼女の支えのひとつ。きっとあの子を良《い》い結果に導く一因になるだろうから」

説いて聞かせる。友への向き合い方、その際の望ましい距離感を。今のテレサがそれを必要とし始めたと分かるからこそ。しばしの思案を経たテレサがひとつの結論に至り、無意識のままほっと胸を撫《な》で下《お》ろす。

「……良《い》いのですね。……私は、リタの友人で在り続けても……」

わずかに頬を緩めてテレサが呟《つぶや》く。大きな安堵《あんど》と確かな喜びをそこに見て取り、オリバーが目を細める。――友人の問題でこんなにも感情を動かすテレサの姿を、初めて目にする。ディーンとの喧嘩《けんか》やフェリシアとの角突き合いのような自分が軸になる話ではない。彼女は今紛れもなく、リタというひとりの友人を想《おも》って心を揺らしているのだ。

「……変わったな、テレサ。本当に色々な表情を見せるようになった、君は……」

「……今のほうが、お好みですか？　以前の私より……」

「比べるようなものじゃないよ。ただ、君の心が育っていく様子が愛おしい。……もし許されるなら、いつまでも隣で見守っていたいと思うほどに」

頬を撫《な》でながらそう囁《ささや》いた瞬間、オリバーは自分の失言に気付いて目を伏せる。――そんな願いは抱くことすら罪深い。目の前の少女を死地に向かわせるのは、他ならぬ自分なのだから。

「……すまない。身の程知らずなことを言った、俺は……」

「――いいえ……」

テレサが微笑《ほほえ》んで首を横に振り、そのままオリバーの首にぎゅっと抱き着く。……互いに残された時間を思えば、「いつまでも」は有り得ないと彼女も知っている。けれど――そう願ってくれるだけで、泣き出したいほどに嬉《うれ》しかったから。

さらに数日が経《た》って剣花団の面々も落ち着きを取り戻した頃、たまたま秘密基地に先入りしていたオリバーのもとにガイが勢いよく駆け込んできた。そのまま息も整えずに声を上げる。

「――おい！　今時間あるか⁉」

「？　どうしたんだガイ。俺でいいなら、というか今は俺しかいないが――」

答えながらオリバーが椅子から立ち上がる。それを確認すると同時に、ガイがすぐさま身をひるがえす。

「急げ！　早くしねぇと行っちまうぞ！」

訳も分からぬままオリバーも後を追って走り出す。そこから十分ほども通路を駆けたところで、疑問の答えはあっさり目の前に現れた。

「――お、戻ってきたねガイ君！　オリバー君も一緒かぁ！」

「――え？」

足を止めたオリバーが呆然《ぼうぜん》と立ち尽くす。あるはずのない姿がそこにあった。数年前に卒業してキンバリーから去ったはずの人物。小柄ながらも活力に満《み》ち溢《あふ》れた、迷宮で出会う度に安《あん》堵《ど》を覚えた頼もしいその姿が、その頃と何も変わらない印象のまま大きな背囊《はいのう》を負ってそこにある。

「……ウォーカー先輩？　なぜ……」

「驚いただろ。おれもさっき度肝抜かれてよ、もうじき深層潜るっつーから慌てて呼びに行ったんだ。あーくそ、他の連中も連れて来たかったぜ！」

頭をがしがしと搔《か》き毟《むし》ってガイが叫ぶ。そこに歩み寄ったウォーカーが、両手でオリバーの肩をばんばんと叩《たた》く。

「久しぶりだねぇオリバー君！　ガイ君にも驚いたけど、いやぁ君も見違えるように頼もしくなった！　……ん？　けど何でだろ、どこか儚《はかな》い感じも強まったなぁ。気のせいかな？」

「お久しぶりですウォーカー先輩。体調は万全なのでご心配なく。……しかし、そろそろ焦《じ》らさないで教えてください。卒業生のあなたが何故《なぜ》ここに？」

相変わらずの観察眼にひやりとさせられながらオリバーが問い返す。ウォーカーが腰に手を当ててにっと笑う。

「迷宮管理者って知ってる？　キンバリーで雇われる職員のひとつでさ、読んで字の通り迷宮の環境管理を受け持つ仕事なんだ。僕はその枠で戻って来たってわけ。実は卒業する前から希望は出してたんだよ。まだまだここには調べ残したことが多いからね」

「なるほど、あなたも職員として……。でしたら今後はグウィン先輩やシャノン先輩、それにリヴァーモア先輩とも同僚ということになりますね」

「ああ、会った会った！　グウィン君とシャノン君はぜんぜん変わりなかったね！　けどリヴァーモア君には驚いたよ、あれはもうすっかり先生の風格じゃないか！　ははは——彼の使い魔とも、昔はずいぶん追いかけっこしたっけなぁ。懐《なつ》かしい……っていうのも違うな。ここに来ると、まるでぜんぶ昨日のことみたいだ」

周りの光景をぐるりと見渡してウォーカーが呟《つぶや》く。校舎で過ごした時間を上回るほど迷宮に入り浸っていた彼からすれば、そうした感慨は至って自然なものだ。やがてその視線が後輩たちへ戻る。

「校舎で働く彼らに比べたら、僕のほうは君たちと顔を合わせる機会は少ないんだろうな。それがすごく残念だよ」

「？　迷宮でお会いするのでは？」

「それがそうでもないんだ。僕が受け持つのは迷宮管理者の中でも長らく空席だった『極深層調査担当』――つまり六層以降の最深部を調べる役割でね。危険も難度も桁違いだからさすがに卒業してすぐ任せてはもらえなくて、ここしばらくはそのための実績作りに奔走してた。ざっと十年くらいかかるかと思ってたけど、案外君たちの在学中に間に合っちゃったね」

無邪気に笑いながら説明するウォーカーだが、それが如何《いか》に凄《すさ》まじいペースであったかは後輩ふたりにも容易に理解出来た。方向性こそ違えど、その職務に求められる水準はおそらくキンバリーの教員と大差ない。そこに達するまでの年月としては十年ですら破格に早いはずなのに、ウォーカーの場合はそれをさらに三分の一以下にまで縮めている。短期間にどれほど走り回り、どこまで多くの成果を挙げてきたのか――それはもはや、オリバーとガイでは想像すら及ばない。

「……六層以降。つまり、生徒《われわれ》にとっての進入禁止区画に、ですか。……しかし、それは……」

「そう、かつての僕が半年ばかり彷徨《さまよ》った場所だ。……必ずまた潜ると決めていたよ。そのために何年、何十年かかっても」

「うん。その話を聞かせて欲しいと言わなかったかな？　僕は」

唐突に声が割って入る。オリバーとガイが驚いてその方向へ向き直ると同時に、通路の暗闇からひとりの教師が姿を現した。華美なローブで装《よそお》った性別不詳の麗姿。見紛《みまが》う余地もなくロッド＝ファーカーだ。

「……ファーカー先生……」

「あ、こんばんはMr.《ミスター》・ファーカー。……ん？　何か言われてましたっけ？　僕」

先の言葉を受けてウォーカーがきょとんと首をかしげる。その反応を見たファーカーの口元がわずかに引《ひ》き攣《つ》り、すぐさま戻る。

「言ったね。君の体験に興味があるから、今夜にでもぜひじっくり話そうと」

「ああ確かに――え、あれ社交辞令じゃなかったんですか⁉　ごめんなさい気が回らなくて！迷宮と後輩たちのことで頭がいっぱいだったもんで！」

自分のうっかりに気付いたウォーカーが余りにも素直過ぎる言い回しで詫《わ》びる。それで今度は〈大賢者〉の顔全体が目に見えて引《ひ》き攣《つ》るが、その原因となった本人のほうは気付いた風もない。どころか、笑顔を浮かべて無邪気に提案すらしてのける。

「そうだ、どうせお喋《しゃべ》りするなら六層までの道すがらでどうですか？　せっかくだから後輩たちにもあそこを見せてあげたいと思って。先生がいっしょなら彼らも安心ですし」

「……凄《すご》いな君は。僕の誘いをすっぽかした上、体よく護衛にまで使おうと？」

「ダメですか？　残念、じゃあお話はまた今度で！　気長に待っててくださいね！　次校舎に戻るのひと月くらい後だと思いますけど！」

朗らかに言ってのけたウォーカーがあっさり身をひるがえす。愕然《がくぜん》とするオリバーとガイの眼前で、そこに一瞬で詰め寄ったファーカーが背後からがしりと相手の肩を掴《つか》む。

「――ダメとは一言も言っていないだろう？　護衛か、いいとも。喜んで受け持とう。断る理由がない。そのくらいは僕にとって面倒ですらないんだから」

「おお、さすが！　頼りになりますねぇ！」

振り向いたウォーカーが握った相手の手をぶんぶんと上下に振る。引《ひ》き攣《つ》りを通り越して痙《けい》攣《れん》を始めた笑顔でファーカーがそれに応じる。とんでもない光景を前に動きが取れずにいたオリバーたちが、そこでやっと両者の会話が意味するところに思い至る。

「……あの、ウォーカー先輩？」「なんか、今の話の流れだと……」

「うん、一緒に行こうよ六層まで。あいにく僕の権限で連れていけるのは入り口までだし、その先まで行ったら今の君たちじゃ死んじゃうけどね。さわりだけでも見てみたいだろう？」

恐ろしいことを言いながら同時に好奇心をも刺激してのける。〈生還者《サバイバー》〉のカリスマを前にオリバーとガイが顔を見合わせ、やがてふたり同時に頷《うなず》いた。

そうして奇妙なメンバーでの旅が始まった。進みながら六層以降を彷徨《さまよ》った体験を聞きたがるファーカーに対して、ウォーカーは提案通りべらべらとそれを喋《しゃべ》った。ただし――傍《そば》で聞いている後輩ふたりにも分かるほど、明らかに激しく偏った内容を。

「――そんな感じで、六層はほんと食べるものが少なくてですね。手持ちの糧食が二割を切った時点で『あ、終わったかな』と思いましたよ。けど同時に考えました、こんな滅茶苦茶《めちゃくちゃ》な環境でも適応している魔法生物はいるんじゃないかと。例えば比較的変化の少ない地中――」

「う、うん、非常に興味深いよ。けど、どうもさっきから話がずいぶん食事関係に偏ってはいないかな。僕としてはもう少し他のところへも言及があると嬉《うれ》しいのだけど――」

あからさまに焦《じ》れながらファーカーが相槌《あいづち》を打つ。食事以外の方向への言及が一向に為《な》されないのだからそれも当然だ。冷や冷やしながら両者の会話を見守るオリバーとガイだが、同時に恐ろしいペースでの前進を求められるので一切気が抜けない。迷宮トレイルランと大差のない速度で二層から三層を抜けていき、あっという間に先日訪れて間もない「図書館前広場」へと行き着く。そこは当然今のウォーカーの権限で試練のパスが許され、彼らはそのまま素通りで四層「深みの大図書館」へと踏み入っていく。

「やぁやぁ司書さんたち。そんなに睨《にら》まなくていいよ、もうここで夕飯作ったりしないから！

通らせてもらうね！　お仕事お疲れ様！」

入場と同時にウォーカーが声を上げる。塔の中を本の手入れに飛び交う翼人たち、司書を務める死神らが、それで一斉に彼へ注意を向けた。明らかに他の生徒とは異なる反応であり、オリバーは否応《いやおう》なく「ここで煮炊きして死神に殺されかけた」という冗談じみた逸話を思い出す。それが今なお尾を引いているとすれば、もはや呆《あき》れも驚愕《きょうがく》も通り越して笑うしかない。

かつて哲人デメトリオと死闘を演じた四層を足早に抜けていくと、その先は狂老エンリコとの決着の場となった五層「火竜の峡谷」が待つ。巣を張った深い谷の中を飛び交う飛竜たちの姿を入り口から眺めて、ウォーカーは後に続く後輩ふたりを振り返る。

「五層に来たことはある？　さすがにまだないかな？　六～七年になってようやく探索出来る場所だもんね、普通なら」

「……ええ、今のところは」

問われたオリバーが無難な嘘《うそ》で受け流す。迂闊《うかつ》な言動でボロを出さないためにも、ここではいっそ完全に初見のつもりでウォーカーに従ったほうがいい。一方で、こちらは何の偽りもなく初めて訪れるガイが眉根を寄せて辺りを見回す。

「おれもまだ無いっす。マジで抜けてくんすか、ここ。あんま自信ないんすけど」

「なぁに大丈夫大丈夫！　要は竜たちに見つからずに行けばいいだけだし、見つかったらその時はその時！　僕はよく卵担《かつ》いで逃げてたから！」

自らの経験を持ち出してウォーカーが請け合う。が、控えめに言ってもそれはまったく参考にならない。オリバーとガイが顔を見合わせ、その不安を察したように、ファーカーがため息交じりに言葉を挟む。

「……はぁ。とはいっても、隠れながら進むのにずっと四人で固まっているのは悪手だろう。状況に応じて分かれる際のペアを決めておかないかい。僕はどうにでもなるけど、その方が四年生ふたりは戸惑わないと思うよ」

「お、さすがですねMr.《ミスター》ファーカー。じゃあそっちではオリバーくんを預かってもらえますか？　ガイくんは前に直接指導してた間柄だし、僕のほうで動きをチェックしたいんで」

「ちょ、いきなりテストっすか？　おれ初めてですよここ、自信ねぇなぁ……」

思わず腰の引けるガイだが、ここまで来ておいて引き返すわけにもいかない。方針を全員で共有したところで五層の中を進み始める。まずは呪文で迷彩をかけた上で峡谷へ近付き、飛竜たちが遠ざかった隙を見計らいその中へ。地形の底へ降り立ったオリバーが素早く周囲に警戒を巡らせる。真っ先に思い浮かぶのは大地竜《リンドヴルム》の存在だが、少なくとも現時点で近くに大きな気配はない。初動であんなものに見つかるようでは探索以前の問題だが。

全員が降り立ったところで谷底を進み始める。頭上を通り過ぎる飛竜に加えて、岩盤のあちこちには小型から中型の火竜たちも張り付いているため、それらの目を効率的に避けるために自《おの》ずとペアに分かれての行動が多くなる。そうなるとオリバーは隣を歩くファーカーと事実上のふたりきり。その状況を踏まえて、彼はこの機会を探りに用いることにした。まず会話の糸口として、先刻からずっと気になっていたことを尋ねてみる。

「……その、先生。少し様子が違われますね、普段と……」

「……ん？　ああ、分かるかい。確かにちょっっっっっとだけ頭に来てるよ。……正直、滅多に会わないものでね。あそこまで僕になびかない相手には」

苦い面持ちで〈大賢者〉が愚痴る。それがウォーカーを指しての感想であることはオリバーにも当然分かった。なにしろ傍目《はため》にもまったく会話の主導権を握れていない。あの強力な魅了をもってしても、今回の相手にはコミュニケーション面での優位が確保出来ていないのだ。

「厄介だね、あれは。とっくに別のものに芯まで魅せられていて、僕が滑り込む隙が心のどこにもない。……ああ、口にするのも屈辱だ。こんな凡庸な言い訳……」

顔を仰《の》け反《ぞ》らせ、虫歯に苦しむ普通人さながらの表情でファーカーが唸《うな》る。その様子にオリバーはやや困惑した。……これまでの超然とした印象に比べて、今日は振る舞いの節々からやけに人間味のようなものが見て取れる。あるいはそれすら魅了の布石と勘繰ることも出来るが。訝《いぶか》しみながら観察を続けるオリバーへ、そこでファーカーが唐突にじろりと横目を向ける。

「彼ほどじゃないけど、君の友人にも同じことが言えるよ。あの子――Mr《ミスター》．レストン」

「――え？　ピートに、ですか？」

「そうとも。他人が僕に興味津々《きょうみしんしん》なのは当たり前以前の自然法則だけど、それを装《よそお》って近付こうとする生意気な子は珍しい。イラッとしたから今日まであまり声をかけずにおいた。……まったく、本当なら同類の子は真っ先に可愛《かわい》がるつもりだったのに」

勿体《もったい》ないとばかりにため息をついてファーカーが肩をすくめ、その言葉にオリバーは少なからず驚かされる。――ピートに対する魅了の影響は常に懸念《けねん》していたが、それが彼自身の作為によって演じられている可能性にまでは思い至らなかった。当のファーカーの発言だけに鵜呑《うの》みには出来ないまでも、魔法使いとしてのしたたかさを身に付けた今のピートならじゅうぶんに考えられる。それが裏目に出ているのが皮肉ではあるにせよ。

ピートの思惑に思考を割きかけたオリバーだが、今重要なのはその点ではないと思い直す。友人の企てがどうあれ、問うべきはまずファーカーの意思だ。

「……ピートについても、やはり自分の家に取り込みたいとお考えですか？　あなたは」

「考えというか、自然とそうなるものだよ普通は。……まぁ、彼については当てが外れたから構わないんだけどね。両極往来者《リバーシ》の子はその体質から根深い孤独を抱えているケースが多くて、僕はそういう子をこれまでたくさん引き取ってきた。けど、Mr.《ミスター》レストンの場合はそうじゃなかったからさ。じゅうぶん過ぎるほど君たちに愛されてるじゃないか、あの子」

「――っ……」

返答がオリバーを重ねて戸惑わせる。――ピートと自分たちの交友は把握していて当然だ。問題はそちらではなく、過去に両極往来者《リバーシ》を取り込んできた理由と宣《のたま》うほう。善意と共感からの行動であるなどと誰も信じはしないし、もはや建前として語る意味すらない。だというのに相手は口にする。考えられる理由はふたつ。自分が余程馬鹿だと思われているか――さもなければ、この会話自体がどうでも良《い》いか。

直感は後者だと訴える。が、そこで終わってはこれまでの探りが全て白紙に戻るだけ。もう一歩踏み込みたい。真意の一端なりと垣間見《かいまみ》たい。なら――もう、駄目で元々だ。

「率直に言わせてください。……俺には、あなたという人間が摑《つか》めない」

足を止めて真っ向から告げる。一変した雰囲気を受けて、ファーカーも教え子に向き直る。

「うん？　僕を摑《つか》もうとしてたのか、君。それはまた生意気な」

「当然です。あなたの行動はキンバリーだと余りにも異質に過ぎる。それを自覚した上で、何故《なぜ》改めることも取り繕うこともしないのか……俺には分からない。その振る舞いで何を狙っているのか、本当に望むところは何なのか。……そこが見えてこない限り、俺はあなたを自殺願望持ちの煽動家《せんどうか》として扱うしかない」

あえて強い言葉を選び、苦い面持ちでそう口にする。大きな覚悟の末のその問いを受けて、ファーカーの顔にもさすがに苦笑が浮かぶ。

「ずいぶん心配させているようだね。……そんなに軽く落ちそうに見えるかい？　僕の首は」

「まさか。……しかし、校長の刃は断じて軽くはない」

「それはまぁ、そうだね。重いと言えば、あれほど重い意思を持つ人間も他にいない。なにせたったひとりで世界の要石を務められるほどだ。

けれど――断じて人間の仕事じゃないね、そんなものは。痛ましくてとても見ちゃいられない」

憚《はばか》らず〈大賢者〉は言い切った。明日にも自分の首を刎《は》ねるかもしれない魔女を、哀れみすら込めて「痛ましい」と。オリバーには何と言えばいいか分からない。仇敵《きゅうてき》への憎悪《ぞうお》に染まった彼の視座からは、どう足掻《あが》いても出て来ない言葉だったから。が、

「僕の望みを聞きたいと言ったね、Mr《ミスター》．ホーン。……別に隠すものでもない。そんなに知りたいなら、今ここで教えてあげるよ」

「――！」

出し抜けにファーカーが言い、オリバーが息を呑《の》む。次で判断を付けようと決める。これが聴くだけ無意味な魔人の戯言《たわごと》か、あるいは真意に繋《つな》がる一片がそこに含まれるのか。見極めにじっと凝らしたオリバーの両目の前で、その答えをもたらす口が静かに開き、

「この世界を変えることだ。普通人に亜人種、魔法使い――およそ全てのヒトと呼ばれる存在。その範疇《はんちゅう》の誰ひとり、薪として火にくべられることのない場所に」

どちらが問い、どちらが答えたのか。オリバーは束《つか》の間《ま》、それを見失った。

「人権思想の実践と敷衍《ふえん》。世間に知られる言葉で言えばそうなるだろうね。……別に驚くようなことでもないだろう？　君たち教え子の前で、僕はずっとその考えに則《のっと》って振る舞ってきた

じゃないか。素直に受け止めてくれていれば説明すら不要だったところだ」

跳ねる心臓を抑えてオリバーが現状の把握を試みる。――なんだ、これは？　何が起きている？　背後関係を知られた上でからかわれているのか？　だとすれば今すぐにでも始末しなければならない。魔剣を以《もっ》てすれば可能か？　待て落ち着け、ガイとウォーカー先輩がすぐ近くにいるのを忘れるな。行動を急がず会話を続けろ。

「――無理が、あります。余りにも事の流れに矛盾が多すぎる。あの〈大賢者〉が人権派で、それが保守派の最右翼である〈五杖《ごじょう》〉に抜擢《ばってき》され、その企てすら利用して自らキンバリーを訪れた、などということは……」

「どこがだい？　五杖《ごじょう》は僕の思想を知らないし、ここでの振る舞いを知ったところで校内を撹《かく》乱《らん》するための奇抜なパフォーマンスと思うだけだよ。そもそも僕が何を考えているかなんて彼らにとってはさほど重要じゃないんだ。エスメラルダ君を失脚させるための駒として必要十分に働くか否《いな》か、見ているのはその一点だけ。どうしようもなく視野が狭いんだよね」

哀れむようにファーカーが言い、その一挙一動を注視するオリバーへ微笑《ほほえ》みを向ける。

「僕の真意を見極めて、その上で自分がどう動くか決めようとしているんだね？　結論から言えば――別に見極めなくていいし、何も動かなくていい。どうせ僕はこの先も同じように振る舞うし、その対価として君たちに何かを求めたりもしない。支持も協力も突き詰めれば何ひとつ不要だ。……まぁ、意識しなくても周りには勝手に好かれちゃうけどね。なにせ僕だから」

「…………」

「何も心配しなくていい。全て僕が何とかして、君たちには最良の未来を与える。ただ最後に知りなさい。それくらい軽くやってのけるのが〈大賢者〉ロッド＝ファーカーなのだと」

圧倒されて立ち尽くすオリバーへ宣言し、そのまま身をひるがえした〈大賢者〉が再び歩き出す。まともに頭が回らないまま後を追うオリバーの耳に、ふと先を歩くファーカーの独り言が届く。

「……証明が遅いと怒るのか？　逆だよ、君が死ぬのが早すぎた。……文句を言いたいのはこちらのほうさ」

愚痴めいたその言葉を最後のひと押しに、ずっと抱えてきた疑問がオリバーの中で確信に変わる。――この人は、母に会っている。

詳しい経緯は分からない、だが間違いない。振る舞いの節々から感じる残り香は、それだけは息子である自分の立場から見誤りはしない。ずっと胸がざわついていたのもそれが理由だった。クロエ＝ハルフォードという人格に影響を受けて、今のロッド＝ファーカーは今このように振る舞うのだから。

果たしてそれに勝る信頼があるだろうか、とオリバーは自問する。どれだけ考えても反論は浮かばない。彼の中で母の存在はそれほどまでに大きく揺るぎない。今日までのファーカーの振る舞いに母を重ねればそこにあった違和感は全て消え去る。自分が思った通りに、感じたままに――クロエ＝ハルフォードなら必ずそう振る舞う。場所がキンバリーであろうと、異端狩りを敵に回そうと。〈大賢者〉もまた同じなのだとすれば。

「――――？」

そこまで考えて、ひとつの疑問が頭に浮かぶ。ファーカーではなく自分自身について。思ってしまう。――余程適任ではないのか、この人のほうが。あのエスメラルダを、異端狩りを、魔法界の全てを相手取って世界を変える。そんな途方もない大業を志す立場としては。ロッド＝ファーカーは大魔法使いだ。その名を知らぬ者とて魔法界にはなく、支持者の数もまた魔法使いに絞って千の桁を下らない。母の縁故から多くの同志を従えている自分と比べてもその差は圧倒的であり、本人との実力差に至ってはもはや比較するのも烏滸《おこ》がましい。支持も協力も不要だという先の言葉には何の誇張もないだろう。力も後押しもこの人にはある。だから毅然《きぜん》とキンバリーの校風に異を唱えられる。人目を避けて暗躍するのが精一杯の自分とは違って、自らの顔を晒《さら》しながら表舞台で堂々と。

いずれ首を刎《は》ねられて終わる。以前は妥当と思ったその予想も、今にして思えばどの口で述べられたものか。同じ懸念《けねん》は自分にもあったではないか。思い出せ、三人の教師を討ち果たすまでに果たして自分は何度死ねた。最初のダリウスとて状況が違えば途方もない難敵だった。エンリコとの決着は多くの同志を犠牲に捧《ささ》げた上での紙一重だった。デメトリオに至っては実質的な敗北をユーリィが覆《くつがえ》してくれた結果だ。どこで死んでいてもおかしくはない。むしろ今生きていることこそが幸運と言わざるを得ない。

対して、ファーカーはどうか。全ての教師に対してあれほど挑発的に振る舞いながら、独力で今もこうして息を繋《つな》いでいる。あるいは他の教師によるエスメラルダへの諫《いさ》めもあったにせよ、それも織り込み済みの行動でないとどうして言える。キンバリーは断じて幸運だけで生き延びられるような場所ではないと、それは自分がいちばんよく弁《わきま》えているではないか。

「――？　――？」

混乱で足元が揺らぐ。有り得ない思考が生じているのを自覚する。――だとしたら、一旦この人に任せてはどうか、と。

何も難しいことはない。今年は様子見に徹するという方針をこのまま維持するだけでいい。ただ待っているだけで自《おの》ずと結論は出る。ファーカーが先の言葉通りに進み続ければ何らかの形でエスメラルダは魔法界から退けられ、それが叶《かな》わず首が落ちたとしてもキンバリーと異端狩りの間に不和が生じる。そこに生じる隙を突く流れは同志たちとも相談済みだ。極論、巻き添えで何らかの危害が及ばない限り、ファーカーがどう行動したところで自分たちに損はない。

仇討《あだう》ちが遠ざかることは考えられる。だが、それを悲願の達成に優先することは出来ないと先日も再確認したばかりだ。そして何より、ファーカーを見守る間は同志たちを危険に晒《さら》す可能性が減る。彼らを片端から火にくべずに済む。従兄《あに》と従姉《あね》を戦火から少しでも遠ざけられる。テレサの余命を一日でも長く穏やかに過ごさせてやれる――。

「……っ……はっ……はっ……」

浅い呼吸を繰り返してオリバーは歩き続ける。振り切るには余りにも重い誘惑に、どうしようもなく切実な願いに駆られながら。

オリバーの葛藤とは裏腹に道程は順調に進み、入り口から数えて二時間ほどで五層の終わりに達した。谷底の一か所から続く洞窟を抜けていった先で、やがてその光景が四人の前に姿を現す。

「さぁ、着いたよ。ここからが第六層――通称『歪《ひず》み山脈』だ」

声を喜びに弾ませてウォーカーが告げる。オリバーとガイが同時に息を呑《の》んだ。とっさの言葉を軒並み奪い去る景色がそこに広がっていた。

その有様《ありさま》を一言で現せば、上下左右を失った奇形の山々。吹き付ける蒼《あお》い吹雪は目まぐるしくその方向を変え、伴ってそれ自体がひとつの丘ほどもある岩塊が浮き上がり、無秩序にあらゆる方向へ飛来している。オリバーたちの視点からは「浮かんでいる」ように見えるが、実のところそれは正しい表現ではない。重力方向そのものが刻一刻と移り変わるこの場所において、物はあらゆる方角へ向かって「落ちる」のだ。壁面と繋《つな》がる岩場のみが固定されて全方向より山をなし、それすら所によっては歪《ゆが》み捩《ねじ》くれて複雑怪奇な三次元の迷路を形作る。生命の気配はどこにも見当たらず、あるいはそんなものは何ひとつ存在を許されないのかもしれない。

「……まさに、資料で伝え聞く通りの……」

「……とんでもねぇ場所だな。竜どもが屯《たむろ》してた五層が可愛《かわい》く思えてくるぜ」

束の間だけ葛藤を忘れたオリバーがガイと並んで息を呑《の》む。今の自分たちが踏み込んでどうにかなる場所でないことは明らかであり、ここを今後の主な職場とするウォーカーの凄《すさ》まじさを改めて思い知る。と、そこにいよいよ焦れたファーカーが声を挟む。

「――そろそろ教えてくれないかな、Mr《ミスター》．ウォーカー。ここから先へ本格的に立ち入って生還した生徒は記録を遡っても君だけだ。教員ですらごく限られた者でしかこの奥には足を踏み入れない。……何を見たんだい？　その場所で」

〈大賢者〉の問いをよそに、背嚢を地面に置いたウォーカーがやる気満々で手足を伸ばす。前を見据えた視線を微動だにしないまま彼は言う。

「それを確かめるために戻って来たんですよ、僕は。――ああ、楽しいな。胸が高鳴って堪《たま》らないや。またここに挑めるなんて」

昂揚に震える声が感慨を語る。紛れもない夢を叶えた人間の姿がそこにある。どう尋ねたところで無駄と悟り、ファーカーが肩を竦める。

「もう僕は眼中にもない、と。……盛大に無駄足を踏ませてくれたもんだね、まったく。まぁいいけどさ。このくらいは面倒でもないと言ったのは僕なんだから」

　完全に諦めを付けたファーカーが踵《きびす》を返《かえ》して歩き出し、オリバーとガイが我に返ってその背中へ視線を向ける。同時に向こうからも声が飛ぶ。

「見学はこのくらいでじゅうぶんだね。帰るよ、ふたりとも。――四層まで送ればいいんだろう？　Mr《ミスター》.ウォーカー」

「助かります。――今日はすみませんでした、Mr《ミスター》.ファーカー。次に戻ったら、その時はちゃんとお喋《しゃべ》りしましょう」

　急に語調を改めてウォーカーが告げた。相変わらず背中は向けたまま、しかし初めてはっきりと相手を意識していると伝わる声で。その意外に〈大賢者〉が一瞬目を丸くし――続けて、誤魔化すように鼻で笑う。

「は、当てにせず待ってるよ。……まぁ張り切りなさい。せいぜい死なないようにね」

　激励とも皮肉とも付かない捨《す》て台詞《ぜりふ》を残してファーカーが歩き出す。その背中を追って踏み出した直後、オリバーとガイが同時にひとり残る先輩へと向き直る。

「――無事のお帰りを待っています、ウォーカー先輩！」

「また一層でバーベキューやりましょう！　他の連中も必ず連れて来ますから！」

　ありったけの応援を込めてふたりが声を張る。言葉を返すことはなく、ただ片手の親指を立ててウォーカーが応じる。一切の不安を拭い去るその背中を信頼して前へ向き直り、オリバーとガイは校舎への帰路を辿《たど》り始めた。

全ての異端には信仰する「神」に応じて様々な誓約《オウス》が課せられ、その生活は自《おの》ずと一般と異なる色彩を帯びる。正体の露見を防ぐための偽装もまた状況に応じて様々だが――共通する傾向として、人員の数が多ければ多いほど秘匿の難易度が増す。人里に紛れ込む、僻地《へきち》に隠れ里を作って暮らす――いずれも人数が一定ラインを越えると現実的ではない。

だが、彼らに与えられたのは制約だけではない。その労苦と引き換えに奇跡もまた授けられている。故に可能である――普通人は無論、魔法使いですら目が届かない場所に大規模な生活圏を形成することも。

聖光教団・地下神殿。連合《ユニオン》西部の地底に人知れず広がる大空洞、その奥に打ち建てられた異端組織の総本山。併設された地下集落に暮らす信者たちはここだけで実に八千を数え、その暮らしは律する天の下の《ウラニスシャガ》『神』がもたらす数多《あまた》の奇跡によって支えられている。居住棟の全ては単位となる正多面体の組み合わせによって構成されており、それら無数の集積からなる町並みは開いて延ばした蜂の巣に似る。その設計の完全性は他ならぬ『神』によって保証されており、誓約に従って暮らす限りにおいて信者たちの生活に不便はない。

「――うゅんうゅんしていますね。とても」

信者たちの暮らしを見下ろす形で建つ「神殿」もまた等しく正多面体の組み合わせから成り、

その頂点の一室に最も貴き者のための座がある。真白い僧衣に身を包んでそこに座る少女がぽつりと呟《つぶや》き、彼女の口元へスープに浸したパンを運んでいた男性が、それでぴたりと動きを止めた。

「……お口に、合いませんでしたか？　これは失礼を……」

「いいえ。食事ではなくエリヒオ、あなたのことです。──パンはおいしいですよ。今日のはいちだんとぷぁくすぷぁくすしてます。窯の温度を変えたんですね？」

にこりと微笑《ほほえ》んで少女が言う。その両目は最初からずっと閉じたまま。エリヒオと呼ばれた男性も応じて微笑《ほほえ》み、胸に手を当てて敬意を示す。

「恐縮です。粗食は我らの誓約とは言え、その中で少しなりとも貴方《あなた》に楽しんで頂ければと……」

「なぜ形状や状態を毎日変えるのですか」

平坦《へいたん》な声が会話に割り込む。エリヒオが顔を上げると、そこには彼と同じ素朴な僧衣に身を包んだ、しかし不気味なほど表情が変わらない禿頭《とくとう》の男性が立っている。石膏《せっこう》の型で作ったような顔がトレイの上の食事をじっと見つめ、その唇だけがわずかに動く。

「昨日は薄切り。二日前は角切り。三日前は果物のペーストを付けて、そして今日は豆のスープに浸して。……その変化に、何の意味があるのでしょう。単一のもっとも優れた形式を繰り返せば良いのでは？」

示された疑問に苦笑しつつ、エリヒオが中断されていた食事を再開する。千切ったパンの欠片《かけら》を匙《さじ》に載せてスープに浸し、慎重な動作でもってゆっくりと少女の口元に運んでいく。

「分からないだろうな、あなたには。人間には飽きというものがあるのだ。同じことを繰り返せば自《おの》ずと喜びが薄れる。……それこそ我々の不完全さに違いないのだろうが」

「ふふ、エリヒオの料理はどれも好きですよ。どれかひとつなんて選べません。あれもいちばん、これもいちばん、どれもいちばん。素敵なものはいくつあったっていいんです」

「最優が、複数？　……矛盾です。よく、分かりません」

理解の困難を口にした男性が首を横倒しにする。「傾《かし》げた」というには余りに角度が大き過ぎ、それはまるで、「困惑を示す時にはこうする」と習った所作を人ではない何かが不器用に真似《まね》ているようだった。少女がこくりとパンを飲み込んで口を開く。

「――クーニグンデが心配なのですね？　エリヒオ」

「……正直に言えば。潜入の任に着いてから未《いま》だに何の連絡もありません。それさえ容易でない場所、というのは理解しているつもりですが……」

苦しげな表情で打ち明けるエリヒオ。が、そこで何かに気付いたように顔を横に向けた。地下集落の最高所に位置するこの場所からは同所の全容が見渡せる。居住区を挟んだ「神殿」の反対側、地上に繋《つな》がる道を下って姿を現したふたりの同胞の姿もまた。

「エヴィト翁《おう》とニコラスがお帰りです。すぐ報告に来られると思いますが――」

「わたしから出迎えます。エリヒオ、手を引いてくれますか？」

「喜んで」

求められたエリヒオが立ち上がって恭《うやうや》しく少女の手を引く。先導を受けながら進み始めた後も少女の両目は閉じたままで、動きもまた一目で「見えていない」者のそれだと知れる。連れ立って窓の方へ向かうふたりに禿頭《とくとう》の男性もまた無言で続き、同時に組み変わった「神殿」の壁面が最上階から麓に至るまでの緩やかな階段を成した。それをゆっくりと下って行った先で、彼らは帰還したふたりの同胞を出迎える。その一方である長柄の五角棒を携えた長身の老人——導師エヴィトが少女の前に跪《ひざまず》いた。

「——これはリンネア様。わざわざ来られずとも、この老骨からすぐに伺いましたのに」

「そう言われるとーリンネア様はー♪」「ますます自分でやって来るー♪」

向かい合う五名のもとへ横合いから新たな顔ぶれが寄って来る。歌うような声はふたつだが、その主である少女たちをふたりと呼ぶには些《いささ》かの疑問がある。双方の体が胴体でぴったりと繋《つな》がっているからだ。それでも巧みに息を合わせて乱れぬ歩調で少女たちは進み、その隣にはまた別の大柄な姿がある。僧衣を着込んだ犬頭の男性。一見してコボルドのようではあるが——それにしては骨格に違和感があり、また瞳に宿した理知の色も余りに濃すぎる。

「お前の留守の長さが何よりの原因だエヴィト。またリンネア様を寂しがらせおって。帰還は五日前までの予定だったはずだが？」

犬頭の男性が流暢《りゅうちょう》にエヴィトへ話しかける。連合《ユニオン》全土を見渡しても人語を操るコボルドは未《いま》だ確認されていないにも拘《かかわ》らず。エヴィトがそちらに向き直って頷《うなず》いた。

「返す言葉もございません。やれやれ——こうも足が鈍るようでは、やはり隠居の潮時でしょうか」

「老いを盾に取るその悪癖を改めろというのに。仮に腰が曲がったところで隠居など望む性質か、貴公が」

犬頭の男性とは逆方向から涼やかな声が響く。エヴィトが再び向き直ると、そこには尖《とが》り耳を半ばから欠損させたエルフの男性が他と同一の僧衣をまとって立っていた。続けてそちらに応じようとした老人の隣から小柄な少年がおそるおそる歩み出る。すっぽりと被《かぶ》った僧衣のフードの中から、彼は目の前の少女へ向かって躊躇《ためら》いがちに口を開き、

「……リンネアさま……お、おかわり、な、なく……？」

奇妙に嗄《か》れたその声が響いた瞬間、彼を取り巻く地面から一斉に錆《さび》がわく。フードの中のあどけない顔もまた八割がた赤褐色の瘡蓋《かさぶた》じみた錆《さび》に痛ましく覆われ、首元から続く体もまた同様であることが窺《うかが》える。その異様を前に——しかし少女は、どこまでも温かく微笑《ほほえ》む。

「あら、また喋《しゃべ》るのが上手《うま》くなったんですねニコラス。ふふ、あなたの声大好きなんです。ほかほかのふゆらふゆらで」

そう言ってニコラスと呼んだ相手に歩み寄り、伸ばした両手で躊躇《ためら》いなく錆《さび》まみれの頬を撫《な》

でる。その感触に少年がうっとりと目を閉じ、深い安堵《あんど》の息を吐く。

「わたしは元気いっぱいですよ。その気になれば飛び跳ねることだって出来ちゃいます。してみせましょうか？　今」

「ご容赦を、リンネア様。前にそれで盛大に足首をひねられたでしょう。あの時にはニコラスが思い詰めて大変でした」

「むー。今度は上手《うま》くやりますのに」

窘《たしな》められた少女が頬を膨らませる。その様子に苦笑しながらエリヒオも彼女の隣へ踏み出し、ニコラスが被《かぶ》ったフードをそっと外して下ろす。額から頭皮に至るまでびっしりと錆《さび》に覆われたその姿を、彼は弟へそうするように優しく見つめる。

「また随分錆《さび》を溜《た》めたな、ニコラス。……すぐ綺麗《きれい》にしてやるぞ」

「あ……ありが、と……」

ニコラスがはにかんで礼を述べる。そうして同じ場に揃《そろ》った顔ぶれを眺めた上で、エヴィトが厳かに口を開く。

「時は来年まで迫りました。……準備は整えておられますかな、皆様」

空気が一変して張り詰める。繋《つな》がった少女たちが犬歯を剝《む》き出《だ》しに笑い歌い、犬頭の男性がみしみしとこぶしを握り締め、欠け耳のエルフが全身に魔力を充溢《じゅういつ》させる。先ほどまでの和やかな空気は一瞬にして消えて失《う》せ、彼らはひとり残らず戦う者としてそこに在る。

「いつでも戦《や》るよ♪」「今でも戦《や》るよ♪」

「愚問だぞエヴィト。我らは常に待ちかねている」

「是非もない。来るべき時が来る――ただそれだけのこと」

「……ヒュッ……ヒュウッ……！」

ニコラスが全身を震わせて喘鳴《ぜんめい》を漏らし、足元に留まっていた錆《さび》の侵蝕《しんしょく》がそこから急激に広がり始める。苦悶《くもん》と歓喜の双方が入り混じってどちらでもない表情を形作る。と、彼らの激情に打たれたかのように地面が揺れ、

「WOOOOOOOOOOOOOOOOO！！！」

追って凄《すさ》まじい咆哮《ほうこう》が響き渡る。続けて少女たちが降りてきた神殿の隣に巨大な「何か」が身を起こす。大木の幹よりなお太い腕を振り上げ、膝を立てる脚の動きだけで地面を揺らし、巨大な瞳を暗がりに輝かせる。居住区の信者たちが恐れ戦《おのの》いて蹲《うずくま》る。

同時に、少女がニコラスをぎゅうと抱き締める。途端に張り詰めていた彼の全身から力が抜け、戦意に満ち満ちていた神官たちもはっと我に返る。ニコラスの背中を優しくさすりながら少女が口を開く。

「ばふぉばふぉするのはまだ早いですよ、みんな。――スルホ、あなたも落ち着いて？　慌てて立つとまた天井に頭をぶつけてしまいます」

変わらず穏やかな子で同胞たちを宥《なだ》め、続けて神殿の隣に在る巨大な「何か」へ語りかける。

その声に応じて巨体もまた速やかに神殿の陰へと戻った。神官たちが敬意を新たにその場で跪《ひざまず》く。どれほどの力を持とうと、彼女の言葉に従わぬ者はこの場にいない。

「もう少しだけ待ちましょう。神の近付かれるその日まで。——舞台はきっと、あのふたりが整えてくれますから」

微笑《ほほえ》んだまま少女が告げる。——〈聖女〉リンネア。聖光教団を頂点で導く盲目の普通人の、温かみに満ちたその声でもって。


ファーカーの案内は四層までで終わり、解散を告げられたオリバーとガイはそこからの帰路を自力で歩み始めた。早足に図書館塔を抜けていく教え子たちの背中を見送りながら、〈大賢者〉は慈しむように微笑んで呟く。

「……どちらも必死に背伸びをして。可愛《かわい》いものだね、まったく」

そう呟いて身をひるがえすと、来た道を逆に辿って五層へと舞い戻る。強力な竜たちが跋扈することで知られたこの階層だが、それと並んで特筆すべき点に「踏み入る生徒が極端に少ない」ことが挙げられる。教師の一部は工房を持つにせよ、その大まかな位置を推し量った上で動けば偶発的な遭遇の可能性は低い。

「まぁ、この辺りかな。——そろそろいいかい？　クーニグンデ」

降り立った谷底の一角で独りそう呟く。無論どこからも返事はない。が、それが聞こえたようにファーカーは微笑み、続けて腰の杖剣を抜く。

「そうかい。――じゃあ、出ておいで」

促すと同時に、刃でもって自らの脇腹を切り裂く。深い傷口からまろび出た臓物がどしゃりと地面に落ち、そこで急激に膨れ上がって人型を成す。十数秒の後――果たしてそこには、ファーカーの血にまみれたひとりの女が軽装で蹲っていた。

「……ずいぶん……待たせ、ましたね。……もうあのまま――内臓に、鞍替《くらが》えさせられるのかと……」

「それは御免被《こうむ》りたいね。いくらキンバリーの防衛機構《セキュリティ》を掻《か》い潜《くぐ》るためとはいえ、僕だって二度はしたくない。他人を体の一部に変化させて潜ませるなんて荒っぽい真似《まね》は」

平然と治癒呪文で傷を塞ぎながらファーカーが言い、ほどなく立ち上がった女性がかぶりを振って閉じていた瞼を開く。散っていた瞳の焦点が徐々に合い始める。

「……やっと目が、見えてきました。……宜《よろ》しいのですね？　始めても……」

「うん。校内から迷宮にかけての状況はざっと把握したからね、今なら君が動き回っても大丈夫だろう。……ただ、教員はもちろん生徒にも気を付けるように。ここの子たちはよく鍛えられてる。下級生でも侮《あなど》れないし、上級生になると君に勝る手練《てだ》れもざらにいるよ」

「……ふ、ふ。流石《さすが》は音に聞こえた魔境ですね。……そんな場所に独りで忍び込んで、どれほど恐ろしかったことでしょう、父は……」

呟く声が激情に揺れる。が、それを自覚した本人が一瞬で収め、気を整えて向き直った〈大賢者〉の膝元に恭しく跪く。

「共に励みましょう。大願叶《かな》い我らの『神』が降り来たるその時まで。ロッド＝ファーカー。――全なる聖光に祝福されし〈三角形《トライアングル》〉の大導師よ」

普段と異なる敬称で呼ばれたファーカーが微笑みを浮かべる。校舎で生徒たちに向ける時と寸分違わぬ、自信と慈愛に満ちた魔人のそれを。

〈了〉

あとがき

こんにちは、宇野朴人《うのぼくと》です。……ひとまずの落着を経ながら、遠からず訪れる災厄がその足音を響かせる——といったところでしょうか。

キンバリーに人員を送り込んだ五杖の思惑まで明らかとなりながら、そこからもなお逸脱した行動と思想を一貫して続けるロッド＝ファーカー。過去に〈双杖〉との交流があったことを匂わせますが、その内面は今もって謎に包まれたまま。……その真意の所在はもはや、本人が決定的な行動に移った後にしか知り得ないのかもしれません。

四年生編はこれにて終幕。漠然とした予兆の中、キンバリー生たちは各々を鍛えて月日を過ごします。それは当校と敵対する勢力にとってもまた同じこと。……キンバリーが魔法使いの地獄なら、異端《かれら》は辺獄の淵《ふち》より迫り来る。自らを打ち棄てた世界を憎み呪い、故に「外」に見出した救済でもってその全てを変えるために。

戦争が始まります。——どうか皆様、お覚悟を。

本書に対するご意見、ご感想をお寄せください。

ファンレターあて先
〒102-8177　東京都千代田区富士見 2-13-3
電撃文庫編集部
「宇野朴人先生」係
「ミユキルリア先生」係

本書は書き下ろしです。

電撃文庫

七《なな》つの魔剣《まけん》が支配《しはい》するXIII

宇野朴人《うのぼくと》

2023年12月10日　初版発行

発行者　山下直久
発行　株式会社KADOKAWA
〒102-8177　東京都千代田区富士見2-13-3
0570-002-301（ナビダイヤル）
装丁者　荻窪裕司（META＋MANIERA）
印刷　株式会社暁印刷
製本　株式会社暁印刷

ISBN978-4-04-915276-0　C0193　Printed in Japan

電撃文庫　https://dengekibunko.jp/